使命与魂的尽头

〔日〕东野圭吾 著
刘姿君 译

南海出版公司

新经典文化股份有限公司
www.readinglife.com
出　品

1

麻醉步骤顺利完成，手术台上的患者已固定姿势，开刀部位也已消毒完毕。

“手术开始，拜托大家了。”主刀医生元宫诚一说道。他的声音和平常一样清晰响亮。

冰室夕纪站在元宫的对面，向他行过注目礼，悄悄地做了一个深呼吸，告诉自己不要紧张。当然，光是想些有的没的，以致无法集中精神做该做的事，那就没有意义了。

手术的内容是冠状动脉搭桥手术，而且是非体外循环下冠状动脉搭桥术（Off Pump CABG），即不使用人工心肺，在心脏跳动的状况下进行手术，一般称为OPCAB。

夕纪的重任是取下患者左臂的桡动脉。在这种情况下，这条动脉称为移植物，用来作为桥血管。胸腔内壁虽然也有动脉可供使用，不过当元宫问夕纪该用哪一条时，夕纪则回答桡动脉。桡动脉较粗，更重要的是这位患者有糖尿病，若使用乳内动脉，术后有可能引发纵膈炎。指导医生对她的回答点点头。

当然，夕纪事先已告知患者，表示将从对方的左臂取动脉。

“会留下伤疤，这样没关系吗？”

七十七岁的老人对她的问题粲然一笑。“这把年纪手臂上多个伤疤算什么！再说，胸口也会有疤啊。”

那是当然的——她回答。

“既然这样，就选医生觉得最好的办法。我相信医生。”

据说老人有个和夕纪同龄的孙女，打从一开始，老人便对年轻女实习医生相当和善。绝大多数患者一见到夕纪，脸上便露出怀疑的表情，有时候也有患者表明想换男医生。然而，这老人可说是例外。

夕纪顺利取下那截血管，由元宫执行固定吻合处及血管吻合。元宫是夕纪的指导医生之一，技巧纯熟高超。夕纪凝神细看，想偷学一些技巧，但元宫的动作快得令她目不暇给。

止血之后，插入导管，将胸骨复位，缝合筋膜、皮下组织、表皮，手术完成。腋下照例汗湿一片，后颈酸痛也已再度出现。夕纪正式参与心脏外科手术已经两个星期了，还是不太习惯。

将患者移到重症监护室，展开术后观察。其实，从这里开始才是最漫长的，必须一面监视患者的血压、尿液、心电图等等，一面调整呼吸机和用药。当然也会有病情生变、进行二次手术的状况。

夕纪瞪着心电图显示器，看着看着，觉得自己的意识逐渐模糊。

糟糕，我得打起精神来。

她想保持清醒，脑袋却断断续续地麻木起来。

突然间，感觉膝盖无力，顿了一下，她猛地抬起头来。刚才好像打瞌睡了，眼前的元宫正在发笑。

“公主，好像到了极限哦。”

两片薄唇之间露出雪白的牙齿，这张笑脸令许多护士为之着迷。元宫三十五岁，目前单身，热爱网球运动，一年到头肤色晒得黝黑。

夕纪摇摇头。“我不要紧。”

“你昨天也动了紧急手术，没怎么睡吧，去休息一下。”

“我没关系。”

“我有关系。”元宫的笑容消失了，眼神变得严厉，“不能用的医生不是医生。一想到有人靠不住，我就浑身不对劲。”

“已经不要紧了，我靠得住的。”

“靠不靠得住由我决定，所以才叫你去休息。休息够了再回来，这样我才好办事。”

夕纪咬咬唇。元宫看到她的反应，又恢复了笑容，微微点头。

遗憾的是，他的话是对的。既然在术后观察时打瞌睡，便无可反驳。

“那么，给我一个小时就够了。”说着，她站起来。

离开重症监护室时，她看到了护士真濑望。个子娇小、脸孔圆润的真濑，看起来是个亲切和善的人，平日在走廊等地方碰面时必定会微笑以对，现在也一样。

夕纪停下脚步，向她表示自己要去值班室小睡片刻，拜托她如果有什么状况就叫醒自己。

“医生，好辛苦哦！这阵子不是一直开刀吗？之前还有三个实习医生，现在只剩下冰室医生一个人。”

真濑望二十一岁。可能是因为自己辈分最低而对夕纪产生了亲切感，平日对夕纪很好，整理传票等事务性工作也几乎都替她处理。

“才这样就倒下了怎么行呢！”夕纪苦笑。

夕纪在值班室躺下，理应来袭的睡魔却迟迟不来。心想一定要睡一下，却反而给自己压力，这也无可奈何。

去年自帝都大学医学院毕业之后，她就在本校医院实习。截至目前，已在内科、外科、急救等部门实习过，目前的部门是心脏血管外科。

这个部门是夕纪的终极目标。

她完全没有“总算来到这里”的感动，反而强烈地感受到“我怎么还在这种地方”。即便实习顺利结束，也不见得能当上心脏血管外科医生。毕业后必须经历最短七年的磨炼，还必须积极参加学会。明明做的只是助手程度的工作，却感觉体力已经到达极限，这样是实现不了梦想的。

“我要当医生，当上医生以后，我要拯救像爸爸那样的人。”

那年秋天的晚上，念初三的夕纪向母亲百合惠如此宣称。母亲大吃一惊的表情，夕纪至今还记得一清二楚。

在那之前不久，她的父亲冰室健介过世了。父亲的胸腔长了一个巨大的大动脉瘤，然而摘除手术进行得并不顺利。据说，健介事前便知道手术风险很大，也做好了心理准备。

夕纪来到心脏血管外科之后，已经看到过好几名大动脉瘤患者。一想到他们罹患了与父亲一样的病，她便感到心酸。虽然想救治的心情与治疗其他病症一样，但是当这些患者接受手术时，她更多了几分紧张。

所幸到目前为止，所有手术都成功了。看到家属放心的表情，更重要的是，看到患者恢复健康的模样，夕纪也打从心底松了一口气。

然而，另一股截然不同的意念也同时占据了她的心。

救像爸爸那样的人——这句话是发自内心的。但是，她还有一个更大的动机，只是这个动机绝不能被其他人发现。指导医生不用说，连母亲她也瞒着。

醒来时，一时不知自己身在何处，等到想起这里是值班室以后，她已在毯子里发了一会儿呆。当她伸手摸到闹钟一看，眼睛立刻睁大，已经早上六点半了。本来打算小睡片刻，却一觉到天亮。

她赶紧跳下床，匆匆洗把脸，便赶往重症监护室。因为没人叫醒她，理应是病人没有出状况，但元宫的话让她放心不下——因睡眠不足而疲惫至极的实习医生靠不住，转而向其他医生求援也不是不可能。倘若真是如此，那她这个脸就丢大了。

然而，重症监护室里不见元宫的身影，问在场的护士，对方说他四点左右回去了，病人没有异状。

“医生交代说，如果有什么状况，就去把值班室的公主叫醒。”护士嬉笑着说道。

夕纪困窘地笑了，放下心来。看来，元宫总算把夕纪当成有用的人。

昨天动手术的患者情况很稳定。夕纪到医院的商店买了甜面包和罐装咖啡，一边查阅抽血等资料，一边解决早餐。

之后，便来到病房开始查房。夕纪目前负责的患者共有八人，均超过六十岁。人的心脏大多在这个年纪开始出毛病。

中塚芳惠即将满七十九岁，三天前住院，腹部有一个大动脉瘤，约有鸡蛋大小。虽依诊断结果而异，但腹部大动脉瘤的手术成功率很高，一般都会立刻进行手术。

一看到夕纪，中塚芳惠便不安地眨眨眼。“手术的日子决定了吗？”

她第一个问的总是这个问题，想必是很在意吧。

“现在还在和主治医生谈。我们看中塚女士的身体状况来决定。”

夕纪量了体温，温度有点高，告知中塚芳惠之后，她的脸色便暗了下来。

“还是因为肝脏？”

“可能性很高，之后还会再验一次血。您家人今天有谁过来吗？”

“我女儿女婿应该会来。”

“那么，等他们到了之后，麻烦通知护士一声，山内医生想跟你们讨论以后的事情。”

中塚芳惠默默点头，心惊胆战，不知医生到底要说什么。夕纪再次挤出笑容，说了声“我回头再来”，便离开了病床。

准确地说，中塚出毛病的不是肝脏，而是胆管。她的胆管发炎，大动脉瘤便是在检查过程中发现的。而且，她罹患的并不是单纯的胆管炎，恐怕有癌细胞侵袭，因此这方面也必须尽快处理。

癌与大动脉瘤，要先进行哪一项手术，这是最大的难题。外科的主治医生每天讨论这个问题，但尚未得出结论。

他们已将一切情形告知中塚芳惠的女儿女婿，对方询问可否同时进行两项手术。患者家属打算毕其功于一役的心情不难理解，但身为医生，只能明确表示绝不可行。单单其中一项手术，便会给高龄的中塚芳惠造成莫大的身体负担，更何况在技术上原本就不可能。

无论先执行哪一项手术，都必须等到她恢复体力才能再进行另一项，而这必须花相当长的时间，问题在于体内的病灶在此期间的变化，癌症会恶化，大动脉瘤也会继续膨胀，两者都有时间限制。

夕纪回到办公桌前整理中塚芳惠的化验单时，中塚的主治医生山内肇出现了。他也是夕纪的指导医生，体形肥胖，脸色红润，看起来很年轻，其实已经超过四十岁了。

"冰室医生，你的眼睛有眼屎哦。"

被山内这么一说，她连忙伸手去摸，接着才想到这是不可能的，她一睡醒就洗过脸了。

"听说你昨天也睡值班室啊。不卸妆就睡觉，皮肤会变差哦。"

夕纪瞪他一眼，但并不生气。山内是出了名对实习医生照顾周到，而且他也知道夕纪从来不化妆。

"再怎么说，年纪都这么大了，不知道癌症会有什么变化。"山内喃喃说完，才想到什么似的看着夕纪。"对了，教授找你，要你去他办公室一趟。"

"西园教授找我……"

"我去告了一小状，所以他可能会说你两句，你可别恨我啊！"山内朝她竖起手掌，做了一个道歉手势。

夕纪偷偷做了一个深呼吸，起身沿着走廊走向同一楼层的教授办公室。她无意识地握拳，掌心渗出汗水。

在门前又做了一次深呼吸，敲了敲门。

"哪位？"里面传来西园的声音，他的男中音十几年来都没变，至少夕纪听来如此。

"我是实习医生冰室。"

她回答了，里面却没有回应。正在惊讶时，门突然开了，露出了西园阳平的笑脸，一头花白的头发向后梳拢。

“抱歉，你在忙还把你找来。进来。”

夕纪说声“打扰了”，踏进办公室。这是她第一次走进这个房间。

办公桌上的计算机屏幕正显示出三维影像，旁边的白板上并排挂着四张胸腔X光片。

“听说你连续两天进手术室。”西园边坐下边问道。

是的——夕纪站着回答。

“前天的紧急手术是山内医生执刀，有没有什么印象深刻的地方？听说你不是站在他对面吗？”

意思是站在主刀医生的正面。

“是的。我只顾着做自己的事，花了很多时间止血。”

“嗯，听说是突发性出血，你还把脸转开了一下。”

夕纪没搭腔。她没有印象，但无法笃定自己有没有这么做。

“一开始通常会这样。但是你千万别忘记，出血是最后的警告信号。没看到出血部位，患者就会没命。记住，视线绝对不可以从出血部位移开，知道吗？”

“是，对不起。”一边道歉，心里才明白山内说的告状是指这件事。

西园往椅背上一靠，椅子发出叽嘎声。“好了，说教就到此为止。怎么样？习惯心脏血管外科了吗？”

“大家都对我很好。我还有很多要学习的地方，一直给大家添麻烦。”

西园失声笑了。“你不必这么拘谨。先坐吧，不然我不好说话。”

房里还有一把椅子，夕纪说了声“失礼了”，便拉开椅子坐下，双手放在膝上。

西园回头看看X光片。“这是前天住院的那位患者的。你觉得怎么样？”

“是那位VIP病房的患者吗？”夕纪说，“看起来是血管瘤，而且相当大了。”

“直径七厘米。”西园医生很满意，“三个月前第一次来看的时候才五厘米。”

“患者有自觉症状吗？”

“据说有时候发不出声音，嘶哑破嗓。”

“粘连呢？”

“什么？”

“动脉有粘连吗？”

西园仔细凝望夕纪，缓缓摇头。“不知道，也许有。影像可以看出血管的状态，但哪些部分连在一起，不开胸无法知道。这是患者的资料。”西园把病历拿给她。

夕纪谦谢一句便接了过来，看了几个数字。“血压很高。”

“动脉硬化很严重，平常不养生的结果吧。六十五岁的年纪，完全没有戒烟戒酒。食量大，运动方面只有坐高尔夫球车陪陪客人打球，血管当然受不了，没有太多并发症已经是奇迹了。”

“手术安排在什么时候？”

“要看检查结果，快的话，下个星期就进行。关于这点，我有个提议。”西园坐直了身子，“我想请你当第二助手。”

“我吗？”

“不愿意？”

“哪里，我愿意。我会努力的。”夕纪点头。

西园看着她，点点头之后，说“对了”，语调已经改变。“最近有没有常和你母亲联络？”

夕纪有种措手不及的感觉，万万没想到他会这么干脆就提起百合惠，顿时说不出话来。

“没有保持联络吗？”他又问了一遍。

“呃，偶尔会打电话……”

“是吗？”西园嘴角上扬，偏着头，“和我听到的完全不一样哦。”

夕纪回视着他。这句话暗示他果然经常和百合惠碰面。

“家母向教授抱怨什么吗？”夕纪问。

西园苦笑。“没这回事。不过言谈之间听得出来，因为你母亲向我问起你很多事情。如果你常常和她联络的话，应该不会这样吧。”

夕纪垂下头，脑海里浮现百合惠和西园在某家餐厅用餐的情景。但不知为何，这两人的容貌是十几年前的模样。

“你今天还有什么事？”西园问。

教授为什么会这么问，夕纪一边觉得奇怪，一边在脑海中整理。

“有患者要出院，所以我想写摘要。再来就是一些事务性的工作。”

“没有手术吗？”

“目前没有。”

“嗯，山内今天都在，等会儿元宫应该也会来。”西园一脸思考的表情抬头望着天花板，然后说声“好”，并点点头。“今天你五点下班，然后准备一下，七点到赤坂。”

“赤坂？”

西园拉开办公桌抽屉，从里面拿出一张名片，递给夕纪。“到这家店。你母亲那边我来联络。”

名片上印着餐厅的名称和地图。

“教授，谢谢您的好意。不过，我想见家母的时候会自己去找她，您不必这么费心……”

“你现在可不是想见就见得到吧！”西园说，“实习医生没有星期六、星期天，就连五分钟脚程的宿舍都没空回去。就算回去了，一样会被 first call 叫回来。这些我都知道。如果现在不这么做，不等实习结束，你母亲恐怕听不到你的声音。”

“我明白了。那么，我今晚会打电话给家母。”

“冰室。”西园双臂在胸前交抱，盯着夕纪，“这是指示，教授的指示，也可以说是对实习医生的指导。”

夕纪垂着眼，双手拿着那张名片。

“我会先交代山内和元宫。”

“可是，只有我一个人有特殊待遇，还是不……”

“过去我也会强迫实习医生休假、和家人碰碰面，不是只有你有，别搞错了。”

碰了一个大钉子，夕纪无话可说，只好小声地回答“我知道了”。

离开办公室之后，夕纪叹了好大一口气。进去的时间虽短，却觉得很累。

回到病房楼，正在处理手术传票时，有人从后面拍她的肩膀，是元宫。

“刚才听教授说了，你今天五点下班吧。重症监护室那边应该没问题。”

“对不起。”

“干吗道歉？西园教授很注重对实习医生精神方面的照顾，我实习的时候教授也很关心。”

“元宫医生，”夕纪有些犹豫，但还是决定把一直以来的疑问提出来，“您为什么选择帝都大学医院呢？”

“我？好难的问题。老实说，我没有想很多。自己的实力啦，社会的评价啦，很多因素衡量的结果吧。你呢？”

“我……我也一样。”

“你的志愿是心脏血管外科吧？”

“是的。”

“既然这样，选我们大学就没错，这样就能在他手下学习了。”

“西园教授？”

“对。”元宫点头，“就算只能偷学他的技术也很幸福。不仅是技术，我认为作为一名医生，他也具备卓越的人格。”

“您很尊敬教授吧？”

“尊敬啊……嗯，应该是吧。你知道他为什么当心脏外科医生吗？”

“不知道。”

“他天生心脏就有病，听说小时候动过多次手术。他相信自己能够活到现在，完全是拜医学之赐。”

“原来如此……”夕纪从来不知道。

“其实，他的体质应该承受不了这么劳累的工作，但凭着对医学报恩的信念、自制力、锻炼身体，才能在心脏外科最前线活跃几十年。你不觉得很了不起吗？”

夕纪点点头，心境很复杂。她也知道西园是一位优秀的医生，但是正因如此，她才更无法释怀。

这样一位名医怎么会……

怎么会救不活我爸爸？她忍不住这么想。

2

在那之前，夕纪从没看到过父亲示弱的样子。健介是那种个性冷静、喜怒不形于色的人，但从他紧抿的嘴，总能感受到一股无言的自信，和他在一起，可以倚靠他，受到他周全的保护。

实际上，他从事的就是保护别人的工作，他是保安公司的主任。夕纪念小学时，健介曾有一次带她到公司，那是一个摆满了通讯器材和显示器的房间。父亲向她解释，建筑物或民宅与保安公司签约，那些工具便用来管理这些地方回传的数据。穿着制服的父亲看起来比平常更值得依靠。

健介在进入保安公司之前，好像是警察，不过夕纪并没有那段记忆。健介辞掉警职的原因，据说是工作太辛苦，母亲百合惠是这么告诉她的。但夕纪认为保安公司的工作也不轻松，因为健介总是很晚回家，假日一定鼾声大作，睡到下午。

那天，念中学的夕纪放学回家，健介的鞋子已经摆在玄关了，之前他从来没有这么早回来。

冰室家是一户两室两厅的公寓。百合惠和健介正隔着茶几，在起居室说话。

“我早就有不好的预感，”健介皱眉，拿起茶杯，“所以才不想做什么健康检查啊！”

“说什么话啊！就是因为你之前一直不肯检查，才会变成这样子。”百合惠对他投以责备的眼神。

健介一脸被说中痛处的样子，啜饮着茶。

“怎么了？”夕纪看看父亲，又看看母亲。

健介没有回答，百合惠也不作声，注视着丈夫的侧脸，然后才转向夕纪。

“今天的健康检查，医生发现爸爸身体有问题。”

夕纪一惊。“咦！哪里有问题？”

“没什么大不了啦！”健介没有转头，背对着女儿说，“不痛不痒的，生活上也没有不方便。老实说，不知情日子也照过。”

“可是，医生不是要你做更详细的检查吗？”百合惠说道。

“医生当然会这么说啰。都已经发现了，要是不做任何指示，事后搞不好会被追究责任。”

“发现什么？”夕纪问，“难不成……是癌？”

健介嘴里的茶水差点喷出来，笑着回头。“不是啦。”

“不然是什么？”

“听说是动脉瘤。”百合惠回答。

“那是什么？”

这个词是什么意思、怎么写，当时的夕纪并不了解，顶多知道动脉是血管。

百合惠告诉她，瘤就是身体长出一块东西。健介的血管里长了一个瘤。

“没想到竟然长了那种东西，我完全没发现。”健介抚摩着胸口。看来，动脉瘤是长在胸部。

“爸，痛不痛？”

“不痛啊。今天也跟平常一样，看不出我有什么不对劲吧？”

的确看不出来，夕纪点点头。

“这把年纪去做健康检查，至少都会找出一两个毛病吧。”健介似乎还在为接受健康检查一事后悔。

“那个治得好吗？”夕纪问。

“当然，治是治得好啦。”健介的语气有点含糊。

“听说可能得动手术。”

母亲的话让夕纪不由得睁大了眼。“真的吗？”

“现在还不知道，不过，我想应该没问题吧。”

向来让夕纪安心的自信，从健介的脸上消失了，甚至出现了似乎在惧怕什么的神色。她第一次看到父亲脸上有这种表情。

第二天，健介接受了精密检查。夕纪知道这件事，所以放学一回到家，就问起结果。

暂时不动手术——父亲这么回答。

“好像还不急。也就是说，暂时看情况。”健介含糊带过。

那天的晚餐是以蔬菜为主的和风料理。夕纪的主菜是烤牛肉，健介的却是豆腐。据说，高血压与动脉硬化是动脉瘤形成的原因。

“我还以为动脉硬化跟我无关，原来我也老了啊。”健介一脸泄气地说道，然后把豆腐送进嘴里。餐后还要吃药，听说是降血压的药。

夕纪一直到小学高年级，才意识到原来父亲比同学们的父亲年纪要大。教学观摩通常是百合惠出席，她和别人的母亲相比一点都不老，甚至看起来更年轻。夕纪也不止一次听朋友称赞她母亲年轻又漂亮。

至于健介的年龄，一直到和朋友热烈谈论结婚的话题，夕纪才第一次意识到。那时候，她们谈的是夫妻的年龄差距。她说自己爸妈相差十五岁，朋友们都很惊讶。

但是，夕纪从来没有把这件事和自己的将来放在一起思考。父亲身体健康、活力充沛，她一直相信即使好几年以后自己长大成人，这一点也不会改变。

看到父亲拱肩缩背吃药的模样，夕纪第一次心生警惕，明白父亲被称为老人的那一天就在不久的将来。正因如此，她在心中不时祈祷这一天晚一点到来。

关于动脉瘤的病情，父母谈得并不多。夕纪隐约觉得他们不想让女儿听见，所以她私下推测情况可能不乐观。

父母经常提起西园医生这个名字。从谈话内容听得出他是健介的主治医生，听起来是个经验丰富、医术卓越的医生。夕纪虽没见过，但思及他是拯救父亲性命的人，便也把希望寄托在医生身上。

夕纪见到这位医生，纯粹出于偶然。某天放学后，她和同学们逛车站前的文具店，其中一个同学告诉她："夕纪，你妈在那里。"

文具店对面有一家咖啡店，店里的自动门开启时，刚好看得到店内的情况。

夕纪过了马路，站在咖啡店前面。自动门一开，百合惠的确在里面。她面向这边坐着，好像和别人在一起。

不久，百合惠也发现了她，先是惊讶地睁大了眼，然后向她轻轻招手。

坐在百合惠对面的人回头了。是一名五官分明、看来很认真的男子。

他就是西园阳平。夕纪深信他是拯救父亲性命的人，恭敬地向他行礼，说了声"拜托医生治好爸爸"。

别担心，不会有事的——西园医生这么回答，笑的时候露出的牙齿很漂亮。

他们为什么在那种地方碰面，夕纪没问，因为她不觉得奇怪，她认为他们一定在谈论健介的病情。

当晚，夕纪把遇见西园的事告诉健介，他却没有吃惊的样子，显然百合惠已经告诉他了。医生长得很帅吧——健介笑着这么说。

之后，平安无事的生活又持续了一阵子。正当夕纪逐渐不再担心父亲的病情时，健介发生了一点异状。当时，他们正在吃早餐。

健介突然放下筷子，按住喉咙下方。

百合惠问他怎么了。

"嗯……好像有点噎到了。"健介皱着眉，偏着头，"本来是后天才要检查的，不过，我看还是先去一趟医院好了。”

“还好吗？”夕纪望着父亲。

健介微笑了。“没什么，别担心。”

但是，他没有继续吃饭。

他向公司请假去了医院，就直接住院了。一个星期后动手术的消息，是当天晚上很晚才回家的百合惠告诉夕纪的。

手术这个词听起来如此沉重，充满了压迫感。夕纪虽然不知道具体会做什么，但光是想到手术刀将划开父亲的肉身，便觉得呼吸困难。

那天晚上，她迟迟无法入睡，想起床喝点东西，却看到起居室有光透出来。

门开了一条缝，看得见百合惠的身影。她坐在沙发上，动也不动，专心沉思，双手相扣，端正地放在膝上。

夕纪想，妈妈在祈祷手术成功。

那时候，她也无法想象有其他可能性。

健介住院的第二天是星期六，所以学校一放学，夕纪便直接到医院。

健介住的是六人间，他正盘腿坐在靠窗的病床上看周刊杂志，一看到夕纪，便笑着打招呼。

“爸爸看起来精神很好呢。”

“很好啊！简直像没病一样，无聊得不得了。”

“一定要躺在床上吗？”

“我好歹也算病人啊。他们说，要是到处乱跑，破裂就糟了。”

“破裂？”夕纪一惊，急忙问。

健介指指胸口。“他们说血管的瘤已经长得很大了。不过，应该不会那么容易破吧。”

“要是破了会怎么样？”

“不知道。”他歪着头想，“不太好吧，所以才要动手术啊。”

事实上何止不太好，很多病例都以丧命收场，健介并没有直言相告，他当然是不希望女儿担心吧。

夕纪看到父亲健康的模样，不安感减少了几分。她星期天也到医院探望，周末过后天天到医院报到。健介没有任何异状，每次看到女儿便直喊无聊。

到了手术前一天的星期四，健介难得一脸认真地对女儿这么说：“夕纪，你将来想做什么？”

夕纪曾经和百合惠谈过高中升学的事，但被父亲问到将来，就她记忆所及，这还是第一次。

她老实回答还不知道。

“是吗？慢慢想，以后就会找到方向。”

“会吗？”

“你可不能活得浑浑噩噩！只要好好用功，替别人着想，很多事情你自然而然就会懂了。每个人都有自己才能完成的使命，每个人都是怀抱着使命出生的，爸爸是这么认为。”

“好酷哦。”

“可不是吗！既然要活，就要活得很酷啊！”说着，健介眯起眼笑了。

为什么他会说这番话，夕纪并不明白。过了好几年，她依然不明白。也许父亲并没有深意，但当时的对话，却深深烙印在她的记忆里。

星期五当天动手术，夕纪照常上学。出门时曾和百合惠提到手术，但气氛并不严肃，百合惠的表情一如往常，也像平时一样做早饭给她吃。

即使如此，到了近中午的时候，夕纪便开始坐立难安，因为她知道手术将在十一点左右进行，光是想象父亲躺在手术台上的模样，手心就出汗了。

从学校回到家已经过了下午四点。百合惠不在，但此前说过等手术顺利结束就会联络夕纪。由于这场手术可能进行到晚上，百合惠事先交代夕纪自己吃晚饭。夕纪打开冰箱，里面已经放着几道菜，每一道都是她爱吃的。

提早吃完晚餐后，夕纪看电视、翻杂志来打发时间。但是，不管电视还是杂志，她一点都无法专心看，不时看看时钟。

晚上十点过后，电话终于响了，是百合惠打来的，但不是来通知手术已经结束了。

她说，好像还会更久。

“为什么会更久？本来不是早就该结束吗？”

“是啊……反正，好了会跟你讲，别担心，在家里等。”

“我当然担心啊，我也要去医院。”

“你来也帮不上忙呀！不会有事的，听话。”

“好了就要告诉我哦！”

“知道啦。”

挂上电话，一阵强烈的不安包围了夕纪。父亲的面孔在脑海浮现。一想到他也许正在生死边缘徘徊，夕纪便全身发抖。

她已经无法思考了。关掉电视，在床上缩成一团，胃部又沉又闷，恶心感接二连三袭来。

下一次电话响起，是半夜一点过后。夕纪接起，来电的不是百合惠，而是一位亲戚阿姨。

“夕纪，跟你说哦，医院的人要你现在赶快过来。阿姨现在去接你，在阿姨到之前，你可以准备好吗？”

“手术结束了？”

“嗯，结束是结束了……”

“怎么回事？为什么要我现在过去？”

“这个啊，等你来了之后再请他们告诉你。”

“我现在就过去，阿姨不用来接我。”

夕纪挂上电话，立刻奔出家门，搭上出租车，赶往医院。心跳剧烈得甚至让她胸口发疼。

匆忙赶到医院，却不知道该往哪里走。夕纪正想先到父亲昨天住的病房时，听见有人叫她的名字。正是那位阿姨。

夕纪一看到阿姨，便开始发抖。阿姨双眼通红，显然前一刻还在哭。

“夕纪……跟我来。”

“阿姨，怎么了？我爸的手术怎么了？”

但是，阿姨没有回答，只是低着头，推着夕纪的背往前走。

夕纪没有再问下去。她怕得到的会是非常悲哀的答案，一个即使隐约察觉也不愿面对的答案。她只是默默地走着，感觉好像开始眩晕，脚步也不稳了。

阿姨带她去的，是她从未去过的楼层。长长的走廊尽头，有一个房间的门是打开的。阿姨说就是那里。

“我爸……在那里？”夕纪这么问，但阿姨没有回答。她没看阿姨，不知道阿姨脸上是什么表情，但她的确听到呜咽声。

夕纪怯怯地往那个房间走去，阿姨并没有跟过来。

当她走到房间附近时，有人出来了，是穿着白衣的西园。他低着头，一脸疲惫，脚步沉重。

他注意到夕纪，停下了脚步，睁大眼睛。每一次呼吸，胸口便上下起伏。

医生什么都没说，也许是在想该怎么说。夕纪把视线从他身上移开，再度朝房间迈开脚步，她不想听医生说话。

一进房间，眼前出现了一块白布。

那里有一张床，有人躺在上面，白布盖在脸上。有人在床前，坐在铁椅上，头垂得低低的，是白合惠。

脑袋一片空白，夕纪叫喊着，但自己听不见。她冲到床边，以颤抖的手掀开白布。白布下，是健介安详的脸，双眼是闭上的，好像在睡梦中。要活就要活得很酷——父亲的话在耳畔响起。

骗人！这不是真的！她叫喊着。

就这样，夕纪失去了最爱的父亲。

3

窗帘轨上挂着一件淡粉色护士服，应该洗过了，但衣角还留着一块小小的污渍。如果连这种小地方都要在意，大概当不了护士吧——穰治自行做了这种解读。

望在餐桌上竖起一面 A4 大小的镜子，开始忙着化妆。今天值夜班。她任职于帝都大学医院，那里的夜班值勤时间从半夜十二点二十分开始。

望一边在圆脸上抹粉底，一边抱怨工作。她对休假少感到不满。不仅不能请年假，就连排好的休假也经常被要求销假加班。穰治认为这样可以赚不少钱，没什么不好，但才二十一岁的望，宁愿少赚一点钱也要有时间玩乐。

穰治只手枕着头，躺在床上抽烟，烟灰就抖落在枕边的明顿茶盘上。第一次来这里时，他问望有没有烟灰缸，她想了一会儿才拿出这个。从此，高级瓷器便降格为穰治专用的烟灰缸。望对此什么都没说，有时候还会洗干净，与备用的烟摆在一起。

穰治认为，如果和这样的女孩结婚，自己也有机会得到幸福。当然，正因为可能性是零，才会有这种空想。

望的话题不知不觉已转移到患者身上。她说，很多曾经一只脚踏进棺材的患者在捡回一命之后，就变得异常任性。

即使来这里，穰治多半也是她的听众。除此之外，就是吃东西、上床。

当然，他没有不满，若是望对他别有所求，也只会令他徒增烦恼。虽说是听她讲话，其实也只要附和一下就好，绝大多数的情况都左耳进右耳出，只有在听到几个特定的关键词时，才会认真听。

这些关键词的其中之一，突然从望的嘴里说出来。穰治抬起上半身。

“你说岛原总一郎住院了？”他对着穿着小背心的身影问，“你刚才是这么说的吧？”

镜子里的望吃惊地看着穰治，只有一只眼睛上了睫毛膏。

“嗯，前天住进来的。他来的时候，好像还不打算住院，可是检查结果非得马上住院不可。”

“你之前说是大动脉瘤吧，很严重吗？”

“嗯……”

望正专心替另一只眼睛涂睫毛膏。穰治有点不耐烦。

“怎么样？情况不好才住院吗？”

总算涂好睫毛膏的望，转过身子来，眼睛眨巴眨巴地问：“怎么样？”

“很可爱啊！我是在问你……”

“听说有这么大。”她在拇指和食指之间拉出七厘米的距离，“比鸡蛋还大一圈吧。能动手术的，最多也只有这么大了。”

“之前没那么大吧？”

“对呀，之前好像是五厘米吧。那时候医生就叫他最好住院，可是他本人说不要紧，好像怕开刀怕得要命。这次大概认命了吧。”

“要动手术吗？”

“对啊，就是为了动手术才住院啊。啊，讨厌啦！眉毛都画不好！”

穰治下了床，穿上内裤，在望身旁坐下。“手术的日期决定了吗？”

“咦？什么？”望看着镜子问，心思全都在眉毛上。

“手术啦！岛原总一郎不是要动手术吗？什么时候？”

“还没决定呀，还要检查什么的。”望停下手边的动作，看着穰治，皱起刚画好的眉毛，“穰治，你为什么想知道这些？岛原总一郎跟你又没有关系。"

穰治有些狼狈。的确，他太追根究底了。

"是没关系啦，可你不会很想知道吗？那种名人的事情。"

"还名人咧，又不是大明星。"望苦笑着又开始化妆。

"傻瓜，企业领导人的健康亮红灯，这可是很有价值的情报，搞不好还会影响股价。"

"穰治，你在玩股票啊？"

"没有啊，不过想要这种情报的人很多。"

望又中断了化妆，看着他。这次眼里有些责备的意味。

"不可以跟别人讲这些事哦。因为是你，我才说的，其实我们是不可以把患者的资料泄露出去的。"

作为一个护士，望还算是新人。听她这么认真的口气，可以想见她在医院里一天到晚被这么叮咛。

穰治为了让她放心，刻意露出苦笑。"开玩笑啦，这种事我才不会跟别人讲，只是好奇而已。我又不认识玩股票的人。"

"真的？那我可以相信你喽？"

"这还用问？相信我吧！"

望再度面向镜子，嘟囔着脸上的妆不知化到哪里了。

"那个手术不会有危险吗？我在书上看过，大动脉瘤手术的死亡率好像还挺高的。"

望拿出口红，正歪着头看颜色。"那是以前吧，现在不会了，而且我们医生很高明。嗯……你觉得这个颜色配吗？"

"不错啊。哦，医生很高明啊。讲到这里，听说岛原总一郎会去帝都大学医院，也是因为那里有这方面的权威。"

"已经不只是权威，算是一代名医了吧。听说不知道有多少高难度的手术都成功了，一个姓西园的医生。我是不太清楚啦。"

"这个名字，我之前也听过。如果是这个医生执刀，就万无一失吗？"

“应该吧。岛原总一郎那种身份，应该会指名找西园医生。”

“岛原一定是住单人房吧。”

“那当然啦！他占用了我们最好的房间，昨天还叫人把计算机啊打印机什么的都搬进去。才刚住院，一天到晚就有人探病，给我们找事做。”

“望也要照顾岛原啊？”

“有空就得去啊。我老是觉得他的眼神色眯眯的，不过还没有真的动手就是了。”

“都是六十五岁的老头了，还这么有精力啊。”

一听到穰治这么说，望停下了涂口红的动作，惊讶地看着他。

“你怎么知道他六十五岁？”

“你之前说的啊。就是你告诉我岛原总一郎去你们那里看病的时候。”

“那好像是联谊的时候说的吧，你连这种事都记得啊！”

穰治耸耸肩回答：“我的记性可好了。”

三个月前，同事找穰治参加联谊，平常他都会回绝，但这次听到女方的职业，便改变了心意，对方是帝都大学医院的护士。

穰治暗自抱着某种目的参加那次联谊。一如想象，对他而言那是一场无聊的聚会，但他仍有收获，因为有一名在心脏血管外科工作的护士，那就是真濑望。

“说到帝都大学医院，最近岛原总一郎不是才去过吗？”穰治向真濑望搭话。

望立刻有所回应。“对呀，你好清楚哦。”

“我在网上看到报道，说他心脏有问题，去帝都大学医院检查，所以没有出席什么记者会。我还以为是假的，只是他不想参加记者会的借口。”

望摇摇头。“他真的生病了，而且还挺……呃……严重的病。”她把声音压低，似乎怕同席的护士听见，想必是因为医护人员无论在什么场合下，都不能泄露患者的病情。

等联谊的气氛活跃起来，开始有人频频换座位时，穰治也没有离开望的身边。他有意无意地对她示好，同时问出与岛原总一郎有关的消息。大动脉瘤这个病名也是当时听说的，只不过穰治对此并没有详细的知识。

结果，穰治在这场联谊中只和望交谈，也成功地要到了对方的手机号码和电子邮箱。

如果穰治的目的是寻找女友，他大概压根儿不会找望讲话。事实上，发现他看上望的同事便这么消遣他说："原来直井喜欢下盘稳重型的啊！她上面一点料都没有嘛！"穰治只是笑着说了声"要你管"就带过了。望不受男性青睐反而让他庆幸，否则要和别人竞争可就麻烦了。

穰治为了赢得望的芳心，尽了一切努力。这不是他第一次和异性交往，但他对她的态度，比对之前交往过的任何女人都更热情诚恳，不仅下功夫，也肯花钱。

"第一次有男人对我这么好。"望经常这么说。穰治也认为她说的是实话。刚认识她的时候，她的打扮很不得体，化妆技术也不高明。她说护校的课业沉重，没时间玩乐，看来的确是事实。

努力没有白费，认识两个星期之后，穰治开始出入望位于千住的公寓。

由于和望交往，穰治一步步了解帝都大学医院的内部，他自己也调查大动脉瘤这种疾病，研究其治疗方法。于是，他脑海里衍生出某个计划。一开始，他以为那是不可能实现的梦想，但渐渐地，梦想越来越具体，到了现在，他甚至认为非实践不可。

问题是时间，机会只有一次，而他绝对不能错过。

因此，听到岛原总一郎紧急住院的消息，令他无法不追问下去。这件事不在他的预期之中。他很着急，必须立刻采取行动。

"我说，望。"他懒洋洋地说道。

"什么事？"

穰治把手搁在她裸露的肩上。"有点事想拜托你。"

4

名片上的地址不好找，因为那地方不在餐饮店林立的大路上，怎么看都是住宅区。这种地方真的有餐厅吗？夕纪正在怀疑，就看到比一般住宅装饰得要精致的门廊。往里面一瞧，玄关门上挂着刻了店名的门牌。好隐秘的一家店，夕纪这么想，又猜测西园和百合惠或许就是在这里幽会。

一推开门，一名身穿黑色套装的女子微笑着出现了。

“恭候光临，我带您到包厢。”那口吻简直就像认识夕纪一样。

她带夕纪来到一个独立包厢，打开门，向室内说“您的客人到了”。

夕纪做了一次深呼吸，才走进房内。

房间中央摆了一张正方形餐桌，百合惠与西园隔着桌角相邻而坐。百合惠穿着淡紫色衬衫，脖子上戴的白金项链闪闪发光；西园则是一身深绿色西装。

“辛苦了。我们已经开始了哦。”西园举起细长的玻璃杯，里面的液体看来是雪莉酒，百合惠面前也有同样的玻璃杯。

对不起，让您久等了——夕纪说完，在百合惠对面的位置坐下。

“你好像很忙哦。不过气色不错，那我就放心了。”百合惠露出笑容说道。

“我很好啊。妈呢？”

“嗯，很好。”百合惠点头。

许久不见的母亲，在夕纪看来似乎瘦了一点。但那种印象并不是憔悴，而是更结实了，至少完全没有老态。相反，夕纪认为母亲这几年显得更年轻了。她能够想到的唯一可能，便是日常生活改变了母亲。现在不管怎么看，母亲都是一位干练的职业女性。

刚才那名套装女子前来询问夕纪是否要用餐前酒。她拒绝了。

“你们母女俩久久见一次面，来一杯如何？”西园说。

夕纪没有看他，摇摇头。“医院可能会找我。”

“今晚的 first call 不是你，我已经吩咐过了。”

“可是……还是不要了。回宿舍以后，我还想看点书。”

她感觉西园叹了一口气。

“现在的确是你的重要时期。那么，就我一个人喝吧。”

“是啊，你们两位请喝吧，就像平常一样。”此话一出，她就后悔了，她看得出母亲的表情僵住了。

餐点上桌了。前菜装饰得如甜点般美丽，从外表看不出以什么食材制成，套装女子为他们说明，夕纪还是听不太懂，但一吃果然美味，满嘴是至今未曾尝过的好滋味。

原来西园平常都让妈妈吃这些——她突然领悟。这是从什么时候开始的？在为女儿烹调家常菜时，百合惠就已经和西园在外面吃这种平常吃不到的菜肴吗？

健介喜欢重口味的菜色，特别爱吃卤成咖啡色的土豆炖肉。夕纪回想起父亲拿那道菜下酒看棒球转播的模样。她一边默默将眼前的菜肴往嘴里送，一边想着，爸爸大概一辈子都不知道世界上有这种滋味吧。

西园向百合惠描述夕纪在医院的工作情况，这便是他们会话的进行模式。其间，百合惠也问她有没有好好吃饭、洗衣打扫怎么处理等等，夕纪随便应付。这么做尽管孩子气，但她就是不愿意让他们俩认为吃这顿饭是有意义的。

用餐就这样接近尾声。西园中途点了红酒，但夕纪没有喝，百合惠也只喝了一杯，所以主菜吃完后，酒还剩下大半瓶。

甜点上桌之后，西园离席，他的桌位并没有甜点，大概是事先吩咐过吧。席间只剩下母女俩。

“你的情况我都是从医生那里听说的，好像很辛苦，应付得来吗？”百合惠问道。

“要是输在这里，就不知道之前为什么那么拼命了。”

是啊——百合惠应道。

“妈，你有重要的事要跟我说吧？所以才托教授安排这次聚餐吧。”

百合惠睁大双眼，喝了口水，舔了舔嘴唇。

夕纪心想，被我料中了。她心里泛起一股莫名的焦躁，有点后悔主动挑起这个话头。

“算是向夕纪报告吧……是想和你商量件事。”

“什么事？”心跳加速了。当下夕纪就想，真不想听。

“妈妈呀，”说了这几个字之后，百合惠垂下眼，又抬起来注视着夕纪继续说，“觉得差不多该决定将来的方向了。”

“将来？”

“就是说……”她再度喝水，然后才开口，“妈在考虑要不要再婚。”

血管在耳后剧烈跳动。夕纪咽下一口唾液，甚至觉得连吞咽声都在耳内轰然作响。

5

穰治把车停在医院的墙边，这辆车是他不久前才买的二手国产车。虽然曾经决定再也不开车，但没车毕竟不方便。不过，他不像以前那样醉心于车内装饰，也不为音响或卫星导航系统花钱，买来之后甚至还没洗过。现在，他很清楚车子纯粹只是移动的工具。

坐在前座的望粲然一笑。“今晚谢谢你请客，意大利面真好吃。”

“可惜不能喝酒。”穰治说道。

望上夜班若遇到他休假，会在上班前与他一起用餐，这已逐渐成为他们的习惯。饭后，他会开车送她到医院。

“护士总不能满身酒味嘛，而且，你也要开车。”

也对——他点点头说。其实，他也不想喝酒。

“那我走啰。”望伸出左手准备开车门。

穰治轻轻握住她的右手。“刚才那件事呢？”

望为难地皱起眉头。“一定要今晚吗？”

“那你什么时候方便？”

望低着头沉思。啃咬左手拇指是她真正苦恼时的习惯。但她本人倒是说，在医院里绝不会做出这种动作。

“穰治为什么想看那种东西？”

“就像我刚才讲的啊，我想知道什么机器有什么用途，这不看现场不知道吧？要不是被调到医疗器材研发小组，我也不会拜托你这种事。”

“可是，这样的话，按照规定向医院提出采访申请不就好了吗？”望提出合情合理的意见。

穰治摆出一脸厌烦的表情。“如果是正式采访，医院方面多少也会做做样子吧？给我们看的，很可能跟平常不一样。再说，申请采访的手续很麻烦，要先征求上级的同意，这么一来就会被其他同事知道。然后，等我一提出申请，这些人一定都想跟我去。我才不想让他们占这个便宜。”

“也就是说，你想抢先啊。”

“没错，工程师的心眼都很小。”穰治故意露出贼笑。

“可是，机器的配置什么的，手术时与现在的情况应该不太一样哦。这样也没关系吗？”

“看过大概就知道了。总之，拜托你了。”

“可是，搞不好正在动手术啊。上夜班的时候，经常有车祸伤员被送进来，要是其中一个手术室正在使用，其他房间也就不能进去了。”

“要是那样，我就死心。”

“有时候还会有紧急手术……”

“不会太久的，只是看看而已。”穰治双手合十。

望一脸为难地叹了一口气。“要是被发现就惨了，而且今晚偏偏跟一个特别啰唆的前辈一起值班。”

“我看一下，马上就走。不然，你也可以不用陪我，只要带我到手术室，我自己进去。”

“说是这么说……”望皱起眉头，但是，她朝穰治看了一眼，很不情愿地低声说，“真的只有一下子哦。”

“我知道，欠你一份人情。”

“看那个，会有什么帮助啊？”望不解地打开车门。

她下了车，朝夜间出入口走去，走到门口附近，停下脚步。

“警卫认得我，要是我们一起进去，他会觉得奇怪。我先进去，你过五分钟再进。先在候诊室等，我换好衣服马上过去。不过，我可能会被前辈叫去，所以要是你等了超过十分钟我还没出现，那今晚就不行，这样好不好？”

好——他说着点点头。他不想强迫她。

路旁停了一辆轻型卡车，他躲在车后窥视出入口。一身牛仔装的望朝那里走过去。入口的玻璃门打开之后，她行了一个礼。大概是在向熟识的警卫打招呼吧。

穰治点起一根烟，看了看时间，十一点半。

他从上衣口袋里拿出一台小型数码相机，检查过电池和存储卡，再放回口袋。

他对望很过意不去。望会答应如此强人所难的要求，一定是因为真心爱着他，而且恐怕在考虑将来了，也许还认为电机厂商的工程师是很好的结婚对象。

利用她的感情，穰治也觉得不好受。只是，他没有别的办法，自己不过是一介平民，要做大事，即使眼前出现的机会如蛛丝般微乎其微，他也只能紧紧抓住。而望正是那根蛛丝。

他也考虑过是否要将一切告诉望，寻求她的协助。考虑到她对自己深厚的感情，应该是不会拒绝的。但再三思考的结果，还是认为不可行。正因为她爱穰治，所以拒绝帮忙的可能性反而更高。而且最重要的是，他不想连累她。这次计划万一失败,她也会被贴上罪犯的标签。另一方面，即使计划一切顺利，最后的结果也会让她痛苦一辈子。

必须百分之百靠自己独力完成——穰治再次告诉自己。他准备事后从望的眼前消失。他必须把一切安排妥当，即使将来警方循线查到他，也要让警方相信望纯粹是被利用。

看看时间，望进去已经六分钟了，他在地面上按熄了烟，把烟蒂收进口袋。

夜间专用出入口灯光昏暗。一进门的左手边有窗口，内有人影。若只是平常的出入，警卫不会把人叫住。他没向望提过，其实已经从这里出入过好几次了。当然，是为了查看夜间医院内部的情况。

从出入口进入内部，走过昏暗的走廊。医院的平面图几乎完全记在脑海里。前往候诊室的路上，有一道通往地下室的楼梯，地下室有员工餐厅，再往里面应该是设备室。

他在候诊室的椅子上坐下，四下无人，可能是今晚没有急诊病患，整栋建筑静得出奇。

几分钟之后，他听到脚步声。换好制服的望从阴暗的走廊深处出现，看起来比穿便服时成熟得多，神色也严肃起来。

“没问题吗？”穰治问道。

“不算没问题，但现在应该还可以。目前好像没有手术，手术部也没有人。跟我来。”

望小声说完，便转身快步走。穰治跟在她身后。

进了电梯，望按了三楼的按键，然后做了一次深呼吸。

“有时间吗？”

穰治一问，她偏着头想了想。

“五分钟左右。我得赶快回护士站。”

“我一个人也可以——”

“不行！”望严厉地打断他，“万一被发现，有我在还可以蒙混过去。你一个人的话，什么借口都没有，搞不好还会被报警处理。”

穰治点点头，再度认清自己拜托她的是一件多么异想天开的事。

在三楼步出电梯，首先由望到走廊探看情况。然后，她轻轻招手。正前方有一扇大门，上面贴着一块牌子，写着“手术部搬运口”。

望从那前面经过，在一扇普通的门前停下来。

“先在这里等一下。要是有人过来，你就回电梯那里。”

“知道了。”

她开了门走进去。穰治观察四周，刚才他们经过的走廊尽头有一个护士站，灯亮着，却没有听见说话声。

门开了，望探出头来。“好了，进来。”

穰治迅速溜进门后。一进来就是脱鞋的地方，旁边有个放鞋的架子。

“在那里脱鞋。”

“这里就是手术室？”

“怎么可能啊！快点。”

望打开一扇标示为更衣室的门，进去之后，拿着装有蓝色衣服的塑料袋走出来，上面有张纸写着“参观用”。

“穿上这个。里面还有口罩和帽子，也都要戴上哦。小心，绝对不可以把头发露出来。”她一边说，一边自己也穿上同样的衣服，戴上口罩。

“一定要这么麻烦吗？我只是看一下而已。”

正在戴帽子的望抬眼狠狠瞪他。“这么一下子，你身上的细菌就有可能会到处飞呀！再过去那些地方，连一根头发都不能掉。要是掉了，就会被追查出来。你要是不愿意穿，就不带你进去。”

穰治无法反驳。望的眼神完全是护士的眼神。

等他穿好衣服，望便往更衣室后面走去，那里也有一扇门，她在门前的架子上取出两双橡胶拖鞋。

“穿上这个。”

穰治默默地换上拖鞋，他决定不再违忤她了。

望也穿上拖鞋，站在门前，那扇门悄悄地开了。

“原来是自动的。”穰治说道。

“要是每个人都摸来摸去，会有细菌粘在门和门把上啊。”

“是这样啊。”他心想，得把这件事情记住。

“接下来是手术清洁区。绝对不可以用手碰任何地方。”

“知道了。”

穰治踩着橡胶拖鞋踏出去。明明不是去动手术，却非常紧张。一方面是怕被发现，另一方面是由于望再三警告，让他开始认识到这里是个极为神圣的地方。

门后面有一条宽敞的走廊，隔着走廊有一排手术室。一片寂静中，只有空调微微作响。

“哪间手术室都可以吗？”

“最好是心脏血管外科的手术室。”

“那在这边。”望往走廊深处走。

“会根据手术的内容换房间吗？”

“当然。放的器具不一样，清洁程度也略微不同。心脏外科是最高等级的。”

望在最靠里面的一扇门前停下来。

“就是这里？”

她默默点头，然后视线落在脚边，脚尖踩进墙上挖空的方形洞孔。她往下一踩，眼前的门无声地滑开，看来那里有个脚踏开关。原来这里的门全都设计成不必用手即可开关，这一定也是为了防止细菌。

望先入内，再转头以眼睛向穰治示意。他也走了进来。

首先映入眼帘的，是架设在天花板的无影手术灯，正下方是手术台。整个手术台上覆盖着软垫，上面还有不同形状的小靠垫，圈形垫应该是用来枕后脑勺的吧。

放在手术台靠近头部位置的装置是麻醉器，穰治认得出来，因为他事先已吸收了一些知识。麻醉器旁边有一个抽屉很多的层架，应该和麻醉有关。麻醉器前面有显示器，但不知是用来观察什么。

麻醉器附近的墙上有管线设备，上面有四个插座，形状和颜色都有些许不同。关于这个，穰治已经调查过了。绿色插座提供氧气，蓝色是麻醉用的笑气，黄色是空气，而黑色则是吸引用的插座。手术时，各个插座应会视其功能连接在不同的管子上。

穰治缓缓移动视线。电刀、手术器械台、踢桶、吸引器……这些都是每种手术都需要的工具，因此也在穰治事先准备的知识之内。

他的视线停了下来，因为人工心肺机已进入视野。现在并未接上电源，但当进行需要使用人工心肺机的手术时，应该插在不断电电源插座上。那个电源就在墙上。

穰治拿出偷带进来的数码相机，迅速按下快门。他一开始动作，身边的望便以责备的眼神看着他。但他假装没看到，又按了好几次快门。望什么都没说，但在口罩底下，一定咬着唇。

看到他收起相机，望指指门，似乎在说该走了。

离开时，望也踩了脚踏开关。一离开手术室，她便轻轻摇头。

“没听你说要带相机进来。”

“我没说吗？”

“别装了！你以为做这么多防菌工作是为了什么？平常用脏手拿的相机，上面都是细菌，会在房间里四处飞散啊！”

“抱歉，我没想那么多。”

她大大叹了口气。“先走再说。你看够了吧？”

“嗯，够了。”

两人依进来的路线返回。回到更衣室，脱掉拖鞋和参观用的衣服，也拿下帽子和口罩。望把这些衣服一起丢进旁边的箱子。

走出更衣室，穰治穿好鞋子。望先开了门探看外面的情况，一看，便喃喃地说：“糟了……”

“怎么了？”

“别出声。”她从门缝走了出去，然后迅速把门关上。

穰治把耳朵贴近门边，听见一个女人的声音。

“真濑小姐，原来你在那里。在做什么？”

“啊，对不起。我掉了东西，所以来这里找找看。”

“掉了东西？”

“耳环。我在想，会不会是前几天动紧急手术，送患者过来时，掉在手术部……”

“耳环？找到了吗？”

“没有……”

“那当然了，手术部每天都要检查的。你本来就不该戴什么耳环，医院可不是让你玩乐的地方。”

“对不起。”

穰治不用看都能想象望低头道歉的模样。对方显然是护士前辈。望此刻一定在想，无论如何都不能让前辈开门。穰治也开始感觉腋窝冒汗。

护士前辈又叨念了一阵子，说话声总算停止了。不久，门开了，望说：“现在可以出来了。”脸色很难看。

穰治赶紧走到外面，走廊上不见人影，他直接走向电梯。这一折腾，让他心跳加速，很想抽根烟。

在电梯前站定，他面向望，呼地吐了一口气。

“前辈有没有怀疑你？”

“嗯，应该没事。”望微微一笑，但脸色还有点发青。

电梯来了，电梯门缓缓打开，但里面不是空的，有一名穿白袍的年轻女子，看起来像医生。而且，那名女子一看见望，便开口“哦”了一声。穰治倒抽一口气，下意识地觉得那人认识望。

“望，今天值夜班？”果不其然，年轻女医生笑着对望说话。

不可以把脸转过去——穰治当下如此判断。但是，能做的也就这么多了。穰治的脚步不由得跟着望停了下来。如果就这样若无其事地走进电梯，女医生也许不会特别注意他。即使在深夜里，探病的访客在走廊上来去的情况也不少。但是，一旦停下来，对方一定会认为自己和望有关联。穰治很后悔，但已经来不及了。

“是的，正要开始上班。医生还要工作啊？”

“嗯，我想确认一些东西，所以又回来了。”女医生将视线转向穰治，表情略带疑惑。

“啊……这位是来探望家人的，不过他走错楼了，我正要带路。”

“是吗？辛苦了。”女医生朝穰治点头致意，他也点点头。

女医生离开之后，穰治和望走进电梯。

“好险！那个医生是心脏血管外科的，要是被她发现我们偷偷跑进手术室，不管什么借口都不管用了。”望的眼珠骨碌碌地转动。

“心脏？她还那么年轻。”

穰治看过资料，当上心脏血管外科医生，必须先累积好几年实务经验。

“她是实习医生啦，来我们这里才没多久。”

“实习医生……哦。”

“明明没化妆，还是很漂亮吧？”

“是啊。”穰治点头同意，其实他并没有看清楚女医生的长相。

“不过，她对男人好像没兴趣，感觉好像满脑子都是医学。”可能是因为从紧张中解放出来，望又变得像平常一样多话。

电梯抵达一楼。望好像准备回三楼，站在电梯里按着“开”的按钮。

“望，谢谢你，帮了我大忙。”

“能帮得上忙就好。”

“真的很感谢你。”这句话没有半点虚假。他在望的唇上印了一吻。

6

走廊上静悄悄的。太好了！夕纪总算松了口气。住院病人发生异状时，走廊上的气氛就会不一样。一直以来的实习医生生活，让夕纪学会了分辨这种差异。而且，若有什么问题，真濑望的表情应该会更紧张。

但望对于同行那名男子的解释很不自然。来探望家人的访客走错楼层，这种事平常不可能发生。更何况电梯门打开的那一瞬间，他们俩是面对面站着的，感觉像在交谈。

夕纪心想，他会不会是望的朋友？但她并不想深究。即使真是如此，也不是什么大事，她认为与自己无关。

夕纪到重症监护室查看了一下，似乎没什么问题，也没看见元宫或山内的影子。看样子，真的没有紧急手术。如果有，就算她是和教授用餐，也应该会被叫回来。

即使如此，夕纪还是不想马上离开，于是开始处理昨天动手术的患者用药相关事务。才刚过十二点就能下班，这种机会实在难能可贵，但今晚，她不想在那间小宿舍久待。她很清楚现在回去也无法马上睡着，一定是望着满布污渍的天花板，为一些再怎么想都无能为力的事情烦恼，胡思乱想，失去客观的判断力，徒然地让情绪激昂亢奋。

对，再怎么想都无能为力。

与母亲的对话在脑海里重现。母亲那种有点腼腆又有点尴尬的口吻犹在耳边："在想是不是要再婚……"

当然，夕纪受到不小的震撼。她仓皇失措，几乎想夺门而出。然而，下一瞬间说出来的话，平静得连自己都感到意外。

"是吗？不错啊，那不是很好吗？"

百合惠也露出大感意外的表情。"就这样？"

"不然该说什么？啊，对哦，要说恭喜才对。"

连自己都觉得话里带刺。

母亲并没有不悦地皱眉，反而有些脸红。这应该不只是红酒的关系吧。

"你没有什么想问的吗？"母亲说道。

夕纪摇摇头。"没什么好问的啊，我也早就知道是谁了。"

母亲似乎倒抽了一口气，微微点头。

"这不是很好吗？我没意见啊。妈妈自己决定就好了，这是妈妈的人生，妈妈的重新出发。"

"说得……也是，重新出发。"

"为重新出发干杯？"夕纪举起水杯。但她在心里悄声说，这可不是我的重新出发。

回顾这段对话，夕纪陷入自我厌恶之中，后悔自己怎么会与母亲这么对答。既然有所不满，直接说清楚就好了。说不出口，是因为若被问到理由，她也讲不出所以然来。

我怀疑你们——她总不能这么说，就算他们俩早已从她过去的态度看出来了。

她把躺在重症监护室病床上的患者的面孔和父亲的重叠在一起。父亲在动手术之前，脸色比这名患者还好。换作平常，根本没有人会认为他是病人。

可是，他却死了。说要活得很酷的父亲，在第二天夜里就不动了，也不呼吸，全身被干冰包围着。

"这算什么？怎么回事？既然这样，不如不要动那什么手术！"伯父愤怒的声音在夕纪的耳内复苏。

父亲过世当晚，众亲戚赶来时，母亲把情况解释了一遍，伯父立刻大发雷霆。

“可是，如果不动手术，有破裂的可能……”

“什么叫有可能，这种事谁知道啊！也有可能不会破啊！”

“不是的，医生说总有一天会破裂的。”

“就算那样好了，可手术失败不是什么都没了吗？”

“因为健介的病情，好像是很难的手术……这些院方事先就解释过了。”

“因为很难，所以失败了也要我们认命吗？这也未免太奇怪了！哪有这种道理！百合惠，这种理由你竟然能够接受？我在手术前三天还见过他，他可是生龙活虎的，跟我约好出院以后去钓鱼。这种人三天以后会死？岂有此理！”伯父说得口沫横飞。

健介的大动脉瘤似乎长在极为棘手的地方——重要血管分支的部位，而且开胸之后，才发现大部分都已经粘连了。

正如亲戚所说，当时才念初中的夕纪也怀疑是医生的过失。无论手术有多难，能够克服困难完成手术的才叫医生，不是吗？所以他们才能收那么多钱、受到那多么人的尊敬与感谢，不是吗？

有些亲戚还建议最好控告医院，百合惠却不表明态度，甚至还说健介本人也会接受这样的结果。

母亲的这种态度也让夕纪感到不满。

失去父亲的伤痛并没有轻易消失。但夕纪马上明白，哭不是办法，因为母亲必须出去工作，结果在饭店的美容院找到了替客人穿和服的工作。夕纪从来不知道母亲有这项专长，她也是这时候才知道母亲婚前曾经在百货公司的和服卖场工作。

这份工作虽然没有丰厚的收入，但健介保了几份寿险，只要节省一点，母女俩的日子应该还过得去。放学回家，家里空无一人纵然让夕纪感到寂寞，但一想到母亲正在为她们努力，感恩的心情便大于一切。过去很少做的家事，她也开始主动帮忙了。

与母亲的新生活，让夕纪变得懂事而坚强。每天埋头苦干地过日子，总算能够赶跑在心里萌芽的怯懦。

就这样，几个月的时间转眼过去了。她对父亲的死因虽无法释怀，但亲戚们也不再说什么了。即将破裂的大动脉瘤在手术时破裂——情况就当作这样结束了。

如果这种情形持续下去，没有发生任何事，或许夕纪会逐渐打消内心的怀疑。然而，事态并非如此。

事情发生在某天晚上。夕纪正在准备晚餐，家里的电话响了，是母亲打来的，说会晚归，要夕纪自己先吃，她可能会在外面吃过再回来。

夕纪本来正在做五宝炊饭，因为那是母亲爱吃的，但是挂了电话之后，就提不起劲了。她把食材搁在一边，直接倒在沙发上，没多久便打起盹来。等到醒来时，时钟的指针已经指向将近十点了。母亲还没回来。

夕纪觉得很饿，却不想做饭。她披上外套，拿了钱包便出门。便利店就在走路五分钟的地方。

她买了东西回到家附近，看到路旁停了一辆车，她也认得出那是一辆奔驰。车内人影晃动，车门开了，她看到下车的人，不由得停下脚步。那人正是母亲。

她往驾驶座一看，可能是因为车门打开，车内灯亮了，辨识得出驾车人的面孔。

夕纪差点叫出声来。微光中照亮的，不正是那位西园医生吗？震惊之余，她躲在旁边的一辆轻型车后面偷看。

车门关上后，母亲似乎仍笑盈盈地说着什么，而且车子启动后，她还站在那里目送车子远去。在夕纪看来，那是依依不舍的模样。

直到看不见车子，母亲才迈步走向公寓。夕纪从后面追了上去，叫了一声“妈”。

百合惠活像一具发条松脱的人偶，顿时定住不动，接着慢慢转身，动作也显得很生硬。

“夕纪……你怎么会跑出来？”

“便利店。”她把手上的袋子举起来，“妈，刚才那个人……”她面朝奔驰离去的方向，“不就是那个人吗？帮爸爸看病的医生，西园医生。”

百合惠的嘴角抽动了一下，先是露出浅笑，然后才开口：“是呀。”语气很平稳。

“你怎么会跟他一起回来呀？”

“也没什么。我们先回家再说吧，天气有点凉了。”百合惠说着，不等女儿回答，便向前走去。

夕纪默默地跟在快步前行的母亲后面，觉得母亲的背影似乎在排斥着什么，以前走在母亲后面时从来没有这种感觉。

回到家，百合惠先到厨房喝水，放下玻璃杯后长叹一声。夕纪一直在餐桌旁注视着她。

百合惠从厨房里出来，表情转为深思熟虑。

“其实，”她微微低着头说，“妈妈现在的工作是西园医生介绍的。医院经常在那家饭店举办医学方面的会议，所以西园医生在那里好像有人脉。”

“原来是这样啊。”这当然是夕纪第一次听说。

“今天，医生因为有事来饭店一趟，顺便看看我。我也觉得应该跟他道个谢，才会比较晚回来。”

“那，你是跟西园医生吃晚饭？”

百合惠简短地“嗯”了一声。

“哦。”夕纪也应了一声，拿起便利店的袋子，走进厨房，把便当放进微波炉，按下加热开关。

“妈，西园医生为什么要帮你介绍工作啊？”夕纪望着在微波炉里转的便当问道，“是为了手术失败赎罪吗？”

百合惠眨了好几次眼，表情有点僵硬，然后才回答："也许吧。"

同样的事情没再发生。百合惠偶尔晚归，但显然都是为了工作，即使是这种时候，回家的时间也很少超过晚上九点。

但是，夕纪无法确定母亲没有与西园医生见面。她每星期一休息，因为不是公休日，夕纪当然得上学，这段时间母亲在做什么，夕纪就不得而知了。

某天，夕纪经历了一次决定性的会面。

那天也是星期一，她放学回到家，西园就在家里。

他端正地坐在起居室，背脊挺直，笑着向她打招呼。

"医生说刚好有事来附近,顺便过来看看。"母亲的话听起来很像借口。

"是吗？"夕纪说着点点头。

"那么，我告辞了。"西园站起来，"看到令千金精神不错，我就放心多了。"

"谢谢医生这么费心。"百合惠向他道谢。

"要是有什么事，尽管告诉我，别客气，只要我能力所及，不管什么事都会帮忙。"西园说着，点点头。

百合惠没说话，微微地低下头，目光里透露出信任。

夕纪看到这一幕，下意识地觉得这个人对母亲而言，可能是个特别的人……

夕纪连想都没想过母亲会喜欢上其他异性。母亲在生物学上虽然是女人，但夕纪却毫无来由地深信，母亲不会再与男人建立亲密关系。

仔细一想，其实那是十分可能的，更何况母亲还年轻，尽管在夕纪眼里怎么看都是中年妇女，但以她的年纪，谈恋爱也不足为奇。

正因为对父亲的回忆还栩栩如生，夕纪更不想承认母亲对其他男人有好感，更何况是那个没有救活父亲的医生。

从那天起，西园便经常造访冰室家，他总是在星期一来。从第二次起，不但西园本人，连百合惠也没再说"刚好来这附近"的借口了。

但是，他从来不久坐。在夕纪回家后半个小时便离开，这已成为半仪式性的惯例。于是，有一次夕纪对母亲说："我可以晚一点回来啊。这样西园医生也不必急着走了。"

然而，百合惠摇摇头说没这回事。

"西园医生是在等你呀！他说，如果不亲眼看看你过得好不好，特地来拜访就没有意义了。所以，你要像现在这样，尽可能早点回来。"

"噢……"夕纪觉得这样也是一种麻烦，但没有说出口。

不知他们俩是否除了星期一也碰面，她尽量不去想这件事，因为只要一开始想，就会忍不住对他们的关系胡思乱想。

她从母亲那里得知西园单身，好像结过婚，但妻子过世了。不知道有没有小孩。

就这样，日子一天天过去了。不久，父亲过世满一年，周年忌的法事结束之后，大家一起用餐，伯父又提起了对院方的质疑，但几乎没有人附和，甚至有一种"过去的事何必再提"的气氛。

"早知道那时候我就该出头的，实在没想到百合惠竟然就算了。"伯父边抱怨边自斟自饮。

夕纪听到这几句话，蓦地想起一件事。母亲没有对院方提出强烈抗议，莫非是因为当时已对西园医生产生好感？但凡面对自己心仪的对象，无论对方做错什么，都不忍加以责备。

然而，紧接着一幕情景在夕纪脑海里浮现。父亲的病刚发现时，母亲和西园曾经在家附近的咖啡厅碰面。

这代表了什么？

那时候，她很单纯地以为他们在讨论父亲的病情，但如果是谈病情，照理说应该在医院啊，为什么在咖啡厅呢？

不祥的思绪开始在夕纪脑海里膨胀，这想象实在太丑陋、太残忍了，即使教自己不要想，栖息在内心的疑惑仍不受控制地继续扩大。

假使……

母亲与西园的关系，在父亲动手术之前便开始了呢？不用说，这是外遇。如果维持现状，这两人绝对无法结合。

但是，百合惠的丈夫病倒了，而为他动刀的是西园阳平。手术难度极高，这是公认的事实。

倘若手术成功，健介便会康复，过不了多久就会出院，恢复正常生活，健介与百合惠的夫妻关系也会维持下去。

西园医生会希望如此吗？他希望百合惠继续为人妻吗？

健介的生死掌握在西园医生手中。那场手术即使失败，也只要一句“很困难”就能交代，事后怎么解释都可以。如果是这样，他还会全力以赴吗？

这种想法无法与任何人商量讨论，一切都是想象的产物。然而，这想法却如同黑色的残渣在夕纪心底滞留、沉淀，任凭时光流逝也没有消失，反而使她的心情更沉重。

“我将来要当医生。”

初三那年秋天说的那句话，是她找到的唯一的方法得出的结论，只有那个方法才能抹去她内心不断膨胀的怀疑。

7

穰治把打印成A4大小的照片摆放在餐桌上，点了一根烟。那是他在手术室里拍的照片。

整理过的医疗器械目录就在身边，他逐页翻阅。

吸引器、电刀、手术用显微镜、麻醉器以及人工心肺机——他想详细了解每一项设备，其中最重要的就是人工心肺机。

他凝视着装设在同一组线路中的液晶显示器，用放大镜确认设计细节。不久，他在目录里找到相同机型，那是心脏手术用的血液显示设备，可为手术中的患者连续测量并记录血液的氧气浓度、温度、酸碱值等十多种项目。

穰治检查这项装置的规格，如电源、电池的有无、连接方式等等，并抄写在笔记本上。

其他设备也必须进行相同的检查。光是今天一个晚上，终究无法完成。

时间不够。他拿起搁在烟灰缸里燃了一大截的烟，吸了两三口，便把烟按熄，然后又点起新的一根。

时间不够……

岛原总一郎住院了，表示这次一定会动手术，会是什么时候呢？根据望的消息，目前尚未决定。但是，照理说应该快了。那个大忙人不可能为了检查乖乖在医院待上好几个星期。

大概一个星期吧，穰治这么想。这样的时间应该合理。

他必须加紧脚步。虽然已经准备到一定程度，但距离万全还差得远，很多事情还有待调查，敌人却不会等待。错过这次机会，恐怕永远都不可能达成目的。

他叼着烟，把椅子转了个方向。电脑就在旁边，他打开文字处理软件，思考了一阵子，敲打起键盘：

敬告帝都大学医院相关人士……

8

在值班室一躺下来，夕纪不由得大声长叹。

今天比平时还累，白天的手术一直进行到将近晚上七点，术后观察又花了不少工夫。虽然是大动脉瘤切除手术，但患者的肾脏原本就有毛病，术后必须联系肾脏内科，让血液透析器在重症监护室运转。

心脏血管外科的患者大多年事已高，因此患有其他疾病的概率也很高。夕纪认为，要救他们的性命，就像让天平保持平衡一样，只要有一边稍微加重一分一毫，天平立刻会失衡。

正当她想着这些，意识逐渐朦胧时，无线电话响了。一接起来，是通知她患者中塚芳惠发高烧。

虽然昏昏沉沉的，但没时间让她拖延，她用冷水洗把脸，披上白袍。

值班的日子，她从来没好好睡过。那么，没值班就能在宿舍里好好休息吗？没这回事，夕纪甚至认为值班时的压力比较小，就算回到宿舍，也不能关掉手机电源。患者出状况时，接受 first call 是实习医生的工作，因此即使人在被窝里，也担心手机随时会响，心情从来没放松过。绝大多数的夜晚，医院总会发生一些状况。

夕纪甚至庆幸今天值班。中塚芳惠是她负责的患者，如果她在宿舍，一定又会被手机惊醒。她有点怕那种声音。

中塚芳惠的体温上升到将近四十度，夕纪也知道她这阵子持续低烧，但一直找不到原因，同房的其他患者并没有人感冒。

芳惠意识模糊，和她说话，她的反应也很迟钝。

检查病历，芳惠的腹部有大动脉瘤，另一方面，她也是胆管癌患者。夕纪先确认这几天是否有新的用药处方，但显然没有。

心音和肺有无杂音也是重要的确认事项。她听到患者的肺部有些微断断续续的杂音。那么，是呼吸道感染吗……

芳惠突然发出呻吟，双眉间的皱纹加深了，双眼紧闭，嘴巴半开，发出喘息，宛如面目可怖的怨灵，平常温和安详的表情不见踪影，简直判若两人。

夕纪感觉不寻常。这不是退烧就能解决的问题，必须进行最根本的处理。该怎样处理？夕纪动用了所有贫瘠的知识，却理不出头绪。

"医生，请给指示！"站在身边的护士菅沼庸子说道，她是有十年资历的老手，"现在由不得你不知所措！"

这种说法伤了夕纪的自尊，但是说得没错，夕纪做了一次深呼吸。

她提出了所能想到的指示，并着手准备。首先是抽血培养。

一做完该做的处置，夕纪便打电话给负责胆管癌的主治医生。这位医生姓福岛，夕纪将所有能传达的信息全部在电话中做了报告，福岛表示马上赶来医院，语气没有不悦，但挂了电话之后，夕纪依然被一阵无力感包围，深怕福岛医生认为实习医生没用。当然，现在不是不安的时候，她又立刻打电话给山内，中塚芳惠的大动脉瘤是由他负责的。

"哦，是胆管炎造成的败血症吧。"山内在电话彼端说道，语气听起来相当悠闲。

"请给指示。"

"福岛医生会过去吧，我想多半会紧急手术，你去把检查资料备齐。"

挂了这通电话后大约三个小时，山内的话成真了，福岛分析有必要切除发炎严重的部位。之所以需要三个小时，是因为在取得家属同意这方面遇到了麻烦。中塚芳惠有个女儿，但她与丈夫、孩子都不在家，所幸她小姑子在她家照料宠物，对方表示那一家人当晚住在迪士尼乐园附近的饭店，但偏偏不清楚是哪家，于是夕纪和护士们分头打电话到好几家饭店询问。

最后，福岛在电话中向中塚芳惠的女儿说明状况，并确认对方同意手术，整个联络过程已经花了一个多小时。

“她女儿急哭了，好像很后悔去迪士尼乐园。”福岛挂了电话之后这么说，好像做了什么不该做的事一样。

这场手术夕纪也要帮忙。先切除发炎部位，但还有其他部位也受到癌细胞侵蚀，不过福岛医生分析首要之务是去除高烧的原因。

手术历时两个多小时。在中塚芳惠被送至重症监护室途中，夕纪认出了走廊上的一对男女，她和他们见过好几次面，他们是芳惠的女儿女婿。女儿一脸担心。

夕纪正在重症监护室观察术后情况，菅沼庸子进来说那对夫妇想见中塚芳惠。

“可是她现在睡着了，而且还会睡好几个小时。”

“我跟他们说过了，可是他们说没关系。大概是想先看看模样，图个心安吧。”菅沼庸子的语气，显然在调侃那对夫妇的自我满足。

几分钟后，菅沼庸子领着一对男女走进来。两人都摩擦着双手，大概才在入口处消毒过。

两人并肩站在中塚芳惠身边，夕纪走近他们。

“我想主治医生应该说过了，还要继续观察一阵子，应该会退烧。”夕纪交替看了看这对夫妻说道。

“福岛医生说，暂时没办法动胆管癌的手术，真的是这样吗？”妻子发问。

“我想这方面只能相信福岛医生的判断。这次的手术确实让中塚女士消耗了很多体力。手术是需要体力的。”夕纪谨慎地回答。关于胆管癌方面，她不能多说。

“这样的话，那动脉瘤呢？”这次换丈夫发问。

夕纪看向男子，他戴眼镜，小个子，三十五岁上下。

“大动脉瘤手术也会造成患者莫大的负担。我想依目前的情况，中塚女士是无法承受的。”这件事她也在电话里和山内讨论过了。

“那么，两边的手术暂时都无法进行吗？”丈夫进一步发问。

“是的。最重要的，是先脱离目前的状况。”

“可是，退烧以后也不能马上动手术吧？两边都不能？”

“就现在的状况，我想是的。”

“这样的话，大概要多久才能手术？”

“这个嘛……”夕纪舔了舔嘴唇，“要看中塚女士复原的情形，而且必须和外科讨论过才能决定，现在实在没办法给您一个确切的时间。”

“要等一个月吗？”

都已经表示没办法给明确的时间了，这个做丈夫的还是追问不休。

“要看接下来的状况，或许会更久。”

“更久……如果还要更久，动脉瘤可能会长得比现在大吧？不会破吗？”

“当然，如果置之不理，的确会有这样的顾虑。但是，现在实在没办法动手术，只能等到中塚女士养好体力。依现在的大小来看，不会立刻破裂，两位不需要担心。”

“是吗……”做丈夫的一边点头，一边露出沉痛的表情低下头，似乎有些焦躁。

目送夫妻俩离去后，夕纪决定先回值班室。天快亮了，现在去睡，顶多也只能睡上一个小时，但若不稍微躺一下，接下来会更难熬，就算整晚不眠不休地工作，也得不到任何体贴宽容，这就是实习医生。

在前往值班室的途中，走廊一角传来交谈声，夕纪立刻听出是刚才那对夫妻，便稍微放慢了脚步。

“那个福岛医生说，在妈可以动手术之前，先让她回家。听那个意思，快的话，好像下个星期就要她出院了。”

“可能性很高。这家医院不让患者住院疗养，意思是说，如果暂时不动手术，就非得出院不可吧。”

夕纪听到了男人的沉吟。

“一住院就发烧，结果没动手术就出院，到底为了什么住院啊。”

“那也没办法啊！是很对不起你。”

“计划都乱了。怎么办？还是得接回家里照顾吗？”

“总不能让妈一个人待着吧！”

男人又沉吟起来，啧了一声。

夕纪也明白个中原委。中塚芳惠独居，若以目前的状况暂时出院，当然要有人照顾，而女婿不愿意这么做。

“赌赌看好了，求医生动手术怎么样？”

男人乱出主意。夕纪皱起眉头。

“动哪个手术？癌？还是动脉瘤？”妻子的声音也尖了起来。

“都可以。反正都住院了，总要叫他们做点什么吧。”丈夫负气说道。

夕纪迈出脚步，故意发出响亮的脚步声。

从走廊一转出去，便看到那对夫妻表情僵硬地站在那里，男人一看到夕纪便低下头，夕纪朝他们点个头，按下电梯按钮。

尴尬的沉默包围着三人。不久，电梯来了，门在夕纪面前打开。

正要进电梯，她停了下来，回头看着那对夫妻。

“我想，应该不至于下星期就请中塚女士出院，因为还有很多检查要做，最重要的是脱离现状。毕竟，中塚女士才动过一场大手术。”

患者的女儿睁大了眼睛，或许她忘了母亲几个小时前才动过手术。

先告辞了——说完，夕纪便进了电梯，感觉真不舒服，也许不该说那些话的。

第二天早上，其实也只是两三个小时以后，夕纪向元宫提起昨晚发生的事。他虽然露出厌倦的表情，却也叹了一口气说没办法。

“家家有本难念的经。只要患者能医好就好，别的都好商量——能真心说这种话的家庭是少数。手术方面也一样，并不是每个人都祈祷手术成功，其中也有人认为如果只医好一半，事后非得有人照顾不可，不如干脆失败算了。”

“您是说，那对夫妻希望中塚女士死于手术吗？”

“我没这么说。不过，他们为术后的情况担心是事实。会担心也是当然的，要不要把老人家接回去照顾可不是一件小事。”

“我以为家人就是要无条件照顾彼此。”

“所以我才说啊，家家有本难念的经，医生不该管这么多。”

看夕纪默不作声，显然无法释怀，元宫露出了苦笑。“公主的正义感不能接受是吗？去换个心情如何？你还没吃早餐吧？”

夕纪正想说没关系，却把话吞了回去。元宫很讨厌别人因为自尊而逞强，所以她说“那么我一个小时以后回来”，便离席了。

离开医院大门，走向对街的咖啡店，她打算在那里吃早餐，一边等红灯，一边回味元宫刚才讲的话。

并不是每个人都祈祷手术成功……

这在夕纪来说，是个无法置身事外的问题。父亲的死又再度回到脑海，那时候，母亲是衷心希望手术成功吗……

旁边传来小狗撒娇般的声音，让夕纪回过神来。一只咖啡色的腊肠狗被系在自行车停车场的栅栏上，大概是患者带来的吧。

小狗在栅栏上磨蹭脖子。夕纪觉得奇怪，仔细一看，项圈上夹着一个白色东西，看起来像是纸条。这就是狗不舒服的原因。

夕纪走近小狗，她很爱狗，先摸摸小狗的头，再顺便帮它取下项圈上的纸条，这应该不是主人夹的吧。

纸条被折成小小一张，上面似乎有字，她随手把纸条打开。

9

抬头看那座灰色建筑，玻璃窗反射的阳光便射进眼睛，七尾行成皱起眉头，把刚摘下的太阳镜重新戴上。

“又要戴？”身旁的坂本说。

“最近，眼睛疲劳得很，春天的阳光太刺眼了。”

“是因为宿醉吧？你身上有点酒臭。”

“不会吧。”七尾以右手遮嘴，呼了一口气。

“昨天又去新宿了？”

“我哪会去那种地方啊，在附近的便宜酒吧喝喝就算了，大概是便宜货喝太多了。”

“拜托节制一点，不然叫人的时候动不了哦。”

“怎么可能会叫到我啊。就算叫到，也都是这种杂事。”他的下巴朝建筑物扬了扬，大门口挂着帝都大学医院的招牌。

“是不是杂事，现在还不知道吧。”

“杂事啦！要不然，就该把我踢出去了。不过你大概会被留下来。”

坂本一脸厌烦地叹了一口气。“反正，先把太阳镜取下来吧。医生这种人，自尊心都很强的，要是惹毛了他们，以后就麻烦了。”

“进去再说。”七尾再度往前走。

走进玄关，再往前就是服务中心的前台，一名年轻女子坐在后面。

七尾看到坂本朝前台走过去，便朝四周环视了一圈。

很久没上大医院了，虽然不是节假日，候诊处几乎没有空位，交费处前也是大排长龙，他再度见识到生病的人果然很多。

他正望着楼层正中央那座莫名其妙的艺术品，坂本回来了。

“前台小姐叫我们去总务处。在隔壁楼，走回廊可以直达。”

“叫人家过来，也不出来接一下啊。”

“你见过有人欢天喜地出来迎接警察吗？把太阳镜拿掉。”坂本转身率先而行，一副受不了前辈老是不正经的德行。

七尾噘起下唇，摘下太阳镜，放进西装内袋。

穿过零售店与自动售货机并陈的走廊，他们看到一扇标示着总务室的门。一进门，里面有几张并排的办公桌，数名男女坐在椅子上。

一名男职员起身，走向七尾他们。“请问有什么事？”

“我们是警视厅的。”坂本说道。

男子的脸色变了，说了声“请稍等”，便消失在后方。

七尾环顾室内，其他人似乎怕他搭话，纷纷低头。

刚才离开的男子回来了。“这边请。”

他们被带到后面的会客室。隔着茶几，与一名刚迈入老年的男子及另外三名男子相对。

彼此简短地做了自我介绍。老人姓笠木，是这家医院的总务处主管，另外三人是医院所属地区中央警局的刑警，姓儿玉的警部补似乎是领头的。

“警视厅的刑警也特地来一趟，这么说，恶作剧的可能性很低了？”笠木看着儿玉问道。

“现在还无法断定。”儿玉摇摇头，向七尾他们瞄了一眼，“不过为防万一，我们局长判断，最好先和警视厅联络，再决定今后的方针。”

“哦，原来如此。”笠木的黑眼珠晃了一下，似乎象征着内心的感受。

“那么，可以看一下那封恐吓信吗？”坂本说道。

儿玉把放在一旁的复印件拿给他。“实物已经拿去鉴定了。”

“复印件就可以。”坂本伸手接过，七尾也探头过来。

实物似乎折过，有好几条纵向折痕，上面有一段文字横铺在这些折痕上，看似由打印机打印的那段文字并不长：

> 敬告帝都大学医院相关人士：你们无视医院内部再三发生的医疗疏失，完全没有将这些事实公之于世，这种行为形同轻视患者的生命与人权，更是轻视公众对医疗的信任。立即公开所有疏失并向社会大众道歉，否则我们将亲手破坏医院。若因破坏而出现受害者，你们将要负起全责。
>
> 警告者

“内容相当偏激。”坂本说，“有没有什么线索？”

笠木摇摇头。

“我们完全不明白信上指的是什么。上面说有医疗疏失、刻意隐瞒等等，全都是捏造的，只能说是故意找医院麻烦。”

听到这几句话，七尾哼了一声。

笠木不悦地看着他。“怎么？”

七尾擦了擦人中部位。“就算医院方面不认为是医疗过失，还是有人相信出过这种事吧。”

“什么意思？”

“你应该也明白，医院和患者双方，有时候在认知上是不同的。”

“你指的是，患者自以为某些治疗结果是医院的疏失这一类例子吗？”

“是不是‘自以为’就不清楚了。好比患者不幸身亡，家属和院方对于死因的看法有所出入，这种情况不是也有可能发生吗？”

笠木交抱双臂，注视着七尾。那种视线以“瞪”来形容更为贴切。

“的确，患者不幸过世时，是会发生院方被追究责任的例子。”

“我指的就是这种情况。”

“但是，”笠木板着一张脸，“遇到这种情况，家属应该会先向院方反映，这在其他医院经常会演变成医疗纠纷，但是，我们目前并没有这类问题。”

“你是说，没有家属抗议吗？”

“没有。”

“既然如此，那就不该出现写这种东西的人吧？”

“所以我才说，怎么想都是故意在找医院麻烦，是很恶劣的恶作剧。”笠木将视线从七尾身上移开，对管区的刑警们露出投诉的神情，看来是在寻求支持。

“这是谁发现的？”坂本问道。

“我们的医生，不过是实习医生。”

“大名是什么？”

“姓冰室，冰雪的冰，室兰的室。”

“可以见个面吗？”

“关于这件事，这几位刑警先生也这么说，但她正好在手术室……”笠木看看手表，“差不多该结束了，请稍等一下。”

笠木暂时离开房间。七尾拿出烟，因为他看到茶几上摆着烟灰缸。烟点燃没多久，笠木便回来了。

“手术好像结束了，不过冰室为了观察术后状况，还在重症监护室。可以请各位再等一下吗？我已经交代她一有空就过来。”

“你说的实习医生，就是所谓的 intern 吗？”

笠木摇头回应七尾的话。“现在已经不这么说了，很久以前就废止了。”

“可是，他们就跟实习生一样吧？”

笠木很不高兴，皱起眉头。“实习医生都是通过国家职业资格认证的，是名副其实的医生。”

“是吗？可是，算是新人吧？这种人也可以动手术吗？”

“当然是跟指导医生一起。不过，就像我刚才说的，他们是通过国家考试的医生，在技术上没有任何问题，只是实务经验比较少。”

“话是这么说，有这种缺乏经验的医生在场，动手术的患者本人，或是患者家属，难道都不会不安吗？万一手术不顺利，他们也可能会猜测这是造成不幸的原因。”

笠木不耐烦地将嘴角一撇。“我们不会把攸关手术成败的重要部分交给实习医生，都是让他们做辅助性的工作。”

“即使事实如此也一样。当患者身亡时，家属会怎么想？一定是因为医疗团队里有菜鸟，手术才会失败——他们难道不会有这种想法吗？我指的不是事实怎么样，我的问题是家属会如何质疑。也就是说，像这种东西，”七尾拿起茶几上的复印件，“也许是出于一场误会。”

“如果是这种情况，应该会先向医院抗议吧？可是，这种投诉我们现在连一件都没收到。”

“现在没有是什么意思？是指这家医院成立以来一次都没有吗？”明知不可能，七尾还是这么问道。

“如果追溯到很久以前，也不见得没发生过。”笠木说道，似乎对刑警纠缠不休的逼问感到无比厌烦。

“现在没有？”

“至少我没这方面的消息。”

“会不会是忘了？有时候，院方会当成一些微不足道的事情处理了，受害者家属却念念不忘。”

“这种事……”

正当笠木词穷时，敲门声响起，及时为他解了围。笠木说了声“请进”，门开了，出现一名身穿白袍的年轻女子，年约二十五岁，可能是因为头发向后扎起的关系，眼角有些上扬。

“不好意思，这么忙的时候要你过来。”笠木对她说道。“这位是实习医生冰室，现在在心脏血管外科实习。”他向刑警们介绍。

七尾和其他刑警纷纷起身，行了一礼。他们没想到来者是女性，因此有些手足无措。

“没想到是女医生。”管区刑警儿玉说，仿佛为一群人的心情代言。

女实习医生对这句话没有任何回应，带着严肃的表情在刑警们正对面坐下，目光朝向茶几上的恐吓信复印件。她当然知道自己被叫来的原因。

“那么，”坂本拿起复印件，“据说是你发现这封信的原件，没错吧？”

“没错。”她回答，声音低沉冷静。

“可以请你说一下当时的状况吗？”

她点点头，开始叙述——值完班准备去吃早餐，才刚走出医院，便发现一只狗被系在自行车停车场，项圈上夹了一张纸。

“里面写的内容不太寻常，我认为不能置之不理，便与指导医生商量。最后决定向总务处报告，便把信送了过来。”

“你发现这张纸的时候，附近有人吗？”坂本问道。

“我想应该有。那时候诊疗时间已经开始了，也有患者陆续来医院。”

“你把纸条从狗项圈拿下来时，有没有人正在看你，或是停下来呢？”

她稍微沉默了一下，摇摇头。“不知道，我没注意。”语气坚定，大概是认为这时候说话不能模棱两可。

“这张纸，你是徒手拿的吧？”坂本加以确认。

“是的。”

“呃，关于这件事，”儿玉插嘴，“稍后，我们可能需要采集医生的指纹，方便吗？”

“可以。”实习医生冰室以平板的语调干脆地回答，看着坂本，像在等候下一个问题。

这种大美人也会想当医生啊——七尾听着他们的对答这么想。可能是没化妆的关系，看起来气色不太好，身材略微瘦削，甚至给人不太健康的印象。但是，与刑警们对视的目光强而有力，显示内心有坚强的意志。

同时，七尾心里还想着另一件全然无关的事。

我在别的地方见过她——

10

喝了一口速溶咖啡，元宫叹了一口气。

“最近比较少了，不过这类恶作剧很常见。我认识的一个外科医生，就收过寄到家里的恐吓信，上面没署名，但他知道是谁干的，是一个动了癌症切除手术之后情况恶化死亡的患者的家属。那名患者已接近癌症晚期，不管动不动手术，存活率都很低，院方明明事先讲清楚了，可是等到人真的死了，家属还是怪起医生。这也是无可奈何。”

“那封信，是死在这家医院的患者的家属写的吗？”夕纪小声问道，办公室里只有他们两人，恐吓信的事还没告诉护士。

“不见得是家人，但一定是关系很密切的人，像是恋人、好友或是恩人吧。大概是认为重要的人被这家医院杀了。”

元宫的语气和平常一样冷静，视线正落在他负责的患者病历上，表明比起身亡的患者，他更在意活着的患者的病情。夕纪当然也同意这种想法，她到这里实习之后，也有好几名患者被殡仪馆运送出去，其中有不少人与她多少接触过。但是，她每次都没有多余的心力难过或沮丧消沉，因为新的病人接二连三地出现。她深切地体认到，医生的义务就是尽可能救助更多人，正因为有救不了的病人，才更希望全力治疗有救的病人。

夕纪实在无法把那封恐吓信当作纯粹的恶作剧，或许是因为发现恐吓信的冲击太大了，她很在意其中的用词。自称“警告者”的嫌犯，在文中用了“破坏”这个字眼——若不公开一切疏失并道歉，就要破坏医院……

如果是恶作剧的恐吓信，会用这样的字眼吗？夕纪忍不住揣测。不仅是医院，在恐吓某些大楼里的组织时，常用的字眼是“放火”。我要放火烧你家、要放火烧学校、要放火烧公司……如果是这种用词，也许就不会这么在意吧。夕纪这么想。

为什么要用“破坏”这个词？不是放火，不是爆炸，刻意选这种字眼，让她不得不认为其中别有含意。嫌犯是不是有什么具体计划？是不是根据那个计划，“破坏”才是最恰当的动词？

当然，她也明白自己再怎么想都无济于事，只能期待警方恪尽职守。院方必须面对往后如何处理的问题，但实习医生没有插手的余地。

门开了，西园走进来。他刚才应该与其他教授召开了紧急会议。

西园一脸凝重地在椅子上坐下。

“你后来有没有跟谁提过？”他问夕纪，应该是指恐吓信。

“没有。”

“山内呢？他还在学校那边吗？”

“没有，刚才还在这里，现在在重症监护室。”

“跟他说了吗？”

“还没。”

“哦，那好，待会儿我来跟他说。你们以后也不要提起，拜托了。”

夕纪回答“知道了”，元宫也默默点头。

西园的指尖在桌面敲了几下。“真是的，就是有人乱来。”

“会上怎么说？”元宫问。

“大多数都认为是恶作剧，我也这么认为。最近并没有过世患者的家属来投诉。”

“警官先生的意思是说，不仅要看最近的，也必须考虑以前的例子。”夕纪表达意见。

“话是没错，但问题来了，为什么到现在才提？不管怎么样，在做这种事之前，不是应该先来投诉吗？”

“这就不知道了……”夕纪低下头。

有时候就是无能为力啊——其实，她想这么说。即使对医院或医生存疑，没有证据就无能为力。即使稍有凭据，也没有对抗医院这堵高墙的能力。

就像当时的我一样——夕纪想起父亲的葬礼。

“一定是恶作剧。”元宫说，“如果是认真的，就不会塞在小狗的项圈里。塞在那里，什么时候会掉也不知道，就算没掉，主人也有可能不看内容就丢掉。一般都是寄到医院。”

“也许怕留下邮戳。”夕纪说道。

元宫微微挥手。“稍微绕点远路，去一个不相干的地方投递就行了。既然连这点力气都不愿意花，那就表示根本不是认真的。”

“其他教授也说了同样的意见。我也认为夹在小狗项圈上这种做法，给人一种漫无计划、临时起意的印象。但就算是恶作剧，确实有人对这家医院怀有恶意或敌意。而且，这个人也可能时常进出医院，我们必须提高警觉。”

“要怎么提高警觉？”元宫问道。

“只能先加强警卫了。”

“会上只决定了这些吗？”

西园交抱着双臂，低声沉吟。“问题是要不要告知患者。万一这不是恶作剧而真出了事，会被质问当初为何要隐瞒。可是另一方面，告诉患者是否合适，实在很难判断。”

“告诉患者，等于是公开。”

“一点也没错。不仅是住院患者，还得告诉来医院的人，否则会被认为不诚实。但是你们也明白，这种事情很不实际。”

“由于我们发现这种内容的恐吓信，所以请各位做好心理准备再来本院？这样的确很不实际。”元宫大摇其头。

“在住院患者这方面，即使向他们说明状况，他们应该也会不知如何是好。不过，也许有人想出院。”

“能立刻出院的人，不必等到这种事发生也早就出院了吧。”

“正是。有时候大惊小怪，反而会让患者不安，加重病情，这才可怕。院长和总务处主管认为不应该通知患者。”

元宫苦笑，抓抓后脑勺。“笠木先生很可能会说：‘什么公开！不予考虑！’他对维护医院的形象很敏感。”

“笠木先生怕的应该是闻风而至的媒体。他说，要是恐吓信的内容被公开，社会大众便会开始揣测医院是不是真的隐瞒了医疗疏失。我想，这未免太过神经质了，但也不是完全不可能。”

“那么，目前是决定不告诉患者了？”夕纪加以确认。这一点很重要，因为她不太懂得如何在有所隐瞒的情况下与患者接触。

“现阶段，是的。”西园缓缓地面向她，“如果是恶作剧就没有问题，万一不是恶作剧，嫌犯也不会立刻采取行动，应该还会再送来恐吓信。”

“如果没送来呢？”

“一定会送来的。”元宫插嘴，“从恐吓信字面上来看，嫌犯的目的不是破坏医院，而是要求医院公开一些信息，如果医院没有任何反应，一定还会再次警告。到时候，他用的手法可就不能当作恶作剧一笑置之了。”

“在患者的应对方面，也必须视第二次的恐吓内容调整吧。最重要的是，不能连累患者。”

“我倒觉得不会有第二次恐吓，这一定是恶作剧。”元宫轻轻摇头，“对了，您要我们别提这件事，目前还有什么级别的人知道？”

“所有教授当然都知道了。每一科的人，只有在教授判断有必要时才告知。医院外部的人就不用说了，连内部的人都要极力保密，这一点是大家一致同意的。因为这类传闻散播得很快，而且还会被添油加醋，很难处理。”

“我们科要怎么做？”

“刚才说过，我想先告诉山内，他也是冰室的指导医生，事件的后续处理和冰室有关，他不知道恐怕会有所不便。”

“说得也是，警察可能还会再来问话。”说着，元宫看向夕纪，“实习医生本来就已经够忙了，你可要辛苦了。”

夕纪没说话，微微一笑。她内心的确不是没有麻烦上身的想法，但也认为若非自己发现了恐吓信，恐怕自始至终都不会知道这件事。因为就某种层面而言，医院并不会把实习医生当成自己人，遇到这种情况，难免会产生一股莫名的疏离感。一念及此，她便庆幸还好发现的人是自己。

西园站起来。“你们两个我大可放心，但还是提醒你们，绝对不要泄露出去。还有，总务处说若是发现可疑人物，要向他们通报。”说完，西园露出苦笑。“只不过，什么样的人叫作可疑人物，也是一个难题。”

西园朝门口走去，但似乎想起了什么，停下脚步，回头看着夕纪。

“冰室，你可以来一下吗？”

“什么事？”

“一点小事，边走边说吧。”西园走向走廊。

夕纪离开办公室，跟在他身后，再连忙追上，走在他身边。

“岛原先生的手术要稍微往后延。”

“是吗？”

“血糖太高了。那位大老爷，有偷吃过量美食的嫌疑。”

“因为来探病的人很多。”

“你也替我说说他，虽然他不见得会听实习医生的话。”

“术前检查有问题的，只有血糖吗？”

“数据上只有这样。说实话，总务处也希望手术延期。”

“总务处？”

西园迅速扫视一下四周。“好像是担心那封恐吓信。即使是恶作剧，就怕岛原先生事后会质问，为什么在接到恐吓信的时候还动刀。总务处希望手术延到整件事确定是恶作剧之后。”

夕纪点点头。总务处的人的确会有这种顾虑。

“手术安排在什么时候？”

“目前定在下星期五，这样就延了整整一个星期，只能祈祷在那之前可以确定这一切是一场恶作剧。”

“好的，我知道了。您要交代的就这些吗？”

“工作上的事就是这些。”西园站定，再次扫视四周，表情稍微柔和了一些，“后来，你和你母亲通过电话吗？”

“后来”指的是那次聚餐之后吧。

夕纪摇摇头。“没有。”

“是吗？那天没什么时间，我还以为你们事后详细谈过。”

“我没时间，因为医院很忙。”

西园叹了一口气。“也许吧。其实，我也想跟你好好聊聊，可短期内显然抽不出时间，等你的实习期结束再说吧。我想，你也有很多话要跟我说。”

夕纪不作声，她不知道该怎么回答。

“就这样，你可以回去了。”

“我可以问一个问题吗？是关于那封恐吓信的。”

“什么问题？”

“那段文字……关于医疗疏失的话，有没有教授知情？”

“没有啊，在刚才的会上没有人提到。怎么了？”

“没有，没什么。失陪了。”

夕纪行个礼，转身离去。一边走，一边在内心质问：“你也是吗？当你被问到医疗疏失时，真能问心无愧地说没有吗？回溯到遥远的过去，难道不会发现有些事情让你心虚吗？”

或者那不是疏失？不是疏失，而是蓄意？

她心中再度泛起负面的想象。

11

约会地点是一家咖啡店，离表参道的十字路口步行约几分钟。望已经占好了窗边的桌子。

穰治一到，望便看手表。“迟到五分钟。”

“抱歉，老板突然要我加班。”他竖起一只手，摆出道歉手势。

望约会几乎从不迟到，穰治不知这算不算是护士的职业病。望自己守时，所以也希望穰治守时，但还不到啰唆的程度。

穰治向服务生点了啤酒之后，燃起一支烟。

“今天怎么样？”他若无其事地问道。

“什么怎么样？老样子啊。”望把茶杯端到嘴边。

“很忙吗？”

“嗯，不过，算比平常轻松一点吧。没有手术，也没有患者病情突然恶化。”

“平安无事的一天啊。有没有什么有趣的意外之类的？”

望眯起眼苦笑，两颊出现了酒窝。“那可是医院，才不会发生什么有趣的事。反正不是为了动紧急手术手忙脚乱，就是突然有重伤病患被抬进来。这种事一天到晚都有，没什么意外的感觉。”

“也就是说，”穰治凝视着她，“今天一整天什么事都没发生，也算是一种意外了。”

“啊，或许可以这么说。”望颇有同感地点点头。

啤酒送了上来，穰治喝了一口，判断望应该没说谎。看来，帝都大学医院今天并没有发生什么骚动。当然，仅是因为望这些护士没有得到消息而已，至少医院的高层人士一定聚集讨论过了。

穰治回顾这天早上，觉得那封恐吓信被女医生发现真是失算。他把那张纸塞在腊肠狗的项圈上，躲在暗处监视。按照计划，应该是由狗的主人发现。但实际上取下那张纸的是女医生，就是望带他潜入手术室的那天晚上，在电梯前遇到的那个年轻女医生。

她当场就把那张纸打开了，然后惊慌失措地转身跑进医院。

既然她是实习医生，大概会去找指导医生之类的人商量吧。接手这件事的人会怎么处理呢？通常都会向医院的负责人报告才对。

接下来，他就无法预测了。照理说院方应该会报警，但若是怕传出去有碍名声，或认定这是一场恶作剧，很可能暂且观望。他很想问问望有没有在医院里看到警察，却想不出借口。

无论如何，院方目前似乎不打算公开恐吓信。穰治猜想，他们现在一定正在设法分辨那到底是不是恶作剧。

正当他绕着这些念头打转时，望突然想起什么似的抬起头来。“对了，上次那个有用吗？”

“上次哪个？”

一听穰治这么问，望便不满地嘟起嘴。“就是手术室呀！人家千辛万苦带你进去，还让你拍照！”

“哦，那件事啊，抱歉。有用啊，很有用，真的很感谢你。”

“嗯，那就好。”

“你偷偷带我进手术室，有没有被发现？”

“倒是还好，没有被说到这件事。”

“没有被说到这件事？那被说了其他事吗？”

“对啊。那时候不是差点被发现吗？我一急，就骗人说在找耳环，这件事后来一直被那个大婶拿来念叨。”

“这样啊，那是我对不起你了。”穰治诚心说道。

“又不是你的错。那个大婶就是讨厌我，就算没有这件事，她也会找别的借口来刁难我的。护士的世界都是女人，什么花样都有。”

望的话题最后都会扯到抱怨工作上，穰治默默倾听，当成是自己的差事。

望把玩着茶匙，叹了好大一口气。“啊——啊，这种事得做到什么时候啊？我还以为护士是个更酷、更能帮助别人的职业呢。”

“你是在帮助别人啊，在保护生命。”

望却焦躁地摇摇头。“是在保护生命，但感觉保护医院的面子更多。还有，得花很多心思来保持人际关系微妙的平衡。我跟你说过菅沼大姐和松田阿姨的事了吧？”

“听过好几次了。”耳朵都快起茧了——这句话则吞了下去，“她们的关系很差，两边都想把别的护士拉过去对不对？然后，因为你没有加入任何一边，她们就刁难你。”

“也不是说刁难啦，就是得小心翼翼的，很麻烦。不过，听说每家医院都是这样。我听在其他医院工作的朋友讲起来，大家也都遇到同样的情况。”

“那就没办法了。要是嫌麻烦，不如选一边站好了。”

“能那样我就不用这么辛苦了。那样保证会被另一边的人攻击。”望露出厌倦已极的表情，双手在桌上撑住脸颊，“我觉得自己还是不适合现在的工作，要看患者的脸色我还能理解，可是竟然还得看其他护士的脸色，实在太可笑了。”

穰治什么也没说，只是喝他的啤酒。若是“不然你想怎么样”之类的回话会让她继续讲下去，他是打死也不会说的。但不用他说，望也会提起那句老话。

“可是，不工作就没办法生活，真的，想到将来就好郁闷。穰治，你觉得我该怎么办？”

来了！不能说“我哪儿知道”，穰治假装用心思索。“你还年轻，不必这么急着下结论吧。再忍耐一阵子看看，一定会有好事的。”

“什么嘛！说得好像跟你没关系。”望瞪着他。

“我的意思是说，不管在哪里工作，都会有同样的烦恼。”他把啤酒喝完，看了看时间，“差不多该走了吧，我饿了。”

“真是的，你一点都不了解我的心情！”望一脸失望地说道，拿起身边的包。

望的心情，穰治再了解不过了，她是借抱怨工作来确认他有没有结婚的打算。

“对了，岛原老头还好吗？”他边拿账单边问，“还会用色眯眯的眼神看你吗？”

“岛原总一郎？很好啊。不过，手术好像延期了，手术室的护士说的。”

本来朝收银台走去的穰治，这时转身俯视着望。“延期？什么时候？”

“下星期四或五……”

“星期四？星期五？哪一天？”穰治抓住望的肩膀。

望莫名其妙，皱眉诧异地抬头看他。“穰治，怎么了？”

“啊，没事……”穰治放开手，挤出笑容，“我怕他会对你乱来，像这种色老头，我巴不得他赶快出院。”

这是个很牵强的理由，但望却笑了。

“放心吧，他没有对我乱来。我好高兴哦！没想到穰治你这么担心我。手术的日期，下次遇到那个护士，我再问她。”

穰治点点头，便走向收银台，望伸手勾住他的手臂。在柜台付钱时，她也小鸟依人似的站在他身旁，完全不知他心怀鬼胎，还梦想着幸福的未来，相信他们总有一天会结婚。

她的梦想幻灭的日子，也延后了一个星期。这件事，只有穰治知道。

12

夕纪在办公室整理患者术前资料时，菅沼庸子开门走了进来。

“冰室医生，总务处要你过去一趟。”

每个字都带刺。这个护士对夕纪的态度总是有些高高在上。

“总务处？会是什么事……”

夕纪低声自语，但听在菅沼庸子耳里显然并非如此。

“我哪儿知道，我只负责传话。他们好像把护士当跑腿的，人家到总务处可是有重要的事。”

看来，她的心情似乎不太好。夕纪默默起身，正准备离开房间时，菅沼庸子叫了声“冰室医生”，又走过来。

“今天早上你和元宫医生在那里窃窃私语，你们在说什么？”

她一定是指夕纪找元宫商量恐吓信的事吧。那时候，元宫正在和菅沼庸子说话，夕纪叫住他，把他带到另一个地方看恐吓信。此举肯定让菅沼庸子心里不痛快。全心脏血管外科的人都知道她对元宫有意思。

夕纪觉得很麻烦，但又不能不解释。当然，她不能说真话。

“我找元宫医生商量这次出院患者的事情，因为我有些细节不明白。”

“哦！”菅沼庸子不满地撇了撇嘴角，“这种小事也要找元宫医生，不太好吧！告诉你，我可是在和医生谈重要的事。”

“啊，对不起，以后我会注意的。”

"我就说嘛，每次实习医生一来，就一堆麻烦。"

菅沼庸子大大叹了口气，先行离开，夕纪目送她的背影，耸了耸肩。从某方面来看，实习医生的地位比谁都低，连对护士也得小心翼翼，生怕得罪她们。

对了，总务处会有什么事……

恐怕是和那封恐吓信有关，但该说的她都说了，除此之外，还会有什么事？

总务室里还有几个人，笠木也在内，他一看到夕纪，便招手叫她到房间角落。

"抱歉，你这么忙还找你过来。其实啊，那个刑警白天又来了，好像姓七尾吧，警视厅的刑警。"他悄声说道。

"请问找我有什么事？能说的我都说了。"

"我也这么讲，但是对方就是要见你，还说少问了一些问题。警察就是这样，同样的事情要问好几次。"他的口吻俨然以前也和警察打过交道，"虽然麻烦，不过，你可以和他见个面吗？如果时间拖太久，我会去敲门。"

"知道了。不要紧的，只是回答问题而已。"

"嗯，回答问题就好，知道吗？"笠木特别强调，似乎怕夕纪多嘴。无论哪家医院，总会有一两件不欲人知的事。笠木多虑了，这种极机密的情报，当然不会传入实习医生的耳朵里。

夕纪一打开会客室的门，坐在沙发上的男子便站起来。她白天也见过这个人，年约四十岁，脸孔略黑，体形精瘦，感觉很像正在减重的拳击手。

"对不起，百忙中还来打扰。有些事情，无论如何都想跟你确认一下。"

"什么事？"夕纪站着问，因为她不想拉长谈话时间。

"请先坐下再说吧？"

"不用，我站着就可以了。"

"是吗？"不知为何，七尾似乎很遗憾地垂下视线，然后再度看向夕纪，

“关于今天早上的事情，我想再详细请教，但在那之前，我可以问一个私人问题吗？”

“私人问题？什么问题？”夕纪皱起眉头，没来由地怀疑：这与自己身为女性有关吗？

七尾舔舔嘴唇，说：“不好意思，请问你是不是冰室警部补的千金？”

一时之间，夕纪没听懂他在问什么。“警部补？不是啊。”

七尾有些意外地歪着头。“不是……令尊不是冰室健介先生吗？”

“我父亲的确是冰室健介……”

七尾似乎放了心，表情开朗起来。“果然没错。你可能不记得冰室先生担任警部补时期的事了。”

“啊……”夕纪总算想起来了，父亲曾经当过警察。但她几乎没有印象。

七尾似乎察觉了她的想法，朝她笑了笑。“想起来了吗？”

“那是很久以前的事了。”

“是啊，冰室先生辞掉警察的工作，已经是二十几年前的事了。那时候，我才是个初出茅庐的小毛头。”

“您认识家父？”

“在我派驻的警察局里，第一位带我的前辈就是冰室先生，我们一起工作虽然才一年，但那段时间，他教导我身为一个警察应有的工作态度。”

“哦……”夕纪凝视着刑警。

此前她从未见过父亲早年的旧识，完全不知道父亲是个什么样的警察，从事什么样的工作，也不曾对这些感兴趣。她只知道父亲因为工作太忙，身体吃不消才辞职。

“坐吧。”七尾再一次指着沙发。

她坐下了，因为想多听一些父亲的事情。

“我吓了一跳，做梦也没想到会在这个地方遇见冰室警部补的千金。”七尾似乎由衷地高兴。

“您怎么知道我是冰室健介的女儿？”

七尾得意地笑了，好像早就在等她问这个问题。“年过四十以后，对自己的记忆力越来越没把握，不过，这下子可以稍微感到安慰了。其实，我最先想到你。”

“我？我们见过吗？”夕纪望着对方那张绝对称不上好面相的脸孔，怎么想都没有印象。

七尾在面前轻轻挥手。“也难怪你不记得，那时候你还小。而且我想，你根本没有看到我的长相。我记得那是在葬礼上。”

“家父的……”

“是的。那天，警方有好几个人参加，因为有不少人受过冰室警部补的照顾，我也是其中之一。”

“原来如此，这方面我完全不知情，家母也没跟我提过。”

“令堂没提过啊……是吗？嗯，也许吧。”七尾一副心知肚明的语气。

“这话是什么意思……”

“啊，这个，”七尾一时之间似乎有些迟疑，露出了因抽烟而略微变色的牙齿，“冰室先生当警察是在早年时期，令堂可能认为没有必要特地告诉你。更何况，当时骤然间失去家里的支柱，令堂考虑的多半都是将来的事，没时间回想过去吧。”

他显然在规避什么。夕纪正思忖他在隐瞒什么时，他却发问了。

“你为什么想当医生？”

夕纪直直地凝视着他。“警察的女儿以医生为目标很奇怪吗？”

“哪里的话，”七尾连忙摇摇头，“只是，你在心脏外科，让我有点好奇。”

他的话令夕纪不由得有所提防。“有什么不对吗？”

“不，可能是我想太多了，因为我想起了令尊的病。”

“您知道家父的病？”

“当然了，我记得是大动脉瘤吧？”

夕纪呼地吐了一口气。“是的，您记得真清楚。”

“这是当然的，恩人过世了，毕竟会想知道病名，而且那和癌症不一样，当时我对那种病没有任何知识，还去查了不少资料。但现在也只记得是血管上长了瘤而已。”

夕纪垂下视线。很多人都提过父亲的死，但也仅止于一时的关心，她一直以为现在一定没有人记得病名，谁知眼前就有一个十几年后仍牢记在心的人，令她感到无比欣喜。

“我是不是冒犯你了？还是让你想起了伤心往事？”七尾不安地问道。

夕纪抬起脸，摇摇头。“您还记得这么久的往事，我很感激。正式病名是胸部大动脉瘤，正如您说的，那是一种血管长瘤的病。”

“你会以心脏外科医生为目标是因为……”七尾露出探询的眼神。

“您猜得没错。家父是那样过世的，所以我无论如何都无法忘记……”

七尾相当感动地深吸一口气，微微地摇头。“那种病夺走了令尊的性命，所以你不想再让其他人因此而死？”

夕纪低着头喃喃地说：“没有您说得那么了不起……”

她总不能说，是因为怀疑父亲死于医疗疏失或遭谋杀。

“真令人佩服。看到现在的你，冰室警部补在天上也会很高兴吧。你已经成为一位心脏外科医生了。”

“不，很遗憾，并不是，我只是实习医生，还在各科实习的阶段，现在只是刚好在心脏血管外科实习，不久又要转到别的科。”

她的解释没有改变七尾佩服的表情。

“这样啊。请你好好加油，我也会支持你的。从葬礼以后，一直没对冰室夫人尽道义，令堂还好吗？”

“很好，现在在工作。”夕纪说母亲在饭店工作。

“真是太好了。女儿这么优秀，令堂一定也很放心。我想找时间问候一下，麻烦代我向令堂转达。”

“好的，您是七尾先生吧。”事实上，夕纪也不知道下次和母亲联络是什么时候，但依然这么回答。

“不好意思，聊私事占用了时间。我没想到事情会和冰室警部补的千金有关。”七尾从上衣口袋里拿出记事本，准备开始原定的工作。

“请问，七尾先生。”打开记事本的七尾闻声抬起头来。夕纪注视着他的眼睛问：“家父为什么要辞掉警察的工作？”

七尾好像倒抽了一口气，可能没料到夕纪会这么问吧，他先是脸色一沉，然后又恢复笑容。

“你是怎么听说的？”

“我只听说是因为工作很忙。还有其他原因吗？”

“哦，那的确是一份很辛苦的工作，在体力上的负担也很大……”七尾吞吞吐吐地说道。

“还有别的原因对不对？您可以告诉我吗？在您开始谈公事之前。”夕纪望着他的记事本说道。

七尾抓抓头。“伤脑筋……”

“有这么难以启齿吗？”

“不，”七尾眼神认真地摇摇头，“绝不是什么见不得人的事。只是，当时大概不想让你知道吧。再怎么说，这都事关一条人命。”

“有人去世了？”

七尾点点头，似乎决心告诉她。

“那时候，我和冰室先生一起值外勤，开着警车在街上巡逻。当时，管区内有买卖作为毒品的涂料稀释剂的问题。我们不时接获线报，表示有目击者看到疑似买方或药头活动的迹象。当时，我们盯上某个少年帮派。”刑警仿佛回想起当时的情景，眼神偶尔飘向远方，继续说，“几个人蹲在小巷里，鬼鬼祟祟的。我和冰室先生对看一眼，冰室先生默默点头，用眼神示意我停车。我一停好，冰室先生立刻下车。可是，那群少年好像察觉到声响，开始逃窜。他们的摩托车就停在附近，当下驾车逃逸。”

夕纪能够想象当时的情状。同样的情景，现在也经常在电视上看到。

原来这二十几年都没变，她想。

“我们追赶其中一辆摩托车。天色很暗，看不清楚，对方看起来像是高中生。他高速飙车，为了逃过警车追捕，拼命往前冲。我们警告他很多次，要他停车，但他并没有减速。”

情况如何发展，夕纪也听出来了，她有不好的预感。

“然后呢？”她请七尾说下去。

“他连红绿灯都不看，直接冲过马路，和一旁开出来的卡车相撞……”七尾叹了一口气，“我们马上送他到医院，但他不久就断气了。后来得知他才念初中，而且刚升上二年级。那群少年在巷子里并没有吸毒，而是在分赃，他们从超市偷东西，连摩托车也是偷来的。”

一如预料中的情节，夕纪不由得皱起眉头。“家父必须为此负责？”

“当时的确有些问题。因为警察追捕未成年嫌犯时，必须非常小心。虽然不至于受到处分，但冰室先生不久就被调职了，他随即辞职。”

“是为了负责吗？”

“不，我想不是。”七尾很肯定地说，“我曾经问过冰室先生，问他是不是认为当时判断有误。”

“家父怎么说？”

“他明确地否认了。”七尾说，“他说，自己的使命就是保护市民安全，如果对于那些看到警车就逃的人置之不理，等于背弃了使命，而背弃使命，便失去了生存的意义。”

“使命……”

“人生而负有使命，这是冰室警部补的口头禅。”说着，七尾落寞地笑了。

这句话好像在哪里听过——夕纪心想。

七尾看看表，似乎很在意时间。“可以开始了吗？虽然和你聊冰室警部补开心得多……”

“不好意思。谢谢您告诉我这些。”

“我想令堂之所以没告诉你，是因为怕你只记得有人因父亲而死，怕你内心因此受伤。”

“我也这么认为。所以对于家母至今从未提起，并不会生气。”

“那就好。”七尾的视线再度落在记事本上，“其实，今天本来应该由另一位坂本警官来的，可是我发现是你，硬是要来。所以，要是不好好做点事，就很难交代了。”

夕纪微微一笑。对她来说，与其被陌生刑警问话，不如由多少与自己有些关联的人来问，心情也轻松一些。

“关于那只腊肠狗，你今天早上是第一次看到吧？”

“是的。”

“不过，好像常有人把狗拴在那里。”

“我想应该是患者，因为宠物不能带进医院。”

“你平常看到狗被拴在那里，都会像今天早上这样摸它吗？”

夕纪摇摇头，觉得这个问题很奇怪。“那时候刚好看到有纸条卡在狗的项圈上，觉得那只狗很可怜，才走过去的，平常只是站在远处看。”

七尾点点头，双臂交抱胸前。“果然，这么一来，究竟该怎么解释？”

“请问，有什么不对吗？”

七尾听到她发问，先是有点犹豫，然后才开口。

“我怎么想都想不通。先别管是不是恶作剧，我不明白为什么要以这种方式留下恐吓信。塞在小狗项圈里，这对嫌犯来说，是一种非常不可靠的方法，可能出点小错那封信就掉了。”

“这一点，我们医生也提过。他推测嫌犯不是认真的，才会选择这种方式。”

七尾不以为然。“我认为，如果不是认真的，更应该会选择安全妥当的方法。这次的做法非常危险，因为狗会叫，要是狗在嫌犯塞恐吓信时吠叫，马上会引起周围人的注意。没人能保证狗乖乖听话，嫌犯却选择这种方式，为什么？这对他有什么好处？”

夕纪用心思考刑警这席话，而且认为他说得很对。即使是腊肠狗也会叫，那只狗虽乖，但纯属巧合。

“最安全的方法是邮寄，因为邮戳几乎无法成为线索。特地来到医院，对嫌犯就是一种冒险，假使他有什么理由无法投递，也只要偷偷放进信箱就行了，或是夹在医院员工车的雨刷上也行，方法多得是。所以，我第一个想到的是小狗的主人。如果你没先发现，那么发现恐吓信的应该是狗的主人。于是我想，嫌犯是不是基于什么原因，希望狗的主人发现恐吓信？”

夕纪点点头，刑警的想法符合逻辑。

“我们打电话给附近的动物医院，地毯式搜索腊肠狗的主人，虽然花了一点工夫，还是找到了。是一名六十三岁的女子，花了三十分钟走到医院，顺便带狗散步，并不是定期看诊。我们瞒着恐吓信的事，问了她不少问题。但无论怎么想，都不太可能与这名妇女有关，她昨天晚上才兴起到医院的念头，所以嫌犯不可能预先知道。”

“您的意思是，嫌犯是那名妇女身边的人……”

听到夕纪这么说，七尾似乎颇为意外地睁大了眼睛，然后笑了。

“很犀利，不愧是冰室警部补的千金。不过呢，应该不是。那名妇女独居，而且并未向任何人提起今天要来医院。”

自己能想到的，刑警自然都考虑到了，夕纪这么想。

“接下来就是你了。”七尾说，“实际上发现的人是你，或许这正是嫌犯的目的。也就是说，嫌犯知道你会去摸摸绑在那里的狗，才把恐吓信塞在那只腊肠狗的项圈上。虽然不知道嫌犯的理由是什么，但或许他的目的就是让你发现——因为这么想，所以才问了刚才那个问题。”

夕纪心想，这个刑警的头脑真灵光，如果是一般人，一定会把她发现恐吓信当成纯粹的偶然吧，然而连这种事，他也试图从里面找出存在必然的可能性。

“可是，我发现真的是巧合，应该没有人会推算得准。”

“似乎是。所以这么一来，这个问题该怎么解释呢？”七尾抬头望着天花板，又看着夕纪苦笑，“不好意思，我决定回去之后再烦恼。”

"七尾先生，您不考虑恶作剧这个可能性吗？"

"很难说。现阶段还无法确定，是恶作剧的可能性依然很大。在找到确切证据之前，不要有先入为主的观点——这是你父亲教我的铁则。"七尾看看表，站了起来，"谢谢你百忙中还抽出时间。"

他往门口走去，但在开门前回过头来。

"关于这家医院的医疗疏失，你曾经有耳闻吗？"

夕纪感到很意外，看着刑警。"即使有，您认为我会说吗？"

七尾笑了，点点头，擦擦人中。"我只是问问，不问这个问题，可能会被上司唠叨。"

"难为您了。请放心，如果听到什么，我会通知您的。"

"真的吗？"

"我也不想在隐瞒医疗疏失的医院里实习呀。"

七尾以赞同的表情点点头，说声"那么告辞了"，便离开了房间。

夕纪晚他一步走出会客室，笠木快步靠过来，追根究底地询问刑警问了她什么，她又如何回答。她说没什么大问题，只是再确认而已，随后便离开了总务室。

今天没什么工作要做了。她想，偶尔也早点回去吧。

13

第二天早上七点多，夕纪醒了。这是睽违已久的熟睡，她分析可能是因为昨晚上床以后想起了父亲。

七尾警官的话从各个方面来说都很新鲜。她此前从未听过父亲做警察时的事情，也不关心。

值勤时害死一名少年，这个事实的确让她震撼不已，但按照七尾的说法，她觉得那不能算是父亲的错。

人生而负有使命——

夕纪想起什么时候听过这句话了，那是健介动手术的前一天，在病房里对她说的。

“你可不能活得浑浑噩噩！只要好好用功，替别人着想，很多事情你自然而然就会懂了。每个人都有自己才能完成的使命，每个人都是怀抱着使命出生的，爸爸是这么认为。”

夕纪相信父亲是有信念的，在追捕驾车逃逸的少年时，也是因为怀着信念才没有迟疑，虽然最后造成了无可挽回的结果，但父亲一定不后悔。

她想起父亲的背影，没有废话，以行动让妻女安心，这便是来自于警察时代的信念。

夕纪准备完毕，徒步走向医院，一到医院前面，就看到很多前来就诊的患者。夕纪看了看那个自行车停车场，今天早上没有小狗拴在那里，她不由得松了一口气，走过玄关。

正当她在重症监护室检查患者胸部X光片和验血资料时，听到有人叫了声“冰室”。她一抬头，西园就站在面前，已经换上白袍了。

“查房了没？”

“等一下才去。”

“那好，在那之前，你先跟我来。”

“去哪里？”

“你来了就知道。”

西园走进电梯，按下六楼按钮，于是夕纪知道要去哪儿了。普通住院患者的病房只到五楼。

到了六楼一出电梯，整个气氛都变了。整体空间非常宽敞舒适，地板颜色也不一样。

西园走到走廊最深处，敲了敲把边的某间房的门。

门开了，出现了一名年约三十五岁的男子，深灰色西装，咖啡色领带，体形瘦削，感觉不出肌肉，肤色白皙，尖削的下巴留着青绿色胡茬。

夕纪知道他姓冈部，有时候会在这间病房碰面，但彼此从未交谈过。

继西园之后，夕纪也走进病房。在这个比普通单间大两倍有余的房间里，靠窗处摆了一张尺寸特别大的病床，岛原总一郎身穿黑色运动衫，正盘腿坐在床上。

“真难得，西园医生这么早就来。”体形有如不倒翁的岛原，以洪亮的声音说道。他的外形与冈部形成鲜明对比，红润的脸上泛着油光。那张脸转向夕纪说：“实习医生也一起啊。”

从夕纪被引见时起，岛原便从未以正式姓名称呼过她。这号人物恐怕对所有年轻人，尤其是女性都采取这种态度吧。

“感觉如何？”西园问道。

“就像你看到的，生龙活虎，完全看不出哪里不对劲。”

“真是太好了。”

“可是，其实我是抱着一颗炸弹吧？真奇怪。身上有这种东西，总是教人不放心，医生，赶快帮我拿下来吧！”

“关于这件事，岛原先生，我想稍微更改一下手术日期。”

“更改？提早吗？”

“不，要稍微往后延，因为验血的结果不太理想。简单来说，就是血糖有问题。”

岛原的眼神变得冷峻起来。“延多久？”

“一个星期左右。”

岛原闻言，脸变得更红了。西园仿佛没注意到他的变化，以平淡的语气仔细说明验血结果。这段时间，岛原也板着脸，一副不想理会这种细节的模样。

“只要配合饮食与用药，应该在几天后就会恢复正常数值，之后便可以进行手术。”

西园下了结论，但岛原锐利的眼神并没有朝着主治医生，而是转向部下冈部。

“汽车展是下个月的哪一天？”

“从二十日起一连三天，安排社长在第一天致辞。”

“只剩下一个多月啊。”岛原啧了一声，看着西园说：“如果下周末动手术，那我什么时候可以出院？”

西园摇摇头。“这没有定论，要看术后的状况。有些人可以很早出院，有些人要住院一个多月。”

“这样我很麻烦。”岛原皱起脸，“我希望在下个月二十日之前可以自由活动。其实，我现在就想到处跑了。医生，能不能想办法在这个星期内搞定？”

“没办法。在术前检查结果不符的条件下不能开刀。我们在决定动刀之前，必须把病人最差的状况也考虑在内。”

“你说的那些术前检查，不是没有明确的标准，每家医院都不一样吗？

你们医院的标准会不会太高了点？”

岛原的这番话显然是去打听来的，也许是叫部下调查。现在回想起来，夕纪来抽血时，他总是抱怨“有必要检查得这么详细吗”。

“在手术方面，我们认为必须在病人同意后才能进行。如果病人无法遵照我们的方针，我们也可以代为介绍其他医院。”西园语气平静地说道。

“不是啦，我没有反对的意思。”岛原着急了，露出讨好的笑容，“如果是西园医生的指示，我当然会照做啊。我就是因为佩服医生的医术，才来这家医院的，只是我的情况也很为难，工作堆积如山啊！所以才请医生想想办法，商量一下。”

“我们很明白岛原先生的意思，也想配合您的要求，所以才会提出这样的建议。”

“好，下星期五是吧，那我知道了，可以麻烦西园医生执刀吧？”

“当然是由我执刀。目前计划有两位助手，其中一人就是冰室。”

突然被点名，夕纪一时不知如何反应，愣了一下才急忙行了一礼。

“找实习医生？”岛原脸色又是一沉。

医生向患者说明由夕纪担任助手时，有一半以上的患者会做出这样的反应。明知这是难免的，但夕纪的自尊心还是会受到伤害。

“虽然是实习医生，但是工作认真，所以才会用她。请相信我。”西园笃定地说道。

岛原勉为其难地点点头。“既然医生都这么说了，应该没问题吧。实习医生，那就麻烦你了。”他看着夕纪，然后举起一只手打招呼。

离开病房后，西园露出苦笑。“要是他知道手术延后的原因是恐吓信，一定会大发雷霆。”

“刚才还提到车展什么的。”

“多半是还有新车发布会。我倒是认为社长没有出席的必要，他大概想趁机表现一下吧。有马汽车这阵子的风评好像不太好。”

具代表性的日本汽车公司社长，同时也是财经界举足轻重的人物，与政治家过从甚密，且身为横纲审议委员会的一员——夕纪对岛原的认识只到这种程度。

“社会地位越高的人越难伺候。”

“倒也不见得。在我看来，他还稍微松了一口气，其实心里很害怕。我说他会大发雷霆，意思是他会假装那么做。”

夕纪不明白西园的用意，没有作声。于是他继续说：“没有人不怕动手术。岛原先生故意表现得不耐烦，是想展现自己是个大人物，因为部下也在场。我想他现在一定在埋怨干吗不快点动手术、真是急死人了之类的，就是希望部下把这些情况转述给公司的人。”

“真是无谓的举动。”

“成功的人不会做无谓的事。他有他的心机，就连手术也能作为建立形象的工具，所以才能当上一流企业的领导人。”

“我会记住的。”

“你大概还需要一段时间，才会接触到这种等级的大人物吧。”

他们搭电梯抵达办公室所在的楼层，西园走向自己的办公室。

“教授。”夕纪叫住他。

他转身，像是在问她什么事。

“刚才，您说不符合术前检查的标准，就不能动手术……”

“有什么问题吗？”

夕纪咽了一口唾沫才开口：“我想，以前的术前检查无法做得像现在这么详尽，像是立体影像等等，十几年前还没有。”

“所以？”西园的眼神变得有些严厉。

“我想也会有这种情况，把检查不出来的部分假设为最糟糕的情况，然后认定手术的危险性极高，遇到这种情况，教授总是回避吗？”

这是针对健介的手术所提的问题。这一点，西园应该听得出来。夕纪感觉心跳加快，体温似乎也稍微上升，但她仍然继续注视着西园的眼睛。

“每一次，我都尽了全力。”西园平静地说，“不动刀也是选择之一，当然，有时候并没有这么做。”

“结果呢？您认为自己从未做过错误的选择吗？”

西园直视着夕纪。“我动过的手术不计其数。有多少次，便代表我做了多少次选择，结果通常都在预期范围内。如果预期这种说法不容易懂，你可以换成有所心理准备。”

意思是说患者死亡也在预期范围内吗？夕纪正想开口确认，背后传来一阵脚步声。

“西园老师。”是元宫。

夕纪一回头，看到元宫一脸严肃地向西园跑来。

“老师，院方请您尽快与教授会联络。”

“发生什么事？”

“就是……”元宫向夕纪瞄了一眼，视线又回到西园身上，“恐吓信，听说又发现了新的。”

14

日前已发出警告，却不见任何有诚意的响应。若你们认为我方的要求仅是恶作剧，那就大错特错了。

在此再次提出要求：通过媒体公开过去的医疗疏失并向社会大众道歉。

给你们两天的时间考虑，在下个星期日之前依照指示行动，否则我方将会破坏医院。这不是威胁。

警告者

第二封恐吓信是在普通门诊的候诊室发现的，发现者是一名前来治疗腰痛的五十五岁女子。

患者初次到帝都大学医院就诊，必须在挂号时提交诊疗申请书。申请书放在候诊室角落的柜台，患者在上面填写症状等信息。

据那名女子表示，恐吓信就放在装诊疗申请书的盒子里。

“一开始，我根本不知道这是什么。盒子上明明写着诊疗申请书，里面却没看到我要的申请书，原来是那叠申请书最上面放了一张完全无关的纸。我正想不知道这是什么，仔细一看，上面不是有字吗？我还以为是什么注意事项，一看，竟然是那种内容……真是吓死了，我就拿给前台的人。”

在候诊室一旁的咖啡店进行侦讯的七尾，听着这名腰痛患者比手画脚、兴高采烈地叙述。看她的模样，一点都不像为腰痛所苦，点的冰红茶也几乎没减少。有生以来第一次被刑警问话，似乎让她异常亢奋。

“排在你前面写申请书的，是什么样的人？”

“咦？在我之前？呃，是什么人？好像是个老年人吧，啊，不是，应该是年轻人吧，好像是个长发的女人……啊啊，我没把握。你不能当真。”

放一百二十个心吧，我才不会——七尾把这句话忍住了。

“你发现那张纸的时候，四周有没有可疑人物？比如一直盯着你看，或是在你旁边走来走去等等。”

这个问题也让她想了许久。

“我没心情顾这些呀！你看那种内容，吓都吓死了，那时候我只想赶快通知医院的人。”

七尾点点头，心想这倒是。看来，从这名女士身上得不到有用的线索。

“真对不起，你明明来看病，却耽误你的时间。往后可能还会向你请教，到时候还请你多多帮忙。”

然而，她似乎还不想结束与刑警的对话。

“喏，那是什么意思呀？这家医院发生过什么医疗疏失吗？”她悄声问七尾，一脸看热闹、聊八卦的模样，眼里闪现好奇的光芒。

“这个我们就不清楚了。”七尾站起来。

“可是，那样写不是很奇怪吗？一定是出过什么事，有人很不满，才会写那种东西吧？”

“我真的什么都不知道。医院的事，麻烦去问医院的人。”

“那，那个呢？之前的警告是什么意思？”

“那是……”

“看上面写的，意思好像是说之前也寄过同样的东西给医院，不是吗？那是真的吗？”

她的声音越来越大，店内还有不知情的患者。

“太太，”七尾压低音量，“这是一个很敏感的问题，我们警方认为处理时要非常谨慎，所以必须严守调查机密。换句话说，那封恐吓信是您发现的，这一点我们也绝不能泄漏，否则不知道会给您带来多大的危险。”

“咦！我吗？”她按住胸口，不安现于脸色。

“所以，关于这件事，麻烦您不要随便告诉别人。您也不想被一些莫名其妙的人纠缠吧？”

“是啊，那当然了。”

“那么，就麻烦您了。”七尾拿起桌上的小票，快步离开咖啡店。

坂本在店外等候。

“接下来要去总务处一趟。”

“指纹弄好了吗？”他指的是诊疗申请书柜台上的指纹。

“刚才弄好了，虽然医院的总务处不太愿意配合。”

“他们怕事情闹大吧。但我想已经太迟了，我跟你保证，那个大婶一定会到处宣传。”

七尾把他和恐吓信发现者的谈话内容讲给坂本听，坂本苦笑。

一到总务处，笠木正在与一个白发老人讨论什么。老人是一个姓小野川的外科教授，好像也是医院院长。

“我们主管很快就会赶来，”坂本说，“和几位谈谈接下来的方针，我想主要是关于如何应付媒体。”

“本院的态度已经决定了。”小野川以强硬的语气说道。

“请问是什么样的态度？”

笠木回答了坂本的问题。“可以公开恐吓信一事，但还不到召开新闻发布会的程度。可以的话，请警方通知各媒体。”

“这一点我们可以处理。”坂本回答。

“决定得真干脆啊。”七尾说，话里带着讽刺。

“没办法啊。既然恐吓信是被第三方发现的，隐瞒反而更麻烦，媒体可能会胡乱探问。”

“的确。”七尾一边点头一边想，也许这就是嫌犯的目的。

15

中塚芳惠的状况很稳定,已从重症监护室移至普通病房。烧还没全退，但血压和脉搏都没问题，意识也很清醒。她本人表示身体有些酸软无力，应该是发烧的关系，没有其他自觉症状。前几天的手术以导管将胆汁排出体外，胆汁的颜色也不差。

她面临的直接威胁是胆管癌，本来不是夕纪负责的，但夕纪还是每天过来看她。因为她以为自己是要切除动脉瘤才住院，而进行胆管手术纯粹是为了治疗胆管炎。主治医生对她如此说明，夕纪等人也配合这种说法，因此她相信这次的毛病很快就会治愈，待体力恢复后，便能着手治疗动脉瘤。

接下来，夕纪必须对她说明实际上相当复杂的病情。然而，肩负这种麻烦工作的不只是夕纪，现在几乎所有医生都为同样的事情头痛。

夕纪在闲聊的空当看了看时间。芳惠的女儿会过来，夕纪在等她，但她还没出现。夕纪犹豫不决，不知该怎么办，因为不能把时间通通花在这一位患者身上。

“中塚女士，其实……”

夕纪正要开口，芳惠的视线望向夕纪背后。一回头，芳惠的女儿正走过来。她名叫森本久美，这是夕纪刚才打电话联络时得知的。久美提着一个大纸袋，里面大概是芳惠的换洗衣物。

久美向夕纪点点头，然后观察躺在床上的母亲的脸色。“觉得怎么样？”

“已经没事了，觉得脑袋清醒多了。”

“是吗！太好了。”久美笑着点点头，然后看向夕纪。“医生，你说有事要告诉我们？”

“是的，其实是这样的……”夕纪一边说，一边调整呼吸。

该怎么说，她已经和元宫等人讨论过，也在脑子里整理过好几次。即使如此，还是需要决心才能开口，因为话一旦说出去就收不回来，不是一句“开玩笑”就可以了事的。

母女俩不安地望着夕纪，一脸担忧，生怕她会针对芳惠的病情宣告什么不幸的消息。

“其实是关于出院时间。”

夕纪的话让久美露出困惑之色。“还是非得早点出院不可吗？”

“不，我不是那个意思，”夕纪摇摇手，“因为医院遇到一点麻烦，我们认为中塚女士或许希望早点出院。”

久美与母亲互看了一眼，再度面向夕纪。“怎么回事？”

“说麻烦可能不太恰当，其实是……有人对医院有不良企图。”

连她都觉得这种说明很啰唆，但要提到核心部分，必须一步一步来，因为情况是中塚母女万万想不到的。

夕纪交替看着这对母女，以低沉的声音说：“医院收到了恐吓信。”

中塚芳惠的表情几乎没有变化，可能是因为听到的字眼实在太过突兀，一时之间无法会意。久美似乎也一样，表情空洞地看着夕纪。

“恐吓信……是吗？”久美确认般地说道。

“我想是恶作剧……不，恶作剧的可能性很高。”夕纪连忙订正。元宫叮咛过，千万不能把话说死。

“是什么样的恐吓信？”久美的脸色终究沉了下来。芳惠好像也会过意来，惊讶地睁大双眼。

“详情我也不太清楚，不过听说好像要毁了医院。”

“毁？”

“这个嘛，”夕纪歪头故作不解，“我也不知道是怎么回事。”

不要用破坏这个词，也是元宫的指示。元宫到总务处学了一套如何向患者说明的方法。她很清楚总务处的用意，如果医生对患者的说明不统一，将会造成混乱。

“为什么要毁了医院？”久美继续追问。

“不知道。总之，好像是一封莫名其妙的恐吓信，也许只是恶作剧，可是又不能完全不理会，所以我们才像现在这样，把情况告诉住院患者。”

“哦……”久美不知如何是好，看着母亲。芳惠没有作声，眨了眨眼。

“以前，新干线的办事处好像也经常接到恐吓电话，说车上被装了炸弹。那时候，新干线即使认为是恶作剧，还是采取了必要程序，就是先在车站疏散车上的所有乘客，彻底检查过车厢，才让乘客上车。实际上，好像也从来没找到过炸弹。”

“哦，这我也听过。”芳惠以略带沙哑的声音说，“我有个朋友搭新干线‘光’号，却在小田原被赶下车。我朋友很生气，说那些脑袋不正常的人想要扰乱社会，就打那种电话，实在是制造麻烦。”

“可能是那一类的恶作剧。”

“哎呀！”芳惠皱起眉头，“真伤脑筋。”

看到她的反应，夕纪心想，总务处想的主意似乎不坏。举新干线这个例子，也是元宫教的，据说是总务处为了让医生对患者说明所想出来的例子。想必是为了给听者一种印象，让人以为这种恐吓在其他行业也经常遇到，只是医院这次不巧被盯上而已。

“所以医院也决定要采取相同方式……”

“要我们先离开医院？”久美问道。

“不，不是的。”夕纪双手齐挥，“医院和新干线不同，有些人可以马上离开，有些人却不行。严格说来，几乎都是无法立刻离开的人，每个人都是因为病症才住院的。”

“那我们该怎么做？”

夕纪摇摇头。“站在医院的立场，不会要求患者离开。我们会照常治疗，只是希望大家理解这个状况。我们会加强警卫，而且警方已经在调查院内有没有可疑物品，以及有没有可疑人物进出。但是，这样还是不知道恐吓者接下来会做出什么事。站在医院的立场，不能对大家隐瞒这件事，而且在通知大家之后，如果患者另有打算，院方也会尽力配合。”

好一番迂回的说法。“站在医院的立场”还说了两次，夕纪自己都感到厌恶。这番话的用意，是万一发生了什么事，可以模糊责任归属。当然，这也是元宫的指示。

“如果患者另有打算，意思是……”

“如果希望提早出院，我们会努力达成这个目标。而中塚女士的情况相较于其他患者，是比较容易达到的，最快明天就可以出院。现在胆汁的导管还在体外，但只要稍作处理并不会妨碍日常生活。”

母女俩神情迷惑地对视。

“妈，怎么办？”

“这……”芳惠从枕头上抬起头，看着夕纪。“反正是恶作剧吧？”

“这就不知道了，如果不是就麻烦了。”

母女俩静静地思索着。也难怪，在这种状况下出院，患者本人和身边的人都不轻松。

“两位决定之后请告知我们，跟护士或我讲一声都可以，我们会立刻处理。”

上级特别提醒，话里不能出现“慢慢想没关系、不必立刻答复没关系”之类的字眼，因为如果给患者时间考虑，却在这期间出事，院方就必须负责。

芳惠看着夕纪问：“医生觉得呢？”

“我……吗？”

“这种事，问这个医生有什么用啊！”久美的声音拔尖了，“反正，先跟我家那口子商量过再说。”

她一定是想到若让母亲出院，会被丈夫责怪。

“那么，事情就是这样。”夕纪点头致意，准备离开病房。

“请问……”久美叫住她，“是要钱吗？”

“钱？”

“不是收到恐吓信吗？说要毁了医院。对方没有提出勒索吗？”

这个直接的问题令夕纪招架不住。她也向其他患者做了同样的说明，却没有人针对这一点提问。

夕纪摇摇头：“我没听说。”

“那，歹徒没有提出任何要求，只说要毁了医院？真奇怪。”

久美的语气像是自言自语，所以夕纪再行了一礼，默默离开病房，在走廊上边走边叹了一口气。

公开医疗疏失并道歉——这就是嫌犯的要求。然而，院方指示不得告诉患者，因为会被曲解为这家医院曾发生过医疗纠纷。

但是，夕纪无法释怀。要说就说清楚，要瞒就瞒到底，并为因此发生的事情负全责——她认为这样才是正确的做法。医院应该是这样的组织，不是吗？

院方之所以决定向患者说明恐吓信一事，也不是基于患者安全优先的考虑，而是因为若患者通过媒体得知此事，肯定会质问院方为何隐瞒实情。

夕纪闷闷不乐地搭电梯来到一楼，在零售店买了罐装咖啡，正准备回办公室时，听到背后有人叫“冰室医生”。

一回头，七尾扬起一只手走了过来。“休息吗？”他问道。

“嗯，休息一下。七尾先生在查那件事？”

“是啊。”他的表情转为严肃，“医生也很辛苦吧，已经跟患者说了？”

“刚说过。好累，说起来好困难。”

“是啊，不能一五一十说吧。”七尾别有含意地苦笑，显然很了解夕纪的苦恼。

“警方掌握线索了吗？”

一听到夕纪的问题，他的表情立刻沉了下来。“现在正在收集目击线索，但是没有人注意到别人。也难怪，来医院的人担心自己的病都来不及呢。”

“听说是混在诊疗申请书里？”夕纪确认四下无人之后，小声地问道。

七尾点点头。“这个人的作风很大胆。据说诊疗申请书每天早上都会补充，现在已经有人证实今天早上补充时，并没有看到那个东西，可见是在那之后才放进去的。跟上次一样，这种方法对嫌犯来说风险很高，他却这么做了，实在令人不能不在意。”

“您是说这不是恶作剧？”

“最好是有这种心理准备。”

夕纪握紧了咖啡罐。“嫌犯为了表明这不是恶作剧，才故意采用这么危险的方法吗？”

“这也不无可能，还有另一种可能，但只是我个人的想法。”七尾看着久纪，露出刑警的神情继续说，“不管是上次还是这次，嫌犯的设计都想让外来者，而不是院方的工作人员成为第一发现者。从这一点可以察觉嫌犯的意图。也就是说，当第三方发现恐吓信时，院方便无法隐瞒。事实摆在眼前，院方这次毅然决定向媒体公开，也是受到这件事的影响。”

“您是说，嫌犯的目的是要公开恐吓信？”

“这么一想，一切都解释得通了。”说着，七尾深深点头。

16

穰治拿着焊枪的手有点颤抖。好久没焊接了，而且怕引人注意，还把实验室的照明调到最暗。以现有的零件凑合着用，也增加了操作的难度，因为他用的 IC 基板是以前试做洗衣机控制装置剩下的。

固定了晶体管的三个角之后，穰治先把焊枪放下，觉得双眼很疲倦。他拿下护目镜，以指尖按摩眼角。

这时，实验室的门开了。

“是你啊，直井。”是研究主任。他比穰治年长五岁，但不是穰治的直属上司，是邻科的主管。“加班？”

“嗯，是啊。”穰治客气地笑着点头。

“那就把光线弄亮一点啊，不然会把眼睛搞坏的。”主任打开墙上的开关，加强了室内的照明。“你在干吗？”说着便朝穰治走来。

穰治连忙合上身边的笔记，那上面画着电路图。

“是别人拜托的工作，要我制作小型马达的控制装置。”

“赚外快啊？你们科长在抱怨哦，说你最近怪怪的。”

“怎么说？”穰治看着主任。

“他说不知道你在想什么，常常一个人躲在实验室，午休也不跟大家一起。”

“他交代的工作我都做好啦。”

"我想也是，不过，上班族不是把工作做好就算了。唉，这不用我说你也知道。"主任拍拍穰治的肩膀，转身走了，"那我先走了，麻烦你关门。"

穰治朝主任的背影说了声"辛苦了"，叹了一口气。

也难怪同事们认为他不太对劲，他现在上班的情形和以前大相径庭。公司采用弹性工作制，所以像穰治这类研究员的上班时段各自不同。但这几年他的上下班时间几乎都是固定的，最近却乱了，以前他从来不会下午才进公司。

与同事之间的交流减少也是事实，不仅是中午和休息时间，连下班后的聚会也一概不参加。

他对较熟的同事解释是因为和护士女友交往的关系，但不知这种说法有多少说服力。

虽然同事察觉他的行径有异，但他到底在做什么、有什么企图，应该没有人知道。有谁想象得到，有人正在这间实验室为即将发生的某件大事一步步着手准备呢？

基板焊接完成后，穰治决定先暂告一段落。他想测试性能，但这必须使用几部测量仪器才能进行，也得花时间。他想趁明天白天把机器备妥，下班后再来测试。不必着急，因为岛原总一郎的手术延后了一个星期。

他把亲手做的装置和零件收进箱子，再装进纸袋，离开了实验室。

办公室里还有人，但都是不同科的人。

一名男同事边喝速溶咖啡边看电视新闻。穰治一边准备下班，一边从旁眺望电视画面。不久，屏幕上出现这样的字幕——"恐吓信扬言破坏医院　疑为恶作剧"。

穰治朝电视走近一步，竖起耳朵。

男主播开始说话："今天，位于东京中央区的帝都大学医院，发现一封写有'破坏医院'等字句的恐吓信。恐吓信夹在给初诊病患填写的诊疗申请书中，被人发现后，警方已着手调查医院内部，但未发现可疑物品。警方怀疑恶作剧的可能性很高，但仍继续搜集目击线索。接下来……"

主播播报下一则新闻。穰治慢慢地踱开，离开办公室，走出公司。

他边走边拨手机给真濑望。望很快接起。

“现在过去方便吗？”

“可以呀。不过，没有吃的哦。我也才刚到家。”

“那，一起到外面吃吧。”

“好，我等你。”

“我刚才看到你们医院上电视了，说有恐吓信什么的。”

“是啊，所以今天累得要命。”

“那，等会儿再听你说。”

“嗯，好。”

挂了电话，穰治拦了一辆路过的出租车，搭车到望的公寓只要二十分钟。

他在心里回想新闻报道的内容。在恐吓信的内容方面，主播只提到破坏医院，并没有说到最重要的公开医疗疏失与道歉部分。这不可能是电视台的主意。可见医院和警方限制了目前掌握的情报。

接下来该怎么处理，穰治难以抉择。他对没有提及医疗疏失感到不满，所以，有一个办法就是再送恐吓信过去。但是，现在情况不同了，医院的警卫一定严密得多，要是送恐吓信被警方发现，那就得不偿失了。

到了望的住处，发现她穿着围裙。

“出门太麻烦了，所以我想做点吃的。只是拿现成的东西随便煮，你就将就一下吧。”

“哦？你不累啊？”

“还好。我买了啤酒，穰治，你先喝点酒等一下，我想应该不用等太久。”

望把罐装啤酒和日式煎蛋卷摆在小餐桌上。日式煎蛋卷是穰治最爱吃的，望一定是觉得不能没有下酒菜，所以赶着做了出来。

他拿起啤酒正往杯里倒，就听到望说：“这是什么？给我的？”她蹲下翻起纸袋，就是他提过来的袋子。

“不要碰！”穰治说道。他以为自己的口气很温和，但声音还是有点凶。

望连忙缩手。“啊，对不起。”

“很遗憾，那不是要给你的，那是我试做的机器，没装外壳，可能一碰就会坏。”

“这样啊，对不起哦。”望往后退，转身面向厨房。

“没事，我应该先跟你说的。”穰治喝了啤酒，夹起蛋卷咬下，还是一样好吃。

望正在调节小烤炉的火候，大概在烤鱼吧。穰治知道她把家里寄来的鱼干放在冰箱冷冻室，炉上摆着汤锅和平底锅，汤锅里多半是酱汤。

望要是结了婚，一定是个好太太——每次来这里他都这么想，现在看着她的背影，又在心中喃喃说了一次。她不仅会是个好妻子，娶她的男人也会很幸福。

穰治想起神原春菜，他以前也常到她的住处，只不过她几乎没有为他做过菜。

“做菜别找我，抱歉啰。”她说着调皮地耸耸肩，那模样深深烙印在穰治的记忆中。

不只做菜，春菜对所有家事都不在行。相对地，她把热情奉献在工作上，无论什么地方她都去，无论什么采访对象她都毫不畏惧。她甚至发下豪言，为了成为一名自由纪实作家，她可以连女人身份都抛弃。

这股行动力最后却要了她的命。不，事实上那与行动力无关。只是，如果她是个假日会在家里做菜的女孩，也许就能逃过那场大灾难吧。

手机的来电铃声在耳里复苏。那时候，屏幕上显示的是春菜的号码，穰治不疑有他，接了起来，但彼端传来的，却是陌生男子的声音。

“喂，不好意思，请问你是神原春菜小姐的朋友吗？”对方劈头就这么问。穰治回答之后，对方顿了一下，才缓缓说出那个事实。乍闻那件事的冲击，至今仍残留在穰治心中。

那只能以噩梦来形容。穰治失去了世界上最宝贵的东西，不久，他便更换了来电铃声。

“怎么了？”

听到望叫他，穰治才回过神来，手上还拿着空杯。“啊，在想事情。”他倒了啤酒，“对了，刚才那件事，医院怎么处理？”

“就是为了那个在忙啊！医院要我们跟所有住院病人说明，所以医生和我们跑遍了每一间病房。可是，突然说恐吓信什么的，一般人也只是吓一跳。问人家要怎么办，人家一下子哪儿答得出来呀。”

“什么怎么办？”

“就是要不要继续住院呀。情况变得这么危险，可能有人想先离开医院吧。”

“这种人很多吗？”

“今天好像没有，几乎都说考虑一下，也有不少人觉得一定是恶作剧。”

光靠恐吓信的恫吓效果果然不大，穰治感到失望，他不期待患者会一窝蜂离开，但以为多少会有些人因此出院。

望开始把菜放上桌，红烧莲藕、烤金眼鲷鱼干、凉拌菠菜，道道都是家常菜。“对不起哦，只有这些。”

“够多了。”

“还有一些卤的，卤肉。要不要？”本来已经准备坐下的望又起身。

穰治摇摇手。“不用啦，这样就够了。倒是医院那边，没问题吗？既然是恐吓信，嫌犯应该会提出什么要求吧？”

望歪着头。“这我就不知道了，因为我们又没看到恐吓信的内容，只是照上级的吩咐做事而已。”

看来，医院连对护士都没有告知详情。但是，穰治认为这只是时间问题，恐吓信的详细内容迟早会散布开来，他之所以甘冒危险让第三方发现恐吓信，目的就在这里。

“医院明天还是照常营业吗？”

“应该是吧，因为什么都没讲。”望往自己的玻璃杯中倒酒。

穰治也举起杯子，做出干杯动作。这是他们俩用餐时的仪式。

“手术怎么办？”

“什么怎么办？”

“明天也照常进行吗？”

“那当然了。总不能因为发现恐吓信，就不治疗、不动手术。患者是为了治病、治伤才上门的啊。”

“说得……也是。”穰治点点头，伸出筷子夹莲藕。

医院的反应大致如他预期，只要有患者在，就不能不治疗，必要时也会进行手术。

“那叫什么？重症监护室是不是？那里还有人吗？”

“有呀。嗯……七个人吧。怎么了？”

“没有啊，想说那里的病人一定没办法马上出院。”

“对呀。尤其是心脏血管外科，手术后一定要在重症监护室观察。”说完，望一边把菠菜往嘴里送，一边低声自语：“啊，对了，明天也要开刀，要记得准备。”

“开刀？心脏血管外科的？”

“对呀。是个七十五岁的老先生，所以有点担心。不过，我想我们医生一定没问题。”

穰治点点头，开始用筷子夹碎鱼丁，脑子里想着今天刚做好的装置。

17

夕纪照常早上八点上班，浑身懒洋洋的，确实感到疲劳的累积，但又不能休息。以身体不舒服为由，也许可以请假，但她觉得别人会因此认定女人终究没体力。

这天，她必须先到普通门诊，因为住院患者要接受冠状动脉造影检查，她要去见习。

患者是一名六十三岁的男子，接受了冠状动脉搭桥手术。

在历时三十分钟的检查之后，夕纪和那名患者并排坐在候诊室的椅子上。他的表情很开朗，从心电图和血压等数据来看，他的心脏显然较住院前好很多，他本人也感觉到其中的差异。

“活动的时候胸口不会不舒服，这种感觉真好。这几年，稍微运动一下就喘气，我还以为是年纪大了。看样子，生了病不治是不行的。”男患者变得很多话。

夕纪刚到心脏血管外科时，这名患者还待在重症监护室。她记得当时术后情况不理想，执刀的元宫一脸严肃地与西园交谈。但是，在努力不懈地持续治疗之后，患者已经复原了大半，不久就能出院了。

实习医生的生活虽然辛苦，但若有什么事能让人忘却这份辛劳，就属患者痊愈后的笑容了。那种欣慰无与伦比。

男性患者说着出院后的种种计划，他想做的事很多。夕纪一边听，一边不经意地望着四周，然后注意到一名男子。这个人有点眼熟，年近三十，身材瘦削。

夕纪的视线随着他移动，看着他走向通往地下室的楼梯。普通门诊的人是不会去地下的。

“那……呢？”

夕纪发现身边的患者正在问她问题。“咦？啊，对不起，您是说……”

“医生在这家医院要待到什么时候？”患者问。

“我想，还有一个多月。”

“这样啊。等实习结束后，就要调到其他医院吧？”

“目前还不知道，您怎么会这么问呢？”

“因为啊，”患者环顾四周之后才小声说，“现在不是有很多传闻吗？那是真的吗？”

“传闻？”夕纪转身面对他，“什么传闻？”

他的表情活像恶作剧被逮到的小孩。“我好像不该说。”

夕纪装出笑容。“如果有什么顾虑，别客气，请告诉我，不然我也会很在意呀。”

“也对。”男子以试探的眼神看着夕纪说，“就是恐吓信的事啊。听说原因是这家医院的医疗疏失，是这样吗？”

夕纪感觉脸部僵硬起来。“这件事，您是听谁说的？”

“没有啦，也不是谁啦，是到处听来的……”患者越说越含糊。

看来，已经在患者之间传开了。夕纪不禁担忧起来，回诊时，患者一定会问个不停。

“那个传闻是真的吗？”他盯着夕纪问道。

她摇摇头。“详情我们也不清楚，也没听说有医疗疏失。”

夕纪说的“我们”指所有医生，但患者的解读似乎不同。

“啊啊，对，冰室医生还不是这家医院的正式医生嘛，那他们就不会告诉你详情了。”他恍然大悟地点点头。

夕纪想反驳“我不是这个意思”，但是又没这么做。她不希望别人认为她因自尊受损而动气。

“患者都在谈恐吓信的事吗？”夕纪问道。

“那当然了。医生们不是特地来跟我们说明吗？还说要是有意愿，可以协助提早出院或转院，连这种话都说了，事情一定不寻常嘛。”

夕纪点点头。院方认为即使恶作剧的可能性很高，对患者有所隐瞒反而会造成混乱，但就患者而言，这么做却强化了事情的严重性。

“我还好，很快就能出院了，还得留下来的病人一定很不安。冰室医生也一样，但愿你在这家医院的这段时间不会出事。”

他可能是基于好意才这么说,但夕纪不知该不该点头。看她表情暧昧，患者可能误会了，在她耳边说了这种话：

“不然，我去跟上面的人拜托一下，让医生换到别家医院吧？我有一点门路。”

夕纪吃惊地看着他，连忙摇摇头。“没关系，我不想换医院。”

“是吗？不过，要是出了什么事就尽管开口，这也算是报恩吧。”

患者笑着站起来，迈着稳定有力的步伐离开。夕纪目送着他的背影，心想，实习医生到底算什么？做的事情和正规医生一样，患者大多也这么想，然而一旦病情恢复，心情从容了起来，患者便立刻把她当成初入社会的菜鸟。

但是，身为菜鸟是事实。她也不知道这家医院是不是把她当成一个成年人来看待。也许正如那名患者所说，恐吓信一事的确有内幕，只是不让实习医生知道而已。

她怀着忧郁的心情回到办公室。今天十点有一场手术，要为一名主动脉瓣关闭不全的老人开刀。

手术由元宫执刀。夕纪到了办公室，却看到他正悠闲地喝咖啡，并没有手术前的紧张感。

“差不多该为手术做准备了吧？”夕纪发言确认。

"是啊，不过现在还不太清楚。"

"怎么了？"

"CE 叫我们等一下。"

"田村先生？有什么问题吗？"

田村是任职于这家医院的临床工程师，不仅平时要维护医疗器械，每当心脏血管外科手术进行时，都由他负责操作人工心肺机。

"他说人工心肺的状况怪怪的，好像他发现有个地方不太对劲。"

"那就……不得了了。"

这的确是大事。若人工心肺机无法运作，心脏血管的相关手术几乎无法进行。

"田村先生说不是故障，只是要确认一下，不然就糟了。虽然有备用机器，可是那台很旧了，医院也别那么小气，如果肯买新的就好了。"

"那台机器要多少钱啊？"

"这个嘛，"元宫双臂在胸前交抱，"可以在东京都内买一栋房子吧。"

夕纪说不出话来。看到她这样，元宫笑了笑又说："每次手术 CE 不是会组人工心肺的电路吗？你猜一次要多少钱？"

夕纪完全没有头绪，只是默默地摇头。元宫竖起一根手指。

"可不是一万、十万哦，是一百万，跑不掉的。"

"这么贵……"

"那可是拿来代替心脏和肺的，再贵也得花。"

元宫的视线转往夕纪背后。她一回头，看到临床工程师田村板着脸走进来，一张大脸冒着汗。

"情况怎么样？"元宫问。

田村歪着他那粗短的脖子。"我检查过一遍，没有异状。怪了，怎么回事啊？"他自言自语地咕哝。

"到底怎么了？"

"唉，就是不知道怎么了，机器不知什么时候重新启动了。我又没去碰，电源也没有异状。”

“重新启动？”夕纪问。

“简单地说，就是开关重新开启过。”

“机器自动开启吗？”

“那是不可能的。”田村冷笑，“如果曾经停电那就另当别论。”

“那里不会停电吧。”元宫噘起嘴，“因为有不间断电源。”

“对，要是电源有问题，现在早就乱成一团了。”

“怪了。”元宫蹙起眉头，“不过，机器本身没问题吧？”

“没问题，我保证。”

“好！”元宫一拍膝盖，站起身来，“准备开刀。”

前往手术室途中，夕纪边走边把刚才从患者那里听来的告诉元宫，恐吓信与医疗疏失的相关传闻已经传开了。

“所以呢？我们又能怎么样？”元宫望着前方反问。

“不是，我是想，该怎么办比较好……”

“不怎么办。那件事已经交给警方处理，你也这样回答患者就好。”

“可是，再这样下去，患者会越来越不安……”

“没办法，既然不相信这家医院，可以去别家，患者有这个权利。我们能做的，只有救眼前的病患。”元宫停下来，指向夕纪的胸口，“我以指导医生的身份命令你，除了接下来的手术之外，什么都不准想，知道吗？”

夕纪一惊，点点头。

在手术室前，护士们正准备将患者推进去。元宫赶过去，对患者说话。真濑望也在其中。

看着望，夕纪突然想起来了，刚才在普通门诊楼层看到的那名男子，她曾经在某天深夜见到过，那时望和他在一起。

夕纪开始揣想对方到底是谁，但随即甩了甩头。不可以想手术以外的事，刚刚才被警告过。

原本微微振动的亮点，突然划出一个大波浪。穰治凝神细看，屏住气，一边注视手提示波器的液晶画面，一边操作调节钮。

刚才，手术开始了——他很肯定。

他正在车上，从医院的停车场推测手术室里的情况。

他在心脏血管外科手术室所连接的不间断电源线路上，装设了供电监视器。那是他昨天在公司做好的装置，监视器可以发出电波并传送讯号。

人工心肺机等生命维持系统一定会连接在不间断电源上。这些装置正在运转，表示手术已经正式开始。

但是，除此之外他什么都不知道。

医生、护士在手术室里怎么将患者的身体开膛剖肚，从外面完全无从得知。有些医院会在外面加装电视屏幕，以便于公开手术室内的情况，但这家医院没有这种设备。

示波器画面上振动的亮点，是穰治唯一的线索。

靠这点东西能做什么？他感到不安，光靠这点线索，就要去执行一件绝对无法重来、不能回头的大胆任务吗？

真是乱来——他再次这么想。但是，这也是他打从一开始便心知肚明的。他是在了解一切状况的基础上制订计划的。

关掉示波器的开关，穰治发动引擎。功能确认完毕，效果良好，现在要担心的是监视器会不会被发现，但这只能听天由命。

更重要的是——穰治往医院门口看去。

尽管新闻播报了恐吓信一事，患者的反应依然看不出变化，普通门诊的人数也没有减少。

他感到焦躁。为什么？为什么你们非得来这家医院不可？！

18

傍晚七点了，夕纪还在重症监护室，观察白天手术患者的术后情况。目前并没有变化，患者也睡得很沉。

血压、心电图、肺动脉导管等等，该监看的东西很多，一刻也不能大意。

其实，这段时间对夕纪来说是最痛苦的。紧张的手术总算结束，却还不能喘口气。紧绷的神经早已疲累不堪，越想集中精神，眼皮反而越沉重。为了保持清醒，她把冰凉的冰枕垫在脖子上，冷却效果却越来越弱。

元宫正与CE田村小声交谈，谈的好像是人工心肺机的异常。虽说异常，其实在手术过程中，正如田村所保证的，并没有发生任何问题。只是身为专业工程师，还是无法放心吧。田村表示想彻底调查，希望医生这两三天使用其他装置。

元宫表示会与教授商量，田村好像让步了，向夕纪打声招呼便离开了。

“工程师真顽固。不过，大概要这样才能做那一行吧。”元宫苦笑，打了一个大哈欠。

“和医生不是同一种人吗？”

他对夕纪的问题摇头回应。“我觉得是同一种。我们维护人类的健康、治病，他们保持医疗器械正常运作、排除故障。双方都是绝不容忍妥协。”

很有说服力的说法。夕纪点点头。

自动门开了，护士菅沼庸子走进来。夕纪感到一阵郁闷，明明只是因为工作才与元宫独处，但事后可能又会被她冷言冷语，甚至想干脆离席算了。

“元宫医生，加藤先生来了。”菅沼庸子说道。

“加藤先生？呃，是哪位？”

“这位。”她把备妥的病历递出，“三个月前过世的加藤和夫先生的儿子。”

元宫接过病历，夕纪也稍微探头看了一下。名字是加藤和夫，年龄七十八岁，依病历上填写的内容，该患者因胸部大动脉瘤接受过三次手术。看来是阶段性手术，但第三次是紧急手术，夕纪推测可能是瘤破裂了。

“是他啊。”元宫的表情变了，“那时候没能救活。那，他儿子为什么现在跑来？”

“这个……”菅沼庸子朝夕纪看了一眼，似乎在提防实习医生。

夕纪站起来，假装找资料，从他们身边走开。

菅沼庸子靠近元宫，耳语了一番。

“现在才跑来说这些？”元宫的声调提高，“怎么又……”

听到他这么说，夕纪不得不回头。

“现在人在哪里？”元宫问庸子。

“我请他在会客室等。要怎么做呢？医生如果分不开身，要请他以后再来吗？”

元宫稍微沉默了一下，然后摇摇头。“不用，我去见他。我不想让他以为我在逃避。”

“要联络总务处吗？”

“还不用。要是谈不拢，我再去报告。你带加藤先生到咨询室，我马上过去。”

“好的。”菅沼庸子点点头便离开了。

元宫拿着刚才的病历，眉头深锁，发出沉吟。“冰室，这里你一个人没问题吧？”他说，视线并没有离开病历。

“没问题，患者的状况也很稳定。”

“要是有什么状况就叫我。你也听到了，我会在咨询室。”

夕纪简短地应了一声。她很想知道究竟是怎么回事，但又怕元宫说实习医生别管闲事，所以什么都不敢问。

元宫叹了一口气，说：“看来是怀疑有医疗疏失。”

咦！夕纪吃了一惊。

“听起来，是怀疑他父亲死于医院的过失。”

“可是，患者过世的原因是动脉瘤破裂吧？”

“对，家属也明白这一点。只是，他们好像怀疑血管最后会破裂，是因为医生误诊。”

“最后？”

“这名患者动了三次手术。他的病灶分布范围相当大，年事也高，所以一次全部摘除很危险。第一次是主动脉弓置换，第二次是搭桥手术。这时候就知道还有瘤没摘除，可是当时已经是极限了，患者太虚弱，没办法赶着做第三次。不是我找借口，这也征得了西园医生的同意。”

“结果没有摘除的动脉瘤破裂了？”

元宫轻轻点头。“送进来的时候，脊椎动脉已经发生灌流障碍，还引发了重度并发症。即使救回一命，意识也不可能恢复了。”

“家属却认为是医疗疏失？”

“我们事先已向患者本人和家属说明手术会分好几次进行。在第二次手术之后，也告知患者体内还有动脉瘤。我说，虽然有破裂的危险，但还是以患者恢复体力为优先。患者去世时，家属们并没有表示不满啊。”元宫咬了咬嘴唇。

“怎么到现在才……”

“我也不清楚，但也许跟那件事有关。”元宫冒出这句话。

“那件事？”

“恐吓信。你说嫌犯的要求已经在患者之间传开了吧。”

夕纪点点头。“好像有几个患者知情。”

“或许这些话也传进了加藤先生耳朵里。收到这种恐吓信，难怪有人会怀疑这家医院隐瞒了医疗疏失。”

“家属的意思是，元宫医生的疏失导致加藤和夫先生过世？”

“我想他们还没有这么认定，不过显然开始怀疑了。即使医生再怎么尽力，家人在医院里过世，家属还是无法打从心里坦然接受。就算过了好几年，还是会质疑当时是不是有其他抢救方法。他们没有说出来，只是因为没有机会。所以，这次的恐吓信，对抱着这种潜在怀疑的家属而言，可能是一条导火线。总之，我去向他们说明，我们并没有做任何亏心事。”

元宫吐了一口气，开了门大步向前。

目送他离去后，夕纪再度回来观察患者的术后状况。眼睛盯着数据，元宫的话却依然停留在脑海里。

即使医生已经尽力，家属还是无法打从心里坦然接受……

这正是夕纪本身的写照。无论听了多么合情合理的解释，要她打从心里相信西园医生已经尽了全力，仍然不可能。

这家医院是否隐瞒了医疗疏失？被问到这个问题时，她自己会怎么回答？她能够像元宫一样，斩钉截铁地说无愧于心吗？

元宫过了一个小时才回来，西园也跟在他身后进来。夕纪很惊讶。

“患者状况如何？”元宫问夕纪。

“很稳定，血压有点低，但应该没问题。”

元宫望着显示器的数据点点头。西园巡视起其他患者。现在，包括白天接受手术的患者在内，重症监护室里共有五名病人。

“结果怎么样？”夕纪问。

“我跟他们说了，他们肯不肯接受我就不知道了。”元宫的话很含糊。

“也请西园教授过去了吗？”

“教授刚好在，我就请教授也出席了。加藤先生看到教授特地过去，心情似乎稍微好一点。”

“加藤先生究竟在怀疑什么？”

元宫板着脸，搔了搔头。“就像我之前猜的，对第二次手术不满意。”

“搭桥手术吗？”

“他们怀疑那时候留下动脉瘤是我们的疏失，因为最后那些瘤破裂了。他们对此不满我能了解，但在现实中，遇到那种状况别无他法。这件事当时就已经事先说明过了。”

“加藤先生不是接受了医生的说法才回去吗？”

元宫叹了一口气，耸耸肩。“他说要回去找人商量一下，然后再来。谁知道他会找谁商量……”

“要坚持到最后。”西园双手插在口袋里，走近二人，“对家属来说，最重要的就是认同。医生不仅在治疗患者时要竭尽全力，若最后得到的是令人遗憾的结果，在平复家属心灵创伤时也不能偷懒。家属要求多少次说明，就说明多少次。他们想知道什么，就告诉他们。要消除他们的怀疑，这是唯一的办法。”

元宫面向教授，点了点头。“我会的。对不起，让您担心了。”

“不必向我道歉，要把这种事当作更上一层楼的磨炼。我也有过同样的经历。”说完，西园看向夕纪，夕纪反射性地移开了视线。

“不过，事情好像比预期的还麻烦。像加藤先生那样，受到那封恐吓信影响而来医院的家属，可能还会再出现。”元宫说道。

“若是这样，就该想到医生是不是也要负责。家属会产生潜在的不满，最大的原因无他，就是医生说明得不够清楚。”

“我会谨记在心。”

“好了，不必那么悲观。你差不多可以下班了，接下来的事就交给冰室。”

“请交给我吧。”夕纪说，“这里我一个人就够了。”

“那么，我就恭敬不如从命。西园教授呢？”

“我还会在这里，我有话要和冰室说。”

“这样啊，那么，我先告辞了。”元宫向西园行了一礼，走向门口。

夕纪目送他离去之后，将视线转向患者的显示器画面。她知道自己全身紧绷，这是她第一次和西园单独待在重症监护室。

“向患者的家属再三说明，”西园的声音从背后传来，“也等于是拯救医生自己。”

夕纪稍稍向后望。“拯救医生自己？”

“无法救活患者，从某些方面来说，对医生造成的伤害和消耗更甚于家属。而要重新振作,需要的就是冷静检讨自己做了什么。如果不这么做，即使想面对下一名患者，也只会被不安压垮。就算最后的结果令人遗憾，但相信自己已经尽力，将成为往后医疗行为的支柱。”

夕纪默不作声。西园一定是指健介的事。听起来像是表明他相信自己已尽全力。但是，凭什么要她全盘接受这番话？

“明天晚上你有空吗？”

西园的这句话让她不由自主地回头。“咦？”

“我想让你见一个人，希望你晚上抽出空。”

“可是，我明天有很多……”

“工作方面，我会麻烦元宫他们。很抱歉，突然提出这个要求，因为只有明天有时间，我想让你见的那个人，下个星期就要离开日本了。”

“是什么人？”

西园露出害臊的表情，擦了擦人中。“我儿子。”

夕纪一惊，说不出话来。

“是个不肖子，老大不小了还不结婚，做什么计算机绘图，说要去美国，也不知道是不是要从事那方面的进修。我要替他办个小小的饯行宴，希望你也能出席。”

她正想说为什么我要出席，但把话吞了下来。

啊啊，对了，她这才想到，西园的儿子将来是她名义上的兄弟。

“家母呢？”她想确认一下。

“当然也会请她同席。”西园明确地回答。

19

点一根烟足足花了三分多钟，因为风太强了。七尾叼着一根烟，赶紧将另一根夹在耳上。他想趁第一根吸完火没熄之前，点起第二根。

他在医院外面的夜间出入口旁。直立式烟灰缸里的烟蒂烟灰随时都会满出来，可见不仅是探病的访客，也有不少患者从病房里偷溜出来抽烟。

吸到剩下一半时，有两名男子从医院里走出来：一个穿着休闲运动服，另一个则是在睡衣外面罩着运动夹克，两人看起来年约四十五岁。

“哎哟喂呀，总算有烟可抽了。说到这儿，我明明是肠胃不好，如果是肺不好就算了，可是为什么大肠不好也得禁烟啊？你说是不是？”看似患者的男子发起牢骚。

“哦，因为人的内脏都连在一起，所以肠子不好的时候，大概也不能抽烟吧。”看似访客的男人递出烟盒。

那名患者迫不及待地抽出一根烟，像是闻香般从鼻子下带过，再叼进嘴里。

访客以芝宝打火机替他点烟，接着也给自己点上。

七尾在一旁看着两人的动作，心想以后也要用打火机。

“你住这家医院没问题吗？”访客用烟指着医院建筑。

“没问题？什么意思？”

“不是引起很多骚动吗？恐吓说什么要炸掉医院的，我从电视上看来的。”

“哦，那个呀。医生来解释过啊，还说要是我们担心，可以办转院手续。一下子我也不知道该怎么办，后来觉得麻烦，就说现在这样就好了。反正，那多半是恶作剧吧？如果什么事都要当真，这年头日子怎么过啊。”

“对啊，大概是恶作剧吧。”访客以轻松的口吻表示赞同，又稍微压低声音说，“那传闻是真的吗？”

“传闻？你说那个啊，医疗疏失？”患者也跟着压低声音。

“嗯，我听说好像瞒了不少。”

“瞒？你是说医院有这种过失？”

“嗯。”访客点点头，然后向七尾瞄了一眼，看来还是在意旁人的耳目。七尾转身，拿出手机假装拨打，他没有偷听的意思，但也不想打断他们谈话。

“你从哪里听来的？”患者问。

“跟你说，我有个同事的妈妈以前也在这里住院，他说他妈死得不明不白。”

“怎么说？”

“细节我没问，不过好像是院内感染。MR……什么来着？好像是一堆英文字母拼成的病。”

应该是MRSA感染症吧，七尾猜想。这是一种常见的院内感染。

“你说院内感染，意思是进了医院以后才得的那种病？”

“对啊！本来得的是不相干的病，为了动手术才住院，可是住进去没两天，就得了那种病，还没动手术就死了。你不觉得这样很奇怪吗？”

“很奇怪。是在医院里感染了什么奇怪的病菌吧？”

“是啊，要是没住院，就不会得那种病了。这样家属怎能接受呢？”

“结果他怎么处理？跟医院抗议吗？”

“他当然去质问医院了，可是照医院的解释，意思是说那不是过失，好像说得那种病是没办法避免的。”

“这算什么？这样他就算了？”

“没有，他也不服气，去问认识的律师什么的，结果人家也说这种事没办法处理，后来就不了了之。”

患者“哦”了一声。“不能处理啊。”

“我也不太清楚，不过医疗疏失不是很难证明吗？我们一般人没办法啦！又没有医学常识，医院里的事情他们一瞒，我们就没辙了。”

“这么一想，还真有点可怕。”

“是啊，所以我才问你这家医院要不要紧。”

“你问我，我也答不上来啊。像我，只是割个息肉而已，应该不会出什么离谱的大错吧。”

“也只有求老天保佑了。”

两人摁熄了烟，回到医院。七尾等他们离开后，才拿下夹在耳上的烟。在他们谈话时，他把第一根烟丢进了烟灰缸，又费了一番工夫才点燃第二根。

关于MRSA感染，七尾也稍有认识。所谓MRSA，指的是葡萄球菌因故产生抗药性。葡萄球菌本身可说是无所不在，但健康的人不会发病，只不过病菌有了抗药性就另当别论，经常在幼儿、老人、住院患者身上发病，由于没有特效药，因此引发肠炎、肺炎甚至败血症而丧命的例子时有所闻。光是听到院内感染这四个字，的确很容易认定是医院管理不善，但由于无法预测细菌是由谁或是经由何种媒介感染，所以事实上要做到完全预防几乎不可能，最多也只能将发病的患者隔离，针对症状予以治疗，只要医院在这方面没有疏漏，就不能追究其责任。就刚才那两人的谈话内容，七尾认为帝都大学医院并没有错。只有在判定感染原因明显是预防工作不足及发病后治疗不当时，才能追究医院的责任。

何谓医疗疏失？其实是相当难定义的。医事法将所有造成有害结果的医疗行为都定义成医疗事故。其中，除了不可抗力所造成的案例之外，均视为医疗疏失，即因故意或过失所引起的，但通常不会有故意的情况。

依照这种说法，可能会感觉医疗疏失的定义相当明确，然而现实中，问题在于难以判断是否为不可抗力。官司中所争执的，绝大多数都是这一点。

至于个中原因，在于患者与院方对事故肇因的看法不同。当事故发生时，包含医生在内的院方会将原因归于无可避免的外在因素，如疾病的特性或患者的体质等。相对地，患者则将问题放在医护人员能力不足、疏忽等个人因素上，这么一来自然会产生冲突。

那封恐吓信便刺激了这部分冲突，患者们的心情显然因此受到震荡，这种动摇是否也是嫌犯的目的，七尾还不知道。

特殊犯搜查二股还不能说已经将这个案子正式列入调查。七尾和坂本正在帝都大学医学院和医院收集线索。医院总务处的说法不能当真，因为无法判断他们是否真的将一切开诚布公。

公开医疗疏失，并为此道歉——

嫌犯二度要求的内容究竟是什么，七尾目前还未完全掌握。至少，帝都大学医院这几年没有发生这类纠纷。大约十年前曾发生过一个案例，一名患者被诊断为胃癌而接受胃部切除手术，事实上只是胃溃疡，不需要动手术。这个案例已由主治医生道歉，患者与医院也达成和解。

恐吓信若是单纯的恶作剧当然没问题，如果不是，那么嫌犯应该有明确而坚定的动机。这么一来，嫌犯今后可能会抛出引发其动机的事实。七尾如此推测。

也许，关键尚未出现。

然而，这么想之后，他独自苦笑，一种自虐的笑。等到案子真的成立，自己大概会被调离第一线吧。

两年前，曾经发生一起大型信贷公司遭恐吓的案子。嫌犯持有公司客户名单，并说要在网络上公开，恐吓信也是通过网络发出的。

七尾等人分析电子邮件，查出嫌犯主要是利用新宿的网吧，最后，埋伏的警员成功逮捕了嫌犯。嫌犯是该公司的离职员工，离职前带走了顾客名单。

到此为止，并没有任何问题，直到在嫌犯持有的名单中有了惊人发现后才趋于复杂。

那份名单是关于有前科的人的详细资料。不仅有姓名、住址，还包括前科、外貌特征等，人数多达数千。

能够搜罗这种数据的组织只有一个，这件事一定有警视厅的人涉足。

然而，接下来的调查工作便没有进展，准确地说是遭到高层的打压。七尾感到焦躁，因为警方又要重蹈护短这种备受批判的覆辙了。

七尾依自己的判断采取了行动。他查出该公司有前任警察，并调查与他们接触的人。结果，查出了某位人物。惊人的是，此人位居警视厅要职，而且有收受该公司高额贿赂的嫌疑。

然而，七尾的调查在这里被打断，因为他奉命调查另外一件不足以出动警视厅的小案子。

不久，便有警视厅的人遭到逮捕，但与七尾所追查的人物全然无关，然而警方并没有针对此事进一步调查。在野党议员曾在国会里提出形式上的质询，但国家公安委员会委员长的答复也仅止于形式——“将加强处理，以防类似事件再度发生”，如此而已。

而七尾之后也不断遭到无形的压力。像这次这样，为无法确定是否为恶作剧的案子做基本调查，便是他的主要工作。若正式展开调查，他的名字便会被排除在负责名单之外。

警察的使命究竟是什么？他每天质疑。防范犯罪，万一犯罪发生则尽全力逮捕嫌犯，应该是这样的，但他实在不敢说现今的警察组织具备彻底实践的系统。

他想起尊敬的前辈冰室健介的话——人生而负有使命。每当他细细体会这句话，焦躁感便油然而生，被一种没有完成使命的念头淹没。

第二根烟快烧到滤嘴了。他把烟丢进烟灰缸，走进医院。进门之后，左侧是警卫室的窗口。

“有没有什么状况？”他问其中一名警卫。

“没有。”中年警卫摇摇头。

七尾点点头，开始往前走。

一名男子从走廊上的厕所走出来，可能是骨折病患，右臂从肩膀吊了起来。外面有一名女子在等候。

“好快呀。”女子说。

“里面有人。我们找别的厕所吧，里面那个人还哼歌哼得很高兴哩。”

这对男女离开后，七尾也经过那间厕所。但是，才走了几米便折返，打开厕所的门。

说不上是直觉，原本就不信所谓刑警的直觉。他感觉有异的，是哼歌这个说法。

男厕有两个并排的小便斗，里面有一个隔间，门是关着的。刚才那名男子应该是想上大号吧。

七尾顺便小解，竖耳聆听，里面的确传来哼歌声，还有衣物摩擦声、稀里哗啦的金属撞击声，可能是皮带之类吧。

七尾离开厕所往前走。这道走廊位于夜间出入口旁，白天很少有人经过，现在也没有人。

他再度停下脚步，总觉得不太对劲，于是再度走进厕所。

里面还是传来哼歌声以及衣物摩擦声。

既然发出了声音，里面的人应该没有昏倒。但他还是敲了敲门。“请问，你还好吧？”

果然没有回应，七尾浑身紧张起来。

他伸手扭动门把，一转就开了，原来没上锁。他直接把门打开。

就在这一瞬间，他听到咔嚓一声。与此同时，他发现里面空无一人，马桶盖是盖着的，上面放了一个东西，像是一个黑盒子。

他立即察觉有危险。下一秒，盒子便猛烈地喷烟。

20

透过玻璃，可以眺望窗外的庭园。树丛间蜿蜒的流水在灯光下闪闪发亮。看着这一景象，不禁会忘记这里是饭店的五楼。

与夕纪隔着餐桌斜对的西园频频看表。好像约的是七点，还有一点时间。他们从医院走得太早，但夕纪能够理解西园急着走的心情。常常只要晚一步离开，就得留下诊治被紧急送来的患者。

西园的表情变了，他朝着入口处扬起手。女服务员正领着身穿灰色套装的百合惠进来。她的视线在西园和夕纪之间移动，走近餐桌。夕纪朝她微微点头。

“对不起，让你们等了一阵子吗？”百合惠问西园。

“没有，也没等很久，是我们到得太早了，因为还是放心不下。”

“很紧张？”

“有点。”说着，西园看着夕纪笑。

百合惠在夕纪身旁的椅子坐下。“道孝呢？”

“还没到，刚才来过电话，应该快了。”

“是吗？工作怎么样？没事吧？”这个问题是向夕纪提的。

“不能算没事，但西园教授叫我一定要来。”

“今天算特别的。不过上次也是特别的。”西园看看夕纪又看看百合惠。

“请问……道孝的事提了吗？”百合惠问道。

“在出租车上讲了一些，我想详细情况等本人来了再说。”

“也对。”百合惠说着点点头。夕纪可以感觉到她似乎也有点紧张。

道孝是西园儿子的名字。正如西园所说，他是在出租车上告诉夕纪的。

“老公，喝点东西吧？”

听到母亲对西园这么说，夕纪放在膝上的手一下子握紧了。老公！

“也好，喝点啤酒好了。”西园看着夕纪，“你也喝啤酒吗？”

“不了，我随时都有可能会被叫回去，我喝茶就好。”

西园沉思般稍微闭了一下嘴，然后点点头。“也对。那你呢？”他问百合惠。

“我也喝茶。”

“好。”西园叫来服务生，点了饮料。

看他要脱上衣，百合惠立刻从旁帮忙，然后接过衣服，招手叫服务生，动作极其自然。

夕纪心想，他们就像一对真正的夫妻。同时她也感受到，在自己不知情的状况下，这两人已经逐渐建立起夫妻关系了。

啤酒和日本茶端上桌了。当夕纪拿起茶杯时，西园往入口处看，低声说：“哦，来了。”

一名身穿深色西装、年约三十的男子正大步朝这里走来。一头长发似乎染过，那双眼睛和轮廓分明的西园很像，但其他部位略显平板，给夕纪一种中性的印象。

“您好，对不起我来迟了。”他口齿清晰地向百合惠道歉。

“没关系，我也才刚到。”百合惠回答。

从这番应答，夕纪知道他们早就认识了。

年轻男子一看到夕纪，表情变得有点严肃。

“先介绍一下吧。冰室，这就是我刚才跟你说的，我儿子道孝。”西园对夕纪说道。

她站起来，行了一礼：“你好，我姓冰室。”

“啊……我是道孝，父亲平常多亏照顾。”道孝也起身点头。

“先坐下吧。道孝也是，请坐。”

在百合惠的招呼下，道孝在夕纪对面坐下。

“怎么好像相亲啊。”西园这么说，除了夕纪以外的三个人都笑了。

他们点的是怀石套膳。在动筷子的空当，西园频频向道孝询问在美国的工作和生活。夕纪坚守旁听者的立场，应该是说，她在用餐时小心翼翼地避免多说一个字。从他们的对话，听得出道孝似乎准备在电影制作公司旗下的一个专业特摄公司工作。

“不要再提我的事了，我倒想听听医院的事。”道孝苦笑着说。

“你知道那些做什么？”

“我不是问老爸，我是问夕纪。”

骤然间听到自己的名字，夕纪不由得抬起头。道孝直直地望着她的眼睛。

“怎么样？西园教授对你来说，是个什么样的上司？”

“别闹了。”

“老爸不要开口，我是在跟夕纪讲话。”道孝嫌吵地挥了挥手，再次问：“呐，怎么样？”

夕纪放下筷子，低着头等待救援，但西园和百合惠都没有作声。她这才发现，他们俩大概也很想知道她的回答。

夕纪抬起头，但不至于和道孝四目相对。

“我认为西园教授身为医生，拥有高超的技术和知识，经验也很丰富，有很多值得我学习的地方，虽然我没有资格说这种话。”

“这场合真教人坐立难安啊。”西园难为情地说道。

“真是好学生的标准答案。”道孝的语气带着讽刺，接着又问，“那么，是值得尊敬的医生吗？”

夕纪顿了一下才回答：“是的，当然。”

“你刚才犹豫了一下吧？”

“没有啊……”

“那么，我再问一个问题。”道孝竖起食指。

“喂，够了吧，别为难她了。”

“老爸你不要插嘴，这是很重要的问题。”道孝的话让夕纪抬起头来，与他视线交会。他并没有转移视线。“你认为西园阳平作为父亲怎么样？”

夕纪的心脏剧烈跳动，她感觉旁边的母亲屏住了气息。

“别闹了。”西园以臂肘撞着儿子的手臂。

“我想了解一下，老爸也是吧？确认这一点，不就是今晚聚餐的目的吗？”道孝以那张中性面孔难以想象的强硬语气这么说之后，看着夕纪灿然一笑，“别客气，尽管说。听了你的回答，我才能放心去美国。”

这个单刀直入的问题让夕纪不知如何是好。从道孝的口吻，听得出他并不反对他们再婚。不但如此，他还非常在意自己准后母的亲生女儿。

在这之前，夕纪很少想到西园的家人，令她一直烦恼的，是能不能把他当作父亲。但理所当然地，这一婚姻不只是母亲和西园的问题。这一刻，她对此再度有了深刻的体认。

“怎么样？”道孝又问。

夕纪吐了一口气。“老实说……我不知道，对不起。”

夕纪眼角的余光瞥见西园在点头，她不知道母亲是什么表情。

“你赞成他们的婚事吗？”道孝紧追不舍。

“我不反对，也没有反对的理由。”

“不反对，但也不积极赞成，是吗？”

“喂，你够了吧！”西园似乎已忍无可忍地呵斥道，“她说她不知道，是非常诚实的回答。她只知道在大学和医院的我，因为我们只有在身为教授和实习医生的立场上才有接触。在这种状况下，你问那种问题，她当然答不出来。”

“可是，总不能一直这样下去吧？这跟年轻男女结婚是不一样的。”

“这种事用不着你说我也知道，所以我不急，我打算让冰室好好想，花多少时间都没关系。”

“你要她怎么想？”

“什么？”

“我是问你，你要她怎么想。照现在这种情况，不管再过多久，夕纪也只看得到爸爸身为大学教授或是医生的样子，这样教她怎么判断你适不适合当她父亲？”

道孝的话让西园陷入沉默，于是百合惠开口了。“有什么关系？这种事情，真的很花时间。夕纪当实习医生这段时间也很难去想……”

“我……”夕纪说，“认为这是我妈的人生，只要妈觉得好就好了，我没有任何不满。”

“你真的这么认为？”道孝盯着她。

真的，夕纪说着点点头。“我非常肯定，这不是该由我来想的事。”

“既然你这么想，那就好。”道孝转移视线，伸手去拿啤酒。

接下来的谈话有些冷场，尴尬的气氛包围了四个人。道孝或许认为自己应该负责，便对西园说：

“对了，那个恐吓事件怎么样了？好像有不少传闻。”

西园停下筷子。“传闻？”

“我有朋友在出版社工作，他跟我说的，嫌犯的目的是揪出帝都大学医院的医疗疏失，这是真的吗？”

西园呵呵地笑了。“发生这类事的时候，不负责任的揣测总是满天飞，若要一一应付还得了。”

“是有人捏造的吗？”

“我不知道嫌犯有什么目的，也没听说医院有什么医疗疏失，也许有人知道些什么，但那个人不是我。”

“可是，如果不是恶作剧，还是得想一想吧？要是医院被装了炸弹怎么办？”

“那不是我们该想的事。”说完，西园表情变了，手伸进西装内袋，站了起来。“失陪一下。”

看来是手机响了。夕纪感到奇怪，如果是医院打来的，怎么不是自己的手机先响呢？难道发生了什么必须请西园到场的事吗？

西园很快就回来了，表情变得更加严肃。“抱歉，我有事得回医院，必须先走。”

“发生了什么事？”百合惠的声音有些悲壮。

“不是什么大不了的……”说到这里，西园语塞，大概是发现夕纪和道孝正不安地望着他吧。

西园环顾四周，身子往餐桌探过来，低下头小声地说：

“医院发生了小火灾，似乎是那个嫌犯搞的鬼。”

夕纪倒抽一口气。“是炸弹吗？”她这么说，是因为刚才道孝的话还停留在脑海里。

西园淡淡一笑，摇摇头。“电话里听起来好像不是，只是消防车也赶到了，事情好像闹得不小。总之，各科教授都要集合。”他看着百合惠说：“抱歉，因为这个缘故，之后就拜托你了。”

“现在回医院没问题吗？危不危险？”

“听说已没有危险。假使真有危险，我更要赶过去，医院里有很多我的患者。”

“教授，我也去。”夕纪也站起来。

西园犹豫了片刻，但随即点点头说：“好。”

21

总务处主管笠木表情僵硬，双眼充血，嘴唇发白。在他旁边的小野川院长则不时发出沉吟。从两人身上感觉得出一个共同点，就是胆怯，置身于危险而恐惧的同时，想必也深怕失去目前的地位。

特殊犯罪搜查二股的股长本间和义从档案中抬起头来，凹陷的眼窝射出锐利的目光，不客气地盯着两名医院负责人。

“院方所掌握的医疗疏失，真的只有这六件吗？还真少啊。”

“不，我们刚才也说过了，那不是医疗疏失。我们举出的那六件案例，只是有可能引起误会而已，往后可能还会出现几例。”笠木脸上的汗水从太阳穴滴落。

“事实上，已经出现了。”小野川喃喃地说，“曾在医院接受治疗的患者或家属要求说明当时治疗内容的案例，每一科都增加了。”

“哦……”本间颇感兴趣地看着院长。

“应该是受到恐吓信的影响。由于信的内容流传出去，造成不实传闻，以前的患者和家属现在才会找上门，因为对治疗结果不满的患者不在少数。”

“那些案例不叫医疗疏失吗？”本间蓄意作弄般扬起嘴角。

小野川不悦地瞪大双眼。“每一件病例我们都尽了全力，没有问题。”

“如果是事实，应该就不会出现这样的嫌犯吧。”本间的视线再度回到档案。

“有没有可能是恶意的恶作剧呢？”笠木以求救般的眼神看着本间。

“这也不是不可能，但现在已经不能仰赖这种不切实际的主观期望吧。”

“噢。”笠木叹了口气，垂下肩膀。

看来股长挺卖力，在一旁聆听这段对话的七尾这么想，否则他是不会自行提问的。

装在男厕的机关只是一个发烟筒，设计成一开门就会喷烟。

当时自然无法立即判别，所以七尾发现后马上后退，他以为是爆炸物。发现厕所冒烟的医院员工按下警报器，也不能说是判断错误。

警卫赶到时，七尾已经发现冒烟物体是发烟筒了，过了几分钟，火灾警报器才停止。

消防车不久就赶到了，一确定没有火灾，随即撤退。但是，将密布的浓烟完全排出，就花了一个多小时，而发生骚动的医院要回归平静，所需的时间更多。

侦查员自中央警局赶来，接着，七尾的警视厅同事也来了，本间股长也在其中。

现场由鉴定人员进行调查。在此期间，七尾在医院的总务处向本间等人描述事发经过。对警方而言，发现者非一般民众确实省事多了，但这个人偏偏是七尾，本间倒是有点难以处理。

现场发现了一封恐吓信，内容如下：

至今已发送两封警告函，却仍未得到诚恳的响应。不仅如此，你们更对媒体隐瞒警告函主旨所在的医疗疏失等内容，非常缺乏诚意。

若是小看警告者的执行力，或认定警告函纯属恶作剧，便大错特错。为此，虽非本意，我方仍决定进行模拟实验。想必你们现已确认，我方所设置的物品为无害的发烟筒。然而，若是炸弹将会如何？你们能在爆炸前发现吗？又，如果爆炸，受害情况会有多严重？你们还要做出不会出现牺牲者这等愚蠢的推测吗？

如何评价我方的执行力是你们的自由，但唯一确定的是，这是最后的警告。下一次，就不是发烟筒了。

警告者

到了这种地步，警视厅也不能再采取观望的态度。本间会亲自出马，也是因为有了危机意识，认为这不只是恶作剧。

离开总务处之后，本间便命令部下立刻清查所有向医院投诉过的人。

“嫌犯会刻意做这种事吗？”

本间瞪着唱反调的七尾：“什么意思？”

“向医院投诉。我认为他应该不会做出引起警方怀疑的举动。”

本间用手里的档案抵住七尾的胸口。“也有可能是掩饰吧！”

“掩饰……是吗？”

“警察一出动，一定会针对医疗纠纷进行调查。不管有没有来投诉，凡是可疑的案例，所有相关人士我们都会清查。嫌犯可能会对此采取防御措施。”本间以锐利的目光边扫视部下边说道。

七尾没有再提出异议，与坂本一同进行调查。然而他仍旧认为这名嫌犯不会出现在如此简单的调查中，而他的根据，来自与发烟筒一起被发现的另一个机关。

发烟筒放在马桶盖上，旁边有一台小型录音机，录制了一段男性哼歌声及整装穿衣的声音，而且不断反复播放，其目的是为了延迟开门的时间。若没有声音，厕所门却一直处于关闭状态，在医院这种场所，很快就有人试着开门。事实上，就连七尾也被录制的哼歌声所骗，差一点就错过了。

如果嫌犯设置那种机关的目的只是为了确保逃走的时间，的确没什么好追究的。若目的仅仅为此，那么嫌犯只要把机关装在更隐蔽的地方，以定时器启动发烟筒即可，而他为何没有那么做？门被打开的同时，发烟筒便启动——显然在技术层面上嫌犯是没有障碍的。

大胆选择在男厕这种人员流动性强的地点装设机关，七尾认为这是不容忽视的线索。其特征也与先前两封恐吓信相同，嫌犯不仅是针对医院，同时也对医院的患者们凸显他的犯罪行为。

七尾不相信声讨医疗疏失是嫌犯唯一的目的，他强烈感觉到恐吓信及这次的发烟筒骚动，都是嫌犯为了即将执行的某种行为所做的准备。

明天起，医院的警戒便会更严密。不，今晚已经开始了，警卫人数增加，还会派驻警察，甚至像防范恐怖分子的机场一般，连垃圾桶都撤除。如此一来，嫌犯要隐藏爆炸物就困难多了。

然而，嫌犯不可能没有预期到这种情况。七尾认为如果嫌犯笨得连这一点都想不到，也不会设计出这些机关。

警方的介入和警卫加强应该都在嫌犯的计算之内，同时，他也料到医院不会向恐吓屈服。

但他还是制造了发烟筒骚动。这是为什么？

七尾认为可能性有三个。其一，嫌犯终究不是认真的，也无意装设炸弹。其二，他有自信，能够突破重重严密的警备装设炸弹。

最后一个可能是——

发烟筒骚动除了恐吓之外还有其他目的。

22

夕纪结束所有工作时已将近凌晨一点了，但并非因为有患者病情突然恶化或是有紧急手术。和西园一起返回医院的她，必须处理一大堆繁重的事务性工作。

这是因为发烟筒骚动让患者们惊慌不已，陆续有患者提出希望转院或暂时出院的要求。平常医院在这个时段并不受理这类申请，但若予以拒绝，万一真的发生爆炸而有人受害，医院便无法卸责。于是，作为临时应变措施，院方决定在事件解决之前，二十四小时开放受理。

处理转院时，必须安排能接手的医院。即使是出院，也因为病患几乎还没痊愈，必须先详细讨论今后的治疗方案。无论是转院还是出院，从填写病历开始，有种种流程需要处理，光是填写出院的摘要，如确认诊断病名、并发症、手术名、抄录住院经历等等，时间便飞也似的过去了。

当夕纪把这些处理完毕，回到办公室时，元宫正一脸疲惫地喝着速溶咖啡。他抬眼看到夕纪，低声对她说“辛苦了”。

“您辛苦了。”夕纪也用自己的马克杯泡起咖啡。

“弄好了吗？”

“告一段落了。您那边呢？”

“算是，传票类的工作丢给护士们了。”他按按肩膀，转动脖子，“真要命，没想到会变成这样。”

“刚开始收到恐吓信时，患者们好像都以为是一场恶作剧。”

“现在出现炸弹啦。”说完，元宫又改口，“不对，是发烟筒。发生这种事，肯定谁都会害怕，老实说我也是，心都定不下来。”

夕纪默默地往马克杯里倒热水，其实她也有同感。

“我猜错了。”

“猜错？”

“我之前一直以为是恶作剧。当然，现在还是有那种可能性，但至少情况已经跟只收到恐吓信的时候不一样了。我真是小看了嫌犯。”

夕纪在元宫对面坐下。“就连警方，好像也很多人这么想。”

“听说，明天就要撤掉垃圾桶了，还会增设监视录像机。还有，到处都会派警察站岗，气氛会变得很森严。警方一定也很担心，因为你一发现恐吓信，医院就报警了，要是真的出了什么事，警方也脱不了责任。”

夕纪想起七尾。打从一开始，他便表示这不是单纯的恶作剧，现在他又怎么想呢？

夕纪喝着咖啡，看到沙发上的包。那是西园的。“教授还在吗？”

“正在跟警察和总务处的人开会，好像是明天起施行的方针还搞不定。”

“这是指……”

“简单来说，就是讨论诊疗业务该怎么办。警方希望医院暂停业务，这当然行不通，住院患者还有很多，医院必须正常运作，而且已预约的患者一定也有人明天照常上门。可是，要接收多少名额就很难决定了。”

“比如拒收初诊的患者？”

“我想这么做很恰当，因为我们无法预测嫌犯会怎么混进来。总不能像东京巨蛋那样，派人检查民众的随身物品吧。”

原来还能这么做啊，夕纪心里再度产生危机感。仔细想想，不只这一次，之前收到恐吓信的时候，嫌犯一定也乔装成患者接近医院。

夕纪心想，若照平常的做法，毫无限制地开放，那么从明天起，就连经过候诊室也难免会以怀疑的眼光审视患者。

“你今晚本来是跟教授吃饭吧。”

突如其来的一句话让夕纪吃惊地看着指导医生。他微微一笑：“教授已经把他和你母亲的事告诉我了。别担心，我不会告诉别人。”

“您早就知道了吗？”

“从知道你要来这里的时候。要装作不知道是有点麻烦，但我能理解教授的说法，他不想招致不必要的误会。”

“那么，为什么现在还……”

“你的实习快结束了。结束之前，还有一场大手术吧，岛原先生的手术。你应该会以助手的身份参加。在那之前，我有话想跟你说。”

“什么话？”

“以后，如果要和你共事，就算你是教授的女儿，我对你的态度也不会改变。你是一个初出茅庐的医生，连半吊子都还算不上。该盯你的地方我会盯，该夸奖的时候我也不会吝啬。”

“当然，请您务必这么做。”

“西园教授也表示会以同样的态度对待你。就我所见，教授的话不假。但是，问题在于你。”

夕纪抬起头，眼前就是元宫认真的目光。

“母亲再婚，这种经历我没有，所以这么讲可能很不负责任，但是，你已经是成年人了，是不是该给他们一点空间呢？”

“您的意思是……”

“我是说，你应该分清楚你是你，你母亲是你母亲。”

“我分得很清楚啊。”

“是吗？看你这个样子，我实在不这么认为。你看教授的眼神，还是有点不自然，有点勉强。你这样是当不了助手的。”

夕纪垂下视线，咽下转凉的咖啡。

“你反对他们结婚吗？”

"没有啊，我不反对……"夕纪摇摇头，"只是有点……介意。"

"就这样吗？"元宫仔细观察她的表情。

"您认为还有其他原因吗？"

"这样就好。我只是觉得，如果你心里有什么疙瘩，希望在手术前除掉。手术中的团队合作是最重要的。"

"我知道。对不起，让您担心了。"夕纪低头行了一礼。

她心里有疙瘩是事实，但原因是元宫想象不到的。她不能在这时候讲出来。

元宫似乎还有什么话要说，一直看着夕纪，但是叹了一口气，放下咖啡杯。"你见过教授的儿子道孝了吧？"

"是的。"夕纪点点头。西园竟然连这种事都说了，她感到很意外。

"教授说他是个浪荡子，其实他很聪明，而且很懂事，应该可以跟你处得很好吧。"

"您见过他吗？"

"见过几次。他一定很高兴自己有妹妹。"

"他是独子吧？"

"是啊，但不是一般的独子，如果你以为他是被宠大的，那就大错特错了。因为一直以来，他都没有母亲，而且他本来还有个哥哥。"

"哥哥？"这倒是第一次听说，"怎么说？"

"很久以前死于意外。那时候道孝年纪还小，但我想他一定受到相当大的打击。"

夕纪看向沙发上的包。"我没听过这件事。"

"教授大概不想提吧。"

"是什么样的意外？"

"是……"元宫本来要说，却摇摇头，"算了，这件事就别再说了。我不知道确切经过，这件事也不该由外人来说。总有一天，教授会告诉你吧。"

元宫这番话说得很含糊。

他拿着空杯站起来时，门开了，进来的是西园。

“怎么，你们还在啊。”他看看夕纪和元宫。

“因为要处理患者的手续……”夕纪解释。

“好像突然多了不少想转院、出院的患者啊。辛苦你们了。”西园倒下般地往沙发上一坐。

“明天的业务怎么决定？”元宫问道。

“照常进行。总不能把上门求助的患者赶回去。不过，发烟筒骚动上了新闻，要不是有什么特殊理由，一般人应该会敬而远之吧。”

“明天安排好的手术也没有变更，是吗？”

“没错。”

“那么，我想早点回去，稍微休息一下。教授，您辛苦了。”

“噢，辛苦了。”

元宫一走，室内的空气便令人窒息。夕纪走到操作台洗马克杯。

她听见西园呼的一声叹了好大一口气。

“好累的一天，你也累了吧？”

“我没事。”

“平常实习医生的负担就很重了，又发生这种事，实在很难熬。刚刚，其他教授也讨论过了，在事件告一段落之前，实习医生可以暂停实习。”

夕纪停下手上的动作，转身。“您是说……”

“在事件解决之前，实习医生在家待命。依目前的状况，很难让实习机制正常运作。若是发生什么问题危及实习医生，该怎么赔偿也是问题。说得实际一点，实习医生并不在医院的正式编制里。”

“这是强制的吗？”

“不，是依照本人的意愿。”

“既然如此，那我……”夕纪面对西园，“我要继续实习，请让我继续。”

西园表情意外地望着她，然后微微点头。“好吧。只是这样就得在总务处的文件上签字，就是同意书，以防万一。”

“我知道了。”

“那么，我也要回去了。”西园夹着包站起来，“我送你吧？”

“不了，我还有些事要做。”

“是吗？不要太勉强自己了。”西园走向门边，又停下脚步，转头说，“我为道孝的无礼向你道歉，你心里一定很不愉快吧。”

“不会……”

“他并不反对婚事，只是从一开始就很在意你。”

“我？”

“他吵着要见你一面，说有话想当面跟你说，没想到他竟然会那样为难你。”

“我一点都不在意，请不用担心。”

“那就好。”

西园背过身子要走，这次换夕纪叫住他。“教授……”

“什么事？”

夕纪咽了一口唾沫才开口。“听说您还有一个儿子，是真的吗？”

一瞬间，西园显得很狼狈，但他立刻沉着地点点头。“元宫告诉你的吗？是真的。已经二十年了吧，死于意外。”

“我母亲知道这件事吗？”

“知道，我本来打算将来再告诉你的。”

“是车祸吗？”

“嗯，上学途中，被卡车撞到，那时候他才十四岁。”西园以局外人般的平淡语气回答，“怎么了？”

“没有……”

刚才元宫的说法让她很在意，那种口吻，像是有更复杂的内情。

“是做父亲的疏忽。明知那里的交通流量大，还让他骑自行车上学。所以我绝对不准道孝骑自行车。”西园的眼神好似看着远方，然后视线又转向夕纪，“你想知道详情，是吗？”

“不用了。我……对不起，让您想起了伤心事。”

“二十年了，已经没事了。倒是……”西园以食指指向夕纪的胸口继续说，“听说岛原先生不出院也不转院。照预定，星期五动手术，麻烦你做好准备。”

西园脸上出现了心脏外科医生的神情。

明白——夕纪以实习医生的正式口吻回答。

23

上午十一点刚过，身穿迷你裙的望从大楼的角落转弯现身，手上提着便利店的袋子。即使离得很远，也看得出她的脚步并不轻盈。

她走到离公寓十米便打开包翻找，大概是在找钥匙吧。拿出钥匙后，打了一个哈欠。

穰治小跑赶上她，她没注意，他对她说了声“嘿”。

望两眼无神地看过来，随即睁大双眼。“穰治，你怎么在这里？不用上班吗？”

“我去客户那里开会，本来要回公司，想顺道过来看看，看你好像还没到家，就在那边的书店消磨时间。要是等不到你，我就要回公司了。”

“原来是这样啊，对不起哦。所以我说配一把钥匙给你啊。”

“不用啦，我不喜欢那样。”穰治摇摇手。

拿了钥匙，总有一天得归还，那是贵重物品，快递不放心，而且他不想让望怀有太大的期望，如果拿了她的钥匙，她一定也会想要他的钥匙吧，也许最后会提出同居的要求。

“你今天好晚啊，绕去哪里吗？”

“我只是去便利店买东西，这么晚是因为跟白班的交接花了很多时间。”

一进门，望便提着袋子走进厨房。“我来煮咖啡吧。”

“你累了吧？我喝冰箱里的东西就好了。”

“那，啤酒？”

“傻瓜，我还要回去上班呢。”

“啊，对哦。”望从冰箱里拿出塑料瓶装的日本茶。

“昨天事情很多？”穰治边往玻璃杯里倒茶边问。

“对呀，你好清楚哦。”望脱下迷你裙，换上运动裤。赤裸的肌肤多少勾起了欲望，但穰治摒除了杂念。

“因为新闻播了好几次啊。”

“果然。好像来了好几辆警车，也有电视台的人来采访，一开始是消防车先冲进来。”

“可是，没发生火灾吧？”

“听说是被装了发烟筒。真的好险，要是炸弹的话，不知道会变成什么样子。”谈话内容应该是很严肃的，望却说得事不关己。

穰治有些不安，担心对医院相关人士的恫吓效果不如预期。

“医院的人怎么样？有没有吓坏了？”

“那当然啰，一开始大家都吓了一跳。火灾警报器响的时候，我正好在病房里，打点滴的患者想逃跑结果跌倒，人人大呼小叫的。我搞不清楚到底怎么回事，就回到护士站问，前辈们也只是惊慌失措。”

“竟然没有人受伤啊。”穰治说出了暗自担心的事。

“好像有人跌倒受伤，不过没有人受重伤，因为医院很快就用广播说明不是火灾。”

“那真是太好了。”穰治由衷地说，“没有急诊吗？”

“还好没有，因为普通门诊的时间早就过了，医院里人不多。从医院窗口看出去，人倒是很多，不过好像都是来看热闹的。”

望从袋子里拿出三明治和瓶装矿泉水，似乎准备吃饭。

“要不要吃一点？”

“不用了。我看今天早上的报纸，说是上次那个恐吓犯搞的鬼，是吗？”

“听说是。我们知道的，就跟新闻报道差不多。”

穰治推测，一定是医院严防她们把消息泄漏给媒体，也有可能是警方的指示，但医院肯定是怕传闻失控。

“可是患者呢？他们不知道详细情况，压力不会很大吗？”

“这最麻烦了。”望一边撕开三明治的包装纸一边皱眉，“他们跑来问到底怎么回事，可是我们也不清楚，就骂我们不负责任。警察和总务处的人都没想过我们的处境。遇到这种事，患者当然会想知道详情啊！人家明明为了治病才住院，要是遇到什么炸弹事件，真的很倒霉。就是不跟人家好好说清楚，人家才会吓得跑掉。”

“跑掉？”穰治扬起眉毛，“怎么说？”

“从昨晚就一直有人说想出院，想转院。之前就跟患者讲过，想出院或转院可以提出来，那时候几乎没人有反应。可是昨天出了那场骚动，应该说是发烟筒事件吧，患者开始觉得这不是恶作剧，连病情不好的人都想出院。”

“这样的人很多吗？”

“对呀。一开始还好，可是昨天有几个人说要走之后，每个人都急着要离开了。因为这样，医院就说二十四小时都可以办理出院或转院。结果把我们累坏了，医生们忙着写病历，做最后一次检查，我们也有很多手续要办。我跟朋友说，既然这样，干脆把患者全都转到别家医院好了。”

穰治内心窃笑，暗想等她回来果然没有白等。

“真是辛苦你了，你们还剩下多少患者啊？”

望啃着三明治，歪头思考。“走了不少人，剩下的都是没办法走动的，不然就是重症监护室的重症病人。准确人数我就不清楚了。”

还有人留下来啊——穰治暗自叹气。但这也在预料之中，他并不指望患者会走得一干二净。

他心里盘算，不能再示威了。那个发烟筒机关已经是极限，接下来就要玩真的了。

“对了，”他若无其事地问，“岛原总一郎呢？”

“啊，那个唯我独尊的太上皇还在。”

望的这句话比任何名言都让穰治感动。“他不出院啊？”

“他就要动手术了啊，就在这个星期五，再怎么样也要撑下去吧。我看他打算等手术完成后就走人。”

“他不想转到其他医院动手术吗？”

“不想吧。他就是看好我们医生的技术，才特地来这里动手术的。”

“也不延期？”

“我想不会再延了，因为之前延过一次了。他好像有什么事情不能再拖的样子。”

一定是汽车展，穰治想。有马汽车把公司的运势全都寄托在这次展览上，岛原不可能不露面。

“就算把手术往后延，案件要是没解决也没意义啊，所以不如赶快解决吧。”望吃三明治的动作停了下来，看着穰治感到不解，“你真的很喜欢听名人的八卦，这么想知道啊？”

“没有啊，纯八卦而已，我不会跟别人讲的，你放心吧。”

“拜托千万别说哦。”

“放心啦！我该走了。”穰治起身，“能见面真是太好了。”

“下次什么时候可以约会？”

“我再跟你联络，不会太久。”

离开房间后，他右手握拳。一切都在预期之中……

24

敲了门，一个低沉的声音从里面响应：“请进。”

七尾开了门，首先映入眼帘的是一个白衣背影。对方缓缓将椅子转过来。

“我是西园。”对方说道。

这位是心脏血管外科教授。七尾推测他的年龄应该接近六十，可能是因为头顶烦恼丝残量颇丰，所以显得年轻。

“我是警视厅的七尾。对不起，百忙中前来打扰。”

他低头行礼，西园笑着摆手。

“你是在帮忙，我们提供协助是应该的。”

“不敢当。”

“请坐。”

在西园的招呼下，七尾在空椅上坐下，照例环视室内。西园面对的书桌前方，并列着几张X光片。

“我在电话里也提过，本科关于患者死亡或遗留重度后遗症的病例，都向总务处报告过了，至少过去五年的数据应该都没有短少。”

“是的。我们目前正在针对这些病例调查，也拜访过投诉治疗的人了。”

西园露出不甚愉快的表情。“我认为没有患者或家属会做出这种事，至少与本科有关的不会这么做。每当遇到令人遗憾的结果，我们都会特别详细说明，也不曾因此闹上法庭。”

“这一点我知道，所以，今天可否请您稍微换个角度来想？”

“换个角度……你的意思是……”

“您也知道，这次的恐吓犯再三提到帝都大学医院的医疗疏失，然而却完全没有提及医疗疏失的内容。因此，有意见认为嫌犯或许别有目的。”

“别有目的……是吗？你是指……”

“例如，损害医院的权威与信用。”七尾紧接着说，“关于这一点，应该不需要解释吧。听说经过这场骚动，已经有大批患者离开医院。而调查过贵院过往的周刊杂志等媒体，则拿出一些微不足道的过失大做文章。”

“的确听说传出一些不好的风评。”

“所以，我们才会怀疑嫌犯是否打从一开始便是以此为目的。关于这方面，不知您是否有印象？”

西园露出苦笑，想了想。“我倒想不出有什么人会因为我们医院风评不佳而得到好处。”

“即使没有好处，也能泄恨吧。请不要局限于医疗疏失，您知道过去有什么人对贵院怀恨在心吗？”

“好偏激的想法啊。”

“没办法，因为发生了偏激的事件。”

西园的笑容消失，嘴唇紧闭，眉宇间出现皱纹，而且越皱越深。

事实上，七尾的上司本间仍然认为嫌犯是医疗疏失受害者的可能性最高，而且对于事件后续发展的推论与七尾完全不同。

“嫌犯真的以炸弹攻击医院的可能性很低。嫌犯的目的应该是钱，迟早会对医院提出交易。”这是本间的想法。嫌犯之所以没有写明医疗疏失的内容，则推论为嫌犯害怕因此留下供警方查缉的线索。

七尾不是不明白本间的想法。威胁企业或组织的人，绝大多数最后都会勒索金钱，没有任何根据可以将这次视为例外。

然而，依照嫌犯的恐吓方式，七尾认为不是以金钱为目的。为了让第三方发现恐吓信，嫌犯显然煞费苦心。若只是为了金钱，通常私下与医院交涉的成功率较高。

西园仍在沉思。七尾从他的表情看不出他是想不出符合的案例，还是已经想到了却不愿开口。

正当他注视着沉思中的西园，突然感到一种奇妙的似曾相识，大脑内一个全然无关的部位受到了刺激。

西园——他曾经见过这个姓氏。是在哪里看到的?

“我想，”西园平静地开口，“如果对医院怀恨在心，应该还是治疗不顺利的患者、家属或是关系密切的人吧。除此之外，我想不出来。”

“例如，医院的相关人员中，有没有这样的人？”

七尾的问题让西园睁大双眼。

“你是说，嫌犯是医院内部的人？”

“无法判断现在是否还在医院里服务，但我想，过去曾在这家医院工作，基于某些原因不得不辞职的例子也不无可能。”

内贼，这种看法在调查小组也获得许多支持。假使嫌犯真想检举帝都大学医院的医疗疏失，那第一个问题便是嫌犯如何知道这些内幕。由于医院刻意隐瞒，患者自然不得而知。这么一来，最可疑的便是医院内部的人，而且是直接或间接与隐瞒医疗疏失有关的人。

只是，若真是如此，便会产生另一个问题——嫌犯为何要采取这种迂回的方式。若想告发，只要匿名向媒体曝光即可。

西园缓缓地摇头。

“我明白你们怀疑内部人员的心情，或许真的是如此。但不管是不是，这一类问题我都没法回答，恕我无可奉告。”

“我不会向任何人透露是您说的。”

“我不是这个意思。我是说，告密不符合我的个性。况且，我在医院对医疗以外的事都漠不关心，你们感兴趣的内情我一概不知，你来问我，是白跑一趟了。”

七尾苦笑。“我问其他教授同样的问题，大多得到相同的回答。”

“我想也是。”西园点点头。

“非常抱歉，在百忙中占用您的时间。”七尾准备站起来，“对了，听说教授这一科在这个星期安排了手术？”

“排在星期五。”

“听说很多手术都因为这次骚动延期了，这位患者没有要求延期吗？”

听到这个问题，西园似乎有些为难，把手放到脖子上。“延期是可行的，但患者本人的意愿很强。”

“希望快点动手术？”

“说是术后还有重要工作，所以希望赶快治疗，好回到工作岗位。”

七尾耸耸肩。“真热爱工作啊，还是担心被裁员？”

西园表情意外地看着七尾。“你不知道吗？”

“知道什么？”

西园面露犹豫之色，然后说：“就是岛原社长，有马汽车的。”

七尾张开了嘴，点点头。“听您这么一提，我想起他是在贵院住院，调查会议也提过这件事。原来如此，岛原社长是教授的患者啊。”

“是这里。”西园指着自己胸口，“前不久在晚报还是哪里报道过，所以应该不用瞒了吧，是胸部大动脉瘤。”

“要在星期五动手术？”

“预定如此。这场手术有点难度，但应该没问题。患者本人已经满脑子都在想出院以后的事了。”

“的确，如果是他，可能会把公司业绩看得比自己的心脏还重要吧。”七尾这么说，但他和岛原总一郎并没有私交，只是根据媒体消息对岛原产生了这种印象。

“岛原社长也很关心这次的事件，不但手术因而延期，还有长期化的趋势，他认为实在可恶。”

“所以才想赶快动完手术，尽早离开这个是非之地吗？”七尾遮住嘴说，“抱歉，我不该说这里是是非之地，恕我失言。”

西园笑了。“岛原社长倒是说得很明白，希望在手术结束之前，嫌犯都不要采取任何行动，而且是笑着这么说的。”

“不少企业首脑都是这种类型。”

“医生也一样，祈祷在自己动手术的时候什么事都不要发生。”

七尾点点头，他能理解西园的心情。

在此同时，脑中闪过一个念头，他想到一种可能性，但只是一闪之念，因此他没有说出口，只是再次向西园道谢，便离开了办公室。

搭电梯来到一楼，走向正面玄关，正想打开手机电源，便听到前面有人喊“七尾先生”。坂本正朝他跑来，脸上写着不满。

“你果然在这里。”

“怎么了？”

“你还问！今天不是预定要到大学那边吗？”

七尾哼了一声。“走后门入学跟这次的事件根本八竿子打不着。”

他们得到消息，几年前帝都大学医学院入学考试曾经发生舞弊事件，只是终未得逞，事件在渎职员工被捕后落幕。会议中有人提出意见，表示或许与本案有关。在场每一个人——甚至连提出意见的人，都认为这是一条不可能的线索，但还是决定调查一下。所以本间便指派七尾和坂本执行这项工作。

“也许无关，但好歹是上面交代的工作，要是不做，以后就麻烦了。”

“坂本，你也真倒霉，跟我搭档可捞不到什么好工作。”

“既然这么想，就请你不要扯我后腿。”

“好好好，陪你去总行了吧。”

两人离开医院，坐上出租车。坂本要司机开往帝都大学。

“有马汽车的岛原社长现在就住在里面。”

“好像是，上头对这件事也很关注。股长说，其实很想请他转院。”

“听说在星期五动手术。”

“这样啊。”坂本点点头，然后沉着脸面向七尾，“请节制一点，不要依自己的判断到处调查。我可不想因你扰乱分配好的工作，被原本负责的刑警抱怨。”

“我只是替他们省点事罢了。倒是有马汽车,不久之前好像出过问题。”

“你是说隐瞒缺陷车那件事吗？”

“就是那个，是怎么回事来着？”

“详情我也不太记得，好像是一款新车控制引擎的IC芯片有缺陷吧，可是他们迟迟不处理，结果害死了人。”

“是工厂的厂长还是制造部长引咎辞职？”

“还有一个负责的董事。知情的只到那个董事，比他级别高的人都不知道……”坂本说到这里先中断，又笑了出来，“表面上是这样。岛原社长在新闻发布会上道歉，但看他的样子，并不承认自己有错。”

“国土交通省应该也调查过了吧。”

“是啊，不过，无法确认他们社长或会长有没有牵涉在内。这种事常有！有什么不对吗？”

“哦，只是有点好奇而已，没什么。”

七尾把话题随意带过。在目前这个阶段，连对坂本都不能说，这个联想就是如此无稽。

然而，这个念头却在他脑海里挥之不去。

25

中塚芳惠的气色不错。病灶位于胆管的患者迟早都会出现黄疸，所以夕纪认为应该是处方药发挥疗效了。

“那么，没谈到出院的事吗？”

听到夕纪这么问，芳惠靠在枕头上点点头。“我女儿的房子不大，家里又有孩子。我想，与其躺在一个小地方，不如待在这里更自在，所以我什么都没提。”

“这样啊。现在空床多的是，医院这边也不会催您出院的。”夕纪笑着说道。

芳惠的女儿女婿今天早上应该来过，夕纪以为他们一定会谈到出院的事，才过来问结果。

她想起那对夫妇的模样。看来妻子还是看丈夫的脸色行事，丈夫的想法又不明确，都已经发生恐吓骚动了，还把丈母娘丢在医院里。夕纪无法理解他们的作为。依芳惠目前的状况，随时都可以出院。

应该不至于希望医院真的被破坏，芳惠受到波及而丧命吧？脑海里出现这种不愉快的想象，夕纪赶紧甩开。

一到重症监护室，只见菅沼庸子正在照料一名患者，那是最后一位动手术的病患。夕纪说了声“我来帮忙”，便走到她身边。

“拜托，这本来就是医生的工作，是我在帮忙好不好？”

“啊，对不起。”

看到夕纪开始查看数据，菅沼庸子准备离开，但中途又停下脚步，回头问道：“冰室医生，西园教授的儿子跟你有什么关系？”

这个出乎意料的问题让夕纪不知如何回答。“你怎么会这么问……”

“元宫医生说，冰室医生可能会问起西园教授去世的儿子，叫我不要乱讲。”

从这句话里听得出庸子与元宫之间关系亲密。当然，一定是庸子采取主动的。

夕纪默不作声，庸子扬起嘴角，不知将她的反应作何解释。

“我想你大概是从哪里听来的，但是我劝你，做人不要太好奇。每个人都有不想让人知道的事情。”

“儿子死于意外的事，教授已经亲口告诉我了。”

“噢，是吗？”庸子脸上现出失望之色。

“教授也说，因为这样，他不准小儿子骑自行车上学。”

“自行车？你在说什么啊！是摩托车啦！”

“摩托车？”

“对，摩托车。骑摩托车逃走时，被卡车撞到的。”

“逃走……为什么要逃走？不是在上学途中被卡车撞到的吗？”

庸子闻言一脸不解地歪着头，打量夕纪。“冰室医生，你到底在说什么？”

“就是西园教授的……”

庸子猛挥手。“你完全弄错了吧，才不是在上学路上，他是骑摩托车逃走，才被卡车撞死的。元宫医生是这样跟我说的。”

“元宫医生说的……”

这是怎么回事？夕纪纳闷。的确，之前元宫的口吻听起来似乎知情，但他不至于编一套谎话告诉菅沼庸子。这么说，是西园说谎了？可是，为什么……

骑摩托车逃逸。这句话莫名卡在夕纪心口。在逃走途中遭卡车撞死？这件事她在哪里听过，而且就在最近。

啊！她倒抽了一口气，突然想起一件事。

夕纪注视着菅沼庸子。“该不是被警车追才逃的吧？”

庸子脸色大变。“我不知道。”

“拜托，请告诉我！我不会说是菅沼小姐你说的。”夕纪抓住庸子的手臂。

“放开我啦！”

“请你告诉我，拜托！”

夕纪深深地低头行礼，菅沼庸子一脸为难。“为什么想知道这个？”

“这很重要，请你告诉我。”

庸子转移视线，叹了一口气。“对啦，是被警车追才跑的。听说不知做什么坏事时被发现了。”

夕纪松开了庸子的手，只想就地蹲下来。

26

七尾回到位于门前仲町的公寓时，时钟的指针已过半夜十二点了。开了门，摸索着打开墙上的开关，老旧的日光灯闪了两三次才亮起。

一室一厅说来好听，但一进门的厨房兼餐厅顶多只有两坪大，摆了邮购目录里最小的餐桌和椅子就塞满了。

那张餐桌上还放着今早吃过的泡面碗，没喝完的瓶装乌龙茶径直摆着。七尾一把抓起瓶子，就着瓶口灌下常温的乌龙茶。

烟灰缸里满是烟蒂。他把烟蒂倒进泡面碗，拿着空烟灰缸走进后面的房间，地板上有些地方黏黏的，上次是什么时候打扫的，这个问题他最近连想都懒得想了。

脱下衣服，穿着内衣裤就直接往床上躺。那是邮购来的加大单人床，床垫很硬，偏偏只有睡的位置是凹陷的。

他就这么躺着点烟。本想看电视，但因为手够不到遥控器就作罢了。

这种生活再继续下去，总有一天会搞坏身体。但是，他没办法也没机会改善，最近也没人劝他结婚了。

七尾抽着烟，回顾今天一整天。一如预期，帝都大学走后门入学事件找不出任何线索，只是去看了看学生科的职员毫不客气摆出来的臭脸。这种事本间股长也早该料到了，但这是把七尾调离重大调查工作的绝佳理由。

本间现在正准备彻底调查帝都大学医院内部。他认为这次的恐吓事件是一种内部告发。

基本上，七尾也认为这是一个极有可能的方向。但是，听了心脏血管外科医生西园的话之后，他想到一个截然不同的可能性，即恐吓者的目标不见得是院方或医院的员工。

换个角度来看，医院里有许多更重要的人，即患者。

患者才是真正的目标，这种可能性存在吗？

七尾认为有可能。当医院遭到攻击，患者自然也会受害，眼下便有不少患者害怕这一点，正纷纷离开医院。

只是，若真是如此，恐吓信的意义何在？如果目标患者逃走了，一切功夫就白费了。或者，让患者离开帝都大学医院才是他的目的？

无论如何，七尾认为有必要朝这个方向循线调查，其中最令人在意的是岛原总一郎，他似乎完全没有离开医院的意思。近日即将进行手术一事也引起了七尾的注意。

问题是要不要告诉本间。七尾目前并没有这个打算。告诉本间，结果将不是被轰回来，就是把任务转派给其他刑警，尤其是与岛原这种大人物扯上关系时，更是如此。

只好独力行事了——七尾打定主意。

我到底在干什么啊？七尾一边点起第二根烟，一边强压住内心的焦虑。他相信找出事实真相才是他的使命，但为了实践使命，只能在暗地里偷偷进行，而且没有人协助。

他尊敬的那位前辈的话，再次在耳畔响起。人生而负有使命——

那一瞬间，一直悬在七尾心头的某个东西悄然落地，就像一直缺少的记忆碎片，骤然间汇集起来一样。

他熄了烟，从床上爬起，站在杂物堆得比书本还多的书架前扫视，从中取出一本旧档案。

他刚当上警察时，会将所有参与过的案件相关资料、新闻复印件全部整理成档案。现在当然不会这么做，所以档案也不再增加。

打开档案，确认与某案件相关的新闻报道，那标题如下：

中学生超市行窃遭警车追捕　飞车逃逸遇车祸身亡

当时，身为警部补的冰室健介后来辞职便肇因于此，七尾前几天才把这件事亲口告诉冰室的女儿夕纪。

这则报道并没有刊出中学生的姓名，但七尾翻阅其他资料，很快就找到了。

果然……

中学生名叫西园稔，而他父亲是帝都大学医学院副教授西园阳平。

他自问，为何之前都没有想起？原因很简单，即使曾经数次回顾这起案子，却没有留意死亡中学生的姓名。至于他父亲，甚至完全没想过。若不是西园这个姓氏较为少见，可能至今都不会发现。

当时那个中学生的父亲就是西园阳平。

真是太巧了，七尾心想。现在冰室夕纪就以实习医生的身份在西园手下学习。而她父亲，当时就坐在那辆直接造成西园稔车祸的警车上。

冰室夕纪知道这件事吗？西园是在知情的状况下指导她的吗？

是否该向两人询问这件事，七尾思考之后摇摇头。这不是一个容许第三方介入的问题。如果双方都不知情，那么最好是维持现状；其中一方或双方都知情，想必他或她自有深虑。

七尾合上档案，放回原位。

27

“啊，你还在啊。”

听到有人搭话，夕纪朝门边看，菅沼庸子就站在那里，显得有些畏缩。

“我还有东西要查，所以晚一点……重症监护室的患者怎么了吗？”

“不是，跟那没关系，我忘了拿东西……”庸子进来之后，便走近元宫的办公桌，举止间显得很在意夕纪。她打开抽屉，迅速塞进类似纸条的东西。医院里无法使用手机发短信，看来他们似乎以这种方式联络。

“打扰了。”庸子准备离开。

“那个，”夕纪叫住她，“刚才那件事，是不是别说是菅沼小姐你说的比较好？”

“我无所谓。”

“可是，你会被元宫医生骂吧？”

庸子显得有些后悔，说了声“随便你”便离开了。

夕纪叹了一口气，看看时间，凌晨一点。由于住院患者减少，工作量也减轻了，没有什么事必须在今晚处理，但她还是坐在办公室的电脑前，因为这台电脑可以上网，虽然宿舍里也有电脑，但无法上网搜索。

她大多只有在查阅专业报纸的报道时才会使用这项功能，但今晚的用法和平常不同。她查找的是普通报纸的报道，关键词是“中学生”、“摩托车”、“警车”、“车祸”、“逃逸”等等。

搜索之后，类似事件之多令她大为吃惊。每年都有青少年为了逃避警车而出车祸，甚至有些在送到医院之后，还偷偷跑出来自杀，令家长欲哭无泪。

然而，发生车祸当场死亡的案例就不多了，若仅限于东京地区则几乎没有，她只找到一件。

报道的内容十分简单，没有刊登死亡中学生的姓名，当然更不会有警员的相关数据。警察局通过宣传部门表示“追缉行动依照正当程序，经确认并无过当”，如此而已。但是，她看到地点位于涩谷区，确信自己的推测是事实，西园家就在涩谷区。

她关掉电源，从椅子上起身，但立刻又在旁边的沙发坐下。她所受的打击太大，以至于无力行动。

错不了，西园的长子身亡一事，与夕纪的父亲健介有关。不，不仅如此，说得极端一点，健介甚至可以说是造成那起车祸的人。

西园不知道吗？

夕纪认为他不可能不知道。考虑到车祸时的状况，做父亲的不想知道警车上坐的是哪些警员才奇怪。警方也许不会轻易透露，但凭西园的人脉，不至于打听不到。况且，西园没有对夕纪说真话。如果对所有人隐瞒，那还能解释，但元宫明明知道，为什么唯独对她说谎？

西园什么时候得知夕纪的父亲就是警车上的警察？想也不用想，一定是两人再度见面时。一定是健介为了治疗大动脉瘤，来到这家医院时。

医生会尽可能收集患者所有的相关资料，健康状况就不用说了，举凡生活环境、工作内容、家族成员等等都要全盘掌握，否则无法找出最适当的治疗方式。仔细端详对方的面孔也是必须做的，优秀的医生甚至只凭脸色便可看出患者的内脏或血液是否有异状。

西园想必是通过这些信息确认的。

另一方面，健介又如何呢？他想起来了吗？

恐怕没发现吧，夕纪猜想。若当时已发现却没有提起，反而很不自然，而且也无法解释父亲为何能放心接受治疗。如果知道了，应该会采取一些变通之法，像是更换医院或主治医生。

患者只关心自己的病情，这是理所当然的。他们会记得医生的长相、名字，但不会想了解更多，再加上白袍具有隐藏医生个人特色的力量。

况且，即使不考虑医生与患者的立场，双方对车祸的看法与感情也南辕北辙。

西园极可能痛恨害死儿子的警察，名字自然不会忘，若看过长相，一定也会牢记于心。当他第一眼看到冰室健介这个名字，便会立刻唤醒那份记忆。

在这方面，健介又如何？从七尾的话里可以知道，他是怀着信念行动的。对于追缉少年一事，他认为自己的判断没有错。尽管少年死于车祸令人遗憾，但他想必认定自己没有理由道歉。

因一名少年的死而关系微妙的两名男子，以截然不同的立场再度相见。憎恨的一方发现了，被憎恨的一方却浑然不觉。更糟的是，忘记的一方不知道自己被怨恨，还将性命托付给对方。

看到健介不知情的模样，西园心里会有什么感受？一般人应该会希望对方想起来，然后要求道歉吧。至少，会渴望知道对方的想法。

然而，就夕纪所知，完全没有这类事情发生的迹象。她还记得父母当时交谈的内容——“这位医生好像在大动脉瘤手术方面很有名”、“还好能遇到一个好医生”等等，全都是一般对话。

是西园刻意隐瞒。

问题就在这里，为什么他要为痛恨的人动手术？

他大可请别人执刀。只要向上级说明情由，自然就会认为由他执刀反而有违情理。但是他没有这么做，他没有把复杂的内情告诉任何人，就为冰室健介执行大动脉瘤切除手术。

黑色疑云在夕纪内心扩散，而且颜色远较过去浓厚。

28

七尾吃完早餐的吐司和炒蛋之后，自动门开了，一名年轻男子走了进来，扫视店内一圈之后，往七尾的桌位靠近。这个人姓小坂，是七尾熟识的报社记者。

“不好意思，约这么早。”七尾道歉。

“这倒是还好。”小坂向女服务员点了咖啡之后坐下，“究竟是怎么回事？我以为帝都大学医院那边现在应该忙得不可开交。”

“我会按照顺序告诉你。那件事怎么样？你帮我查了吗？”

“差不多了。”小坂拿起身边的牛皮纸袋，“花了我好大的工夫。”

“少来了。要查你们报社报道的新闻，能花你多少工夫啊！”

七尾伸手，小坂却没有把东西交给他的意思，而是以窥探的眼神望着他。

“为什么这时候要查这些？跟帝都大学的案子有什么关系？”

“我就说等一下告诉你啊。”

“想要的东西一到手就随便应付……刑警每次都来这套，我才不会上当。”小坂不怀好意地笑道。

七尾扬起嘴角：“相信我。”

“有马汽车和这个案子有什么关系？”

“现在还不知道，我也还没跟上面提。”

“这么说……”小坂把话打断，因为咖啡送来了，直到女服务员离开，他才再度开口。“又是个人秀啊？这样好吗？要是再出问题，这次一定会被调走。”

七尾哼了一声。“管他呢！本来就是找不到地方安置，才把我摆在这里。”

小坂什么都没说，只是把咖啡杯端到嘴边。凡是跑警政新闻的记者都知道，七尾迟早要离开警视厅。

“给我啦。”七尾伸手拿牛皮纸袋。

“岛原社长住院了，在帝都大学医院吧。”

七尾忍住想咂嘴的冲动。“是啊。”

小坂果然知道。仔细想想，这也理所当然，因为率先报道岛原住院的便是小坂的报社。

“难不成，你认为……嫌犯的目标是岛原社长？”小坂紧盯着七尾问道。

“怎么可能，那恐吓医院有什么意义？”

“那么，七尾先生为什么对有马汽车感兴趣？一定是认为其中有什么关联吧？”

七尾叹了口气，点起一根烟。

“我刚才也说了，我没跟股长讲过这件事。”

“也是啦，因为没听本间先生的同事提起过。目前是医院员工内部告发可能性最大吧？”

“我也这么认为。”

“可是，你不是认为还有其他可能性？”

七尾转向一旁，深深地吸了一口烟，再缓缓地吐出来，他感觉到小坂的视线。

“岛原总一郎的手术好像安排在星期五举行。听医生说，要是一切正常，那个手术不会有什么问题。”

“所以？”

“如果嫌犯的真正目的是阻挠那场手术……的话呢？”

小坂撇嘴笑了。“真有意思，但是，其中有疑问。”

“我知道。即使真的阻挠了那场手术，岛原也不一定会死。如果真要岛原的命，不必搞得这么麻烦。他现在住院，机会多得很，也没有理由恐吓医院。”

“但七尾先生还是无法抛开这个想法？”

“我没什么根据，或许是因为没被派到像样的工作，所以胡思乱想罢了。”

小坂点点头，抽出纸袋里的文件。文件角落以订书针装订，一共有两份，他把一份递给七尾。

“七尾先生，你不擅长看一大堆文字吧，我把大概的情况讲一下。”

“你怎么突然变得这么好心？”

“因为我觉得很有意思啊。虽然还有很多疑问，但如果真的是事实，那就太有趣了，会让所有人跌破眼镜。”

“现在还不要写。”

“不会，应该说没办法写，现在写只会被骂。不过，要是看出一点端倪就让我写，这样总可以吧？本间先生一定会找我麻烦，但我不会招出七尾先生你的。”

“无所谓，反正都一样。”七尾翻翻文件，“和有马汽车有关的车祸就这些吗？”

“总共六起。确认是那个缺陷造成的有四起，剩下两起还在调查。不过，应该错不了。”

“是什么样的缺陷？”

“计算机故障，他们使用的IC芯片有问题，原因不是出在设计上，而是生产线的品管。简单地说，没发现不合格产品就出货了。”

“所以出了什么差错？”

“有马最近推出的车型，全部都是计算机化，司机和驱动器什么的，几乎没有直接相连。”

“完全听不懂，什么意思？”

“比如说开车，不是得踩油门、踩刹车、转方向盘吗？这类动作不是直接传导到各个系统，而是先以电子讯号输入计算机后，再由计算机向各系统下达指令。就算司机技术很差，计算机也会修正为最适当的动作。这么一来，开车就变得很简单，乘车也变得舒适愉快。厂商在这方面，也有降低成本和轻量化的好处。”

“而这个计算机短路了？”

“这次出问题的，是把油门的动作传导到引擎的线路系统。因为毛病出在这里，所以计算机就乱了。说得简单一点，司机明明没有用力踩油门，引擎的转速却飙高，也就是发生车速加快的现象。听说还有相反的例子。”

“原来如此，所以，”七尾的视线落在手里的数据上，“暴冲事故很多？”

“有的是发动不了，停在路上，因为停在狭窄的单行道上，造成严重的交通阻塞。”

“有死伤吗？”

“坐在暴冲车上的乘客几乎每一个都受了伤，幸好没闹出人命。可怜的是被这些车撞击的受害者。虽然没有直接撞击人体，可是有些车子被侧面冲撞，车都翻了，坐在前座的女子死了，死者只有这一个。”

“有这个受害者的详细资料吗？”

“在文件的最后。”

七尾翻开文件，上面写着姓名和住址，是一名二十五岁的女子，住在高圆寺。

“赔偿金呢？”

“当然付了。有马也认了错。”

“但是社长没有下台。”

“因为后来判定缺陷车的原因在于生产工厂。在品管制度方面，国土交通省调查过了，制作流程没有问题。发现不合格产品之后，有马的处理也算妥当。至少没有发现公司刻意隐瞒失误的迹象。”

“可是，被害者家属能够接受吗？”

“也不是社长下台就能接受吧。我记得死者的父亲召开过记者会，一边掉眼泪，一边呼吁不要再发生同样的悲剧。”

这场记者会七尾也有印象。

“发生重大车祸的只有这个案子吗？有没有留下严重后遗症的？”他又翻了翻文件。

“还没有掌握这方面的消息，不过，车祸总是车祸，也许有人会出现颈部震颤之类的后遗症，但那要过一段时间才看得出来。”

“颈部震颤啊……”七尾喃喃地说着，收起文件，“谢谢你，帮了我大忙。”

“不嫌弃的话，请用这个。”小坂把纸袋放到桌上，“七尾先生，你打算一个人干吗？”

“你要帮忙？”

“如果我能力可及。坂本先生在做什么？”

“我不想把他扯进来，一个人做才叫个人秀。”

七尾把文件收进纸袋里，说了声“那我先走了”，然后站起来。

29

望灵巧地使用细长汤匙，把圣代上的水果送进嘴里，一边吃，一边诉说朋友的糗事，露出笑容的唇角沾上了白色鲜奶油，穰治伸手用指尖替她揩掉。“真没吃相。”说着，她又笑了。

两人正在一家露天咖啡店。天气很好，由于是工作日的白天，店里并不拥挤。

“那，接下来要干吗？”穰治露出笑容问道。

“都可以呀，逛街还是看电影？”

“那，逛街好了，你不是想买新包吗？我买给你。”

“啊！真的吗？”望的脸亮了起来。

“买不起太贵的就是了。”

“没关系啊，我又不想要什么名牌，只要是穰治买的都好，我会当成宝贝珍惜！”望的双手在胸前交握。

看到她这副模样，穰治的心情便蒙上一层阴影。他放下冰咖啡，皱起眉头。

“抱歉，今天还是算了。”

“咦？”望惊讶地叫出声，双眼圆睁。

“我完全忘了要去看一部电影，下次一定买包给你，今天可不可以陪我去看电影？”

“好啊，我都可以。不过，下次要买给我哦，说好了哦！”

“好。”穰治点点头，拿起玻璃杯。

他想，还是不要买什么包送她，不能在她身边留下自己的形迹，或是与自己有关的纪念品，这些迟早会让她痛苦。即使计划一切顺利，穰治也不打算再出现在她面前。

“不过，我很惊讶，没想到今天可以约会。”

“因为有人突然跟我换班。抱歉，临时约你出来。”

“不会呀！我还在想今天要怎么过呢，真是太棒了！”望天真无邪地笑了。

换班当然是假的。他知道望今天休假，而且没有任何计划，才特地请假的。星期五也非请假不可，上司一定会啰唆，但他今天想陪陪她。

自从失去神原春菜，穰治便失去了与谁一起共度快乐时光的感觉。但是，和望在一起，与那种感受极为贴近。明知只是短暂的替代品，却因此拥有心安的错觉。他想为此感谢望，同时也想对不久将带给她的伤心表示歉意。

离开咖啡店，他们俩并肩走在人行道上。望勾着穰治的手臂。

那天也是……穰治想起已成为往事的那个重要日子。

那天，穰治也像这样和春菜走在一起。他刚向她求婚，而她的答复让他乐不可支，他们处于幸福的顶端。

两人一直待到很晚。春菜平常都会在穰治那里过夜，但那晚她没有留下来，因为第二天早上她还要采访。

“你要小心车子哦。”

临别之际，他这么说，并没有什么深意，也没有任何预感。等她结束工作就可以见面了，他对此深信不疑。

会的，谢啰——说着，春菜挥挥手。她也是满脸幸福。

大约二十个小时以后，穰治接到了那通将他推入地狱的电话。

30

那户人家就在离户越银座不远的地方，是一栋木造民宅，门面窄小，看起来屋龄应该超过三十年，挂着“望月”的门牌，七尾按了门上的对讲机。

“喂？”对讲机传来一个男声。

“我刚才打过电话。”七尾说道。

“啊，好的。”

不久，玄关门打开，出现了一名身穿开襟羊毛衫、年约七十的男子，白发稀疏，体形瘦小，或许实际年龄没有外表那么老。

“您是望月先生吧。对不起，突然过来打扰。”

七尾拿出名片，对方只是看了一眼，并没有接下的意思。

“麻烦你出示一下手册好吗？”望月说道。

“啊，好的。”

七尾从怀里掏出警察手册，翻开身份证明那一页给对方看。望月移开老花镜，凝神细看之后，点点头。

“不好意思啊，有时候有人跑来自称是警察、区公所的，结果来推销一些奇奇怪怪的东西。家里只有两个老人，好像就被当成肥羊。”

“小心一点总是比较好。”

“七尾先生是吧？你是轮岛那里的人吗？”

“不是，但我祖父在那里出生。”

“原来如此，果然。”望月点点头，“来，请进，不过地方很小。”

“打扰了。”

七尾从玄关走进室内，随即被带到右侧的和室。那是一个简朴的房间，只有一张小矮桌和一个碗柜，打扫得很干净。

七尾在坐垫上跪坐等候，望月用托盘端着茶过来。

“不要客气，我马上就走了。”

“我老婆出去工作，傍晚才会回来。家里应该还有茶点，只是我不知道收在哪里。”

“真的不用客气。”七尾嘴里谦辞着，心想，或许自己猜错了。这个人只是个孤单老人，因为妻子白天不在，没有说话的对象。至少，不是想为女儿报仇的那种人。

“这里就您夫妇俩？”

“是啊。我女儿开始工作没多久，就搬出去住了。说是我退休一直待在家里，她觉得很烦。”

“您还有其他子女吗？”

望月摇摇头。“没有，就亚纪一个。”

“这样啊。”

望月一定以为退休之后总算有时间可以和女儿好好聊一聊，没料到女儿会搬出去住，而且永远都不会回来了。

“呃，你想问关于亚纪的事？”

“想向您请教那起车祸，当然也包括令千金的事。”

“要问是可以，可是怎么这时候才来问？”

“事实上，是因为我们在调查别的案子，在想会不会有关联。”

“什么案子？”

“啊，关于这个，现在还不能对外透露，因为我们必须尽保密义务。”

“是吗？警察总是这么说。”望月稍微撇了撇嘴角，“亚纪那时候也是这样。我们只想知道车祸的调查结果，警方却表示不能说，结果几乎什么都没告诉我们，一直等到律师来了，我们才知道详情。”

“这样啊，真是非常抱歉。”

“用不着道歉，你们大概是有这样的规定吧。我那时候觉得，原来警察也跟区公所一样。”

七尾伸手拿茶杯。这一类的抗议是无可反驳的。

“那，你想知道什么？”

“望月先生，您曾担任过受害者代表吧。”

“我只是照律师的吩咐去做而已。律师说，由受害最严重的人出面比较有效果。”

“哦，因为只有令千金不幸身亡啊。”

“是啊，真可怜。”望月垂下眼睛，“亚纪是搭朋友的便车，正在等待右转时，被对面来的车子撞到的。那辆车也是准备右转，突然失控，来不及打方向盘。本来是依照一般交通事故处理，结果保险公司发现有马汽车的缺陷，整件事就往完全不同的方向发展了。我那时候一心痛恨撞人的司机，他们跟我说，其实事情不是那样，我脑筋一下子也转不过来，不知如何是好。”

“开车的是……”

“一个上班族，说是开自己的车去拜访客户。他也受了伤，但意识很清楚，在医院里坚称是车子的引擎突然加速，后来才查出来的。”

这段经过，七尾也从小坂给的资料上看到了。

望月喝了口茶，叹了一口气。“我在协商赔偿时第一次见到那个人，虽然跟他打过招呼，心情还是很复杂。本来应该是加害人和被害人，结果变成双方都是被害人。他跟我说什么一起抗争的时候，我实在有点生气，我也知道对方的话合情合理，但毕竟……我是很同情买到问题车的人，可是那是他们自己要买的，有些地方也不能怪别人。我们可不一样，我们根本是无辜的，跟有马一点关系都没有。可是，我女儿却白白赔上一条命。一句运气不好，怎么交代得过去？”

七尾点点头。光看资料会认为事情并不复杂，但牵连其中的人，内心却百感交集，这不是责怪卖问题车的公司就能解决的。

“和有马的协商已经结束了吧？”七尾确认。

“在金钱方面是的。我们又不是想要钱才怪有马的，可是被问到还要怎么样，也只能说以后不要再让这种事发生……”

“所以目前算是勉强接受吗？”

“接受啊？”望月笑了，脸上是种自虐的表情，“我看，到死都没办法接受吧，无奈啊！”

“对社长有什么看法？”

“社长？”

“岛原社长。您对他没有下台有什么想法？”

“下台啊，他下了台，我女儿也回不来了，下不下台都一样。”

在七尾看来，望月不像在演戏。

“令千金当时是二十五岁吧，有男友吗？”

“不知道，我没听说。”

“您和其他受害人仍保持联络吗？”

“以前偶尔会联络，不过，也不是我主动跟他们联络，是律师要我们联络才聚在一起的。”

“就您的感觉，是不是每个人都对交涉结果还能接受？”

“我也不知道。赔偿金额每个人都不一样，而且情况也不同。”

“有没有人表示无法接受，特别痛恨有马汽车或岛原社长？”

“恨……这个嘛，说到恨，我也恨啊。”

“我的意思是，有没有人会采取偏激行动。”

“偏激？”望月皱起眉头，盯着七尾看，“怎么说？听你的问题，好像受害者之中有些人在打什么不好的主意。到底发生了什么事？可以透露一下吗？”

七尾很犹豫，当然，他不能说真话。

“其实，”他舔舔嘴唇，“有马汽车的员工经常接到骚扰电话，目前并没有明显受害，但还是决定调查一下。”

这不是假话。小坂给他的资料里的确有这一段。只不过，现在似乎不再发生了。

“这我也听说了，我认为和我们受害者团体无关。有时候我们不免会有些冲动，但不是要报仇，我们要求的无非就是有诚意的回应。打那种电话的人一定跟我们无关，只是想出风头而已。”

“也许是的。”

“也真稀奇啊，倒是很少听说这样就会出动警察。果然一扯上大企业，警察也得唯命是从啊！”

望月的语气带着几分揶揄，显然是因得知自己遭到怀疑而感到不快。

“不好意思，百忙中还前来打扰。”七尾不置可否地笑了笑，站起来。

31

“检查结果显示目前情况良好，所以我们想按计划进行手术。这样可以吗？”

西园的声音响彻宽敞的VIP病房。岛原总一郎一如往常盘坐在病床上，他的妻子加容子坐在病床旁的椅子上，虽然头发花白，但肌肤的弹性丝毫不像年过五十。夕纪可以想象她一定在外貌上花了不少钱，那身香奈儿的套装也很合身，膝上放着一只铂金包。

“医生，千万拜托了。一想到总算可以摆脱这个麻烦，就觉得很痛快。”

岛原刻意显示自己坦然无惧，然而夕纪发现他其实非常害怕手术。这几天进行的各种检查，她几乎都在场，看得出岛原一天比一天紧张。刚才帮他量脉搏时，只不过说西园教授会过来为手术做相关说明，他的手心就冒汗了。

“当天早上八点左右，会先准备麻醉，是肌肉注射。然后，要请您移动到手术室，当然，是以推床运送。”

“那时候已经睡着了吗？”岛原问道。

“有些人是的。”

“这么说，也有可能没睡着？”

“正式的麻醉要等进了手术室以后再进行，那时候就是全身麻醉。”

“然后就会失去意识吧？”

“是的，到时候就会完全进入睡眠状态。”

岛原神色不安地点点头。夕纪明白他的心情。他正想象自己因麻醉而进入睡眠，害怕自己从此不再醒来。

西园似乎没注意到岛原的心情，以平淡的语气继续交代手术当天的程序，接着还这么说：

“我们会竭尽全力，把事情做到最好，但手术毕竟有风险。接下来，我想针对这方面做个详细的说明。”

“风险？”岛原的脸颊看起来好像抽筋了。

原本一直低着头的加容子也抬起头。

“没有人知道手术时会发生什么事。届时要与患者的家属商量，您的情况，是与夫人商量，所以我们希望事先取得您的理解。”

“等……等一下！”岛原惊慌失措，“医生不是说没问题吗？你说绝对不会有问题的。”

“岛原先生，”西园平静地说，“天底下没有绝对没问题的手术。”

“怎么现在才……”

“我会为您说明手术内容。首先，请您听我说。”

西园拿出一张简图，上面画的是大动脉瘤。岛原的状况是，在心脏上方一个弓状的弧形部位有个巨大的鼓起物。

“我们要将这个部分替换成人造血管。但是，我想之前也向您说过了，这个主动脉弓有一个重要的血管分支，用来提供头部及上肢的养分，其中也包括脑部。这次的手术，是连这部分的血管也要换成人造血管，所以风险比其他情况更高。”

和爸爸的情况一模一样……在一旁聆听的夕纪心想。

“具体而言，会有什么风险？”岛原的声音有点沙哑。

“在出血方面，存在各种风险。首先，从主动脉弓分支的血管发生动脉硬化的可能性很高，更换人造血管时，有时候会从缝合的针孔出血，进而发生止血困难的状况。因为动脉硬化的血管已失去弹性，非常脆弱。”

“如果那样，要怎么办？”

“当然会再次进行手术。出血程度严重时，也有丧命的可能。”

岛原倒抽了一口气，加容子的身体颤了一下。

“其他还有什么危险……”岛原喃喃地问道。

“发生动脉硬化的血管，绝大多数内壁都有沉淀物。当这些沉淀物顺着血液流至脑部，便可能引起脑栓塞。严重程度不一，最不理想的情况是造成脑部损伤，我们会慎重行事，尽可能避免这种情形发生。但动脉硬化的情况若严重，在处理时要避免沉淀物完全不掉落是极为困难的。”

西园继续说明。手术时会让心脏停止运作，若停止时间过长，将造成心脏负担，导致心脏衰竭，而这又可能会引发其他器官功能障碍或呼吸衰竭等。术后若复原情况不佳，亦有可能因抵抗力不足引起感染、并发症……

所有可能的危险性，西园均一一仔细说明。岛原再次体认到自己正要面临的是一场什么样的手术。他的脸色转为苍白，神情越来越空洞。

“大致上，会有这些可能。”西园最后解释完神经麻痹，做了结论，“关于这些，还有什么问题吗？”

岛原呼地叹了一口长气，好像很伤脑筋似的伸手扶头。“状况真多啊。”

“抱歉，也许我一次说太多了。需要重新说一遍吗？”

“哦，不用了。我明白了，原来真的没有绝对没问题的手术啊。”

“恕我直言，这次属于极危险的手术。”

“显然是。那，会怎么样呢？虽然有这么多风险，把这些全部加起来，得救的概率有多少？”

“概率……吗？”

“不如说，失败的概率有多少？请别客气，明白告诉我，这样比较痛快。”

西园表情不变地点点头。“我不知道概率这个说法正不正确，不过这类病例的死亡率约为百分之五或六，您可以做个参考。”

岛原沉吟了数声，与妻子互看一眼。

“我想这件事已经在岛原先生住院时说明过了。假如没有动手术会是什么样的状况，当时应该也一并说明了。”

“会破裂是吧，”岛原说，“而且，随时都有可能破裂。”

“依目前的状况，什么时候破裂都不足为奇。一旦破裂了，即使紧急动手术，获救的希望也极为渺茫。”

岛原再度发出沉吟，然后笑了笑。“全靠医生，就任凭宰割啦！我相信医生的医术，也只能这么办了。”

“夫人认为呢？”西园也征求加容子的意见。

她低头行礼。“我明白了，麻烦医生了。”

“那么，我们待会儿再送同意书过来，麻烦两位签名。”

“医生，那个……”岛原吞吞吐吐地开口。

“什么事？”

“没，呃，今天没有检查了吗？”

“这个……”西园转头看夕纪。

“今天没有，明天要做动脉抽血，然后再做一次心脏超声波。”夕纪回答。

“是吗？那就麻烦了。”岛原向夕纪行了一礼。

离开病房，稍微走远之后，西园停下脚步。“同意书由你拿过去，请他们签名。”

“我去吗？教授呢？”

“我不在场比较方便吧。之后你再把岛原先生的情况告诉我就行了。”

夕纪不明白西园有何用意，但还是应了一声。

她依照吩咐，带着同意书再度来到岛原的病房。岛原坐在床上，加容子正在操作台切水果。

她在两人面前朗读同意书，并请他们签名。岛原先签，接着加容子也签了。确认没有遗漏之后，夕纪将文件收进档案夹。

“打扰了。”

她朝两人点点头，准备离开时，岛原出声叫她：“啊，实习医生。”

“什么事？”

岛原搔搔头，朝加容子瞄了一眼之后，面向夕纪。“这样就算决定了吗？”

“决定？”

“就是，该怎么说？不能改了吗？”

“哦，”夕纪点点头，总算明白他想说什么，“如果您改变心意，随时都可以告诉我们。只是，往后要怎么做，必须请您再和西园教授讨论。”

“呃，这样的话，要在什么时候之前说啊？”

“随时都可以。”夕纪说，“只要在手术开始之前都可以。说得精确一点，在麻醉生效之前。”

“啊，这样啊。”

“您还在犹豫吗？”

夕纪的问题似乎太直接了。岛原以一副“你怎么这么说”的神情皱眉，嘴角向下撇。

“我不是犹豫，只是以防万一，所以问问，我还得考虑公司啊！不知道公司什么时候会需要我出面。身为领导人，直到最后一刻都不能大意。”

“我明白了。这件事，我也会转告西园教授。”

“不用了，不必告诉西园医生。”岛原举起右手，“我只是想确认一下，不必看得那么严重。”

“是吗？那么，不打扰了。”

“嗯，谢了。”

离开病房，夕纪在走廊上边走边想西园要她送同意书过来的原因。他一定是看穿了岛原的心情，知道岛原无法当他的面说出内心的犹豫。

夕纪的思绪又飞到十几年前。父母也曾经像岛原夫妻一样，听西园说明手术的内容和风险吗？当时手术不顺利致死的概率，应该远高于现在。

父亲丝毫没有害怕的样子。夕纪最后一次去探望的那天，他还笑着说，要活就要活得很酷。

父亲一定也很不安，但他的确会把不安暗藏于心。然而，夕纪猜想，他对手术的信心甚过一切。一定是深信可以将一切托付给医生，才会有那样的笑容。

手术前只有一件事能让患者安心，那就是医生的话。

天底下没有绝对没问题的手术——西园刚才向岛原说的话再度在耳边响起。那句话不是让患者安心，而是要让患者下定决心。岛原听了那句话之后，犹疑了。

究竟西园是否对健介说过同样的话？他真的将所有风险都毫不保留地公开？真的没说"绝对没问题"这句禁语吗？

对西园而言，健介是夺走儿子性命的凶手。当他能够左右此人生死时，心里会怎么想？

长久以来，夕纪一直怀疑是母亲与西园的关系将父亲推上死路。她之所以成为医生，可以说是为了找出答案。

然而，如果西园还有另一个动机——为儿子报仇——那又如何？

也许这个动机更早形成。一看到上门求诊的健介，西园应该立刻察觉他就是当时的警察。健介却没发现，只是担心自己的病情。

西园是否在检查健介的大动脉瘤时忽然想到，这是一场高难度的手术，成功率不高，即使失败也不会有人起疑，更不会被追究责任……

与百合惠建立深厚的关系，则是之后的事。在这方面，他是否另有图谋不得而知，但夕纪猜想应该是巧合。要靠心机算计来赢得女人芳心，一般男人是办不到的，更何况百合惠身为人妻。只不过，她可以想象，西园对于与百合惠发生外遇并没有太多踌躇，甚至非常积极主动，因为这也可能是复仇的一部分。这么一来，他便得到一个最佳共犯，使最后的计划得以顺利完成。即使健介死于手术，只要百合惠不说话，就不必担心有人投诉。

手术前想必照例进行过会谈，但会谈中，西园是否准确告知手术的风险则相当可疑。因为如果太过于强调危险性，健介可能会选择不动手术。

没有经过充分说明，一味地让患者安心，并签下同意书。这虽然有违知情同意，却不会有人发现，因为签名的家属是百合惠。

墨黑的想象无止境地扩展，夕纪甚至怀疑自己在这样的状态下，是否能够参与岛原的手术。

回到办公室，元宫正在与人交谈，那个人一回头，原来是七尾。

夕纪向他点点头，然后看着元宫。“怎么了？”

“你认得这位吧？警视厅的刑警。”

“认得。”她说着点点头。

“他来问一些有关岛原先生的事。问到除了西园教授以外，还有没有其他负责的医生，我说你也是。”

“对不起，打扰你好几次。”七尾朝着她笑道。

“没关系，不过为什么要问岛原先生的事？”

“有很多原因。”

“我要去重症监护室了。”元宫站起来，离开房间。

夕纪在元宫的座位上坐下。

“对不起，百忙中还来打扰。”七尾行了一礼，“幸好负责的医生是你。如果是不认识的人，恐怕多少都会有戒心。”

“是关于恐吓的事吧？”

“是的。”

“岛原先生和这件事有什么关系吗？”

“不不不，”七尾摇摇手，“现在还不知道，说不定完全无关。只是，所有可能的线索我们都要调查。”

“患者的事情我们原则上……”

“这我知道，我不会问他的病情。只是想请你回想一下，岛原先生住院之后，有没有什么特别的事情发生？”

“特别的事情？”

“例如有没有人来问一些关于岛原先生的事，或者有没有在病房附近看到可疑人物。”

“这个呀，”夕纪沉思，“我倒想不出来。”

“是吗？”

看着七尾郁闷的表情，夕纪突然想到一件全然无关的事——这个人，会不会知道西园和父亲的关系？

32

七尾得知冰室夕纪是岛原总一郎的负责医生之一时，心里很犹豫。他原来不打算在这里透露恐吓犯的目标可能是岛原的推理，因为若是泄露出去，他怕这个假设会成为一则失控的谣言。

然而，或许可以将自己的想法告诉这位女医生。在见过几次面之后，他有理由相信她是个极为理性且责任感强的女子。她从最初便涉入此案，比其他人更了解整件事的脉络。更重要的，她是冰室健介的女儿。

“其实，这是我个人的想法……”

七尾豁了出去，决定把自己的推理说出来。恐吓犯的目标可能是岛原总一郎，而嫌犯也可能是有马企业的缺陷车受害者。

冰室夕纪显得有点惊讶，但表情几乎没什么变化，长睫毛下的眼睛只是稍微睁大而已。

“如果我的推理正确，那么嫌犯应该会以某种方式接近岛原先生，因为他一定会收集病情、手术时间等信息。”

夕纪边听边点头，听完后微偏着头思考。

“您说的我明白了。可是，如果这样，为什么要恐吓医院呢？嫌犯坚持要医院承认医疗疏失，这两件事完全无关呀。”

“没错，所以我也不敢向上司报告。”其实是其他原因，但七尾却做了这种解释，“只不过，我认为有这样的可能性。嫌犯一连串的要求是一种障眼法。”

“您的意思是……”

“他的目的可能是要误导警方。事实上，警方目前正针对医院内部和相关人士进行彻底调查。没有人把焦点放在嫌犯与岛原先生或有马汽车之间的关联，当然，我是例外。”

夕纪的视线从七尾身上移开，凝视斜下方，看表情显然是在思考他的话中含意。看来，她的个性大概不是听听就算了，一定要咀嚼消化过才肯罢休。

“如果是这样，嫌犯对自己的行动一定很有把握了。”

“怎么说？”

“因为，就算为了扰乱调查方向，发出恐吓信的风险毕竟很高吧？最好的证明就是，现在医院里除了七尾先生，还有很多警察出入。对嫌犯来说，要在这样的情况下犯案是很困难的。可是，他却选择留恐吓信，这就表示他对自己的行动极有把握。”

七尾点点头。

“你说得一点也没错。不愧是冰室警部补的千金，一般人不会想到这一点。”

“不好意思，我太自以为是了。”她难为情地低下头。

“哪里，这是非常值得参考的意见。”

“嫌犯想做什么呢？当然和岛原先生的手术有关吧？”

“如果嫌犯的目标真的是岛原先生，当然有关。依我的看法，恐怕他想要岛原先生的命。”

可能是用词太激烈，夕纪愣了一下。

“我想再请教一次，以刚才说过的假设为前提，你有没有想到什么？无论多微不足道都没关系。嫌犯一定是通过某种手段来收集情报，只凭岛原住进帝都大学医院这种随处可见的新闻报道，嫌犯应该无法采取任何行动。”

夕纪交抱着双臂，咬着嘴唇。表情认真的脸庞没有丝毫修饰，五官轮廓很美。她没有追求者吗？七尾不禁想起无关紧要的事情。

“医院虽然看似封闭，其实也算是一个很开放的地方。即使有陌生人在走廊上走动，也不会引起任何人在意，不如说，医院里到处都有这些人。所以您问有没有可疑人物，如果不是做了什么特别奇怪的事，一般人是不会记得的。不过，听了七尾先生这番话，我以后会多多留意。”

她的话很有道理。像他们这些医生大概只在意患者，不太留意患者以外的访客。

夕纪愿意帮忙，对七尾是一大帮助。万一嫌犯靠近，她应该会注意。七尾没来由地怀有这样的预感。

“麻烦你了。说了这么多，只不过是我的推论而已，说不定完全猜错了。那几封恐吓信和发烟筒，仍然有可能是恶作剧。”

夕纪的表情并不开朗，或许她也觉得恶作剧的可能性很低。

“麻烦你一件事，不要把我刚才说的告诉任何人。其实，我连西园教授都没说。等到有必要，我会告诉他。”

夕纪苦笑着点点头。“好的，这一点我知道，请相信我。”

“对不起，在你这么忙的时候占用你的时间。那么我告辞了。”七尾从沙发上起身。

夕纪也跟着站起来。“那个……”

“嗯？”

她一瞬间露出举棋不定的神色，然后以下定决心的表情看着七尾。

“我想向七尾先生请教一些与此案无关的事。”

“什么事？”

“家父的事。”

“警部补？”

七尾这么问的时候，走廊上传来说话声，夕纪的表情显得很尴尬。看来是这个房间的使用者回来了。

“可以到外面谈吗？”她问道。

“好。”

七尾猛一开门，两名年轻医生似乎吃了一惊，停下脚步。他们本来正准备走进这个房间。七尾向他们点头致意，走出了房门，夕纪跟在他身后。

搭电梯来到一楼，走出医院。夕纪在设有烟灰缸的地方停步，看来是体贴七尾。

“前几天，您告诉我家父辞掉警职的理由。”

“是啊。”七尾点头答应，叼起一根烟，心里有不好的预感。

“家父追捕可疑人物，结果有一名中学生车祸身亡的那件事……”

“那件事怎么了？”七尾点烟，皱起眉头，假装烟熏了眼。

“您还记得那个中学生的名字吗？”

果然是这件事，七尾心想，那正是他不想碰的话题。“你怎么现在才问这个？”

“那个少年，”她不理他的问题，“是不是姓西园？”

七尾默默吐烟，从夕纪的口气听得出她对此一无所知，七尾同时也为自己的多嘴感到后悔。

“我没说错吧？果然。是我们科的……西园教授的儿子吧？”

“如果是，又怎么样？”

“七尾先生是什么时候知道的？”

“不久前才想起来的。因为我满脑子都是办案的事，一时没有察觉，而且那是很久以前的事了。”

“您为什么没告诉我？”

“纯粹是因为上次见到你时，还没有想起来罢了。而且，我也觉得大概没有必要特地告诉你，说了，可能变成我多管闲事。”

夕纪眨眨眼，垂下眼睛。在七尾看来，她像是受到了打击。

“原来，你不是在知道这件事以后，跟着那位教授学习的？”七尾问道。

夕纪摇摇头。“我什么都不知道。家父辞去警职的原因，也是您上次告诉我才知道的。”

“啊……说得也是。”

“家母什么都没说，西园教授也是……”

“教授知道吗？”

“我想他知道。”夕纪以笃定的语气说，“我想，他一开始就知道了，打从见到家父那一刻起。”

“见到警部补？”

听到七尾这个问题，她露出犹豫的表情，然后深吸了一口气。“为家父动手术的，就是西园教授。”

“咦！”七尾的烟差点掉下来。这才发现，烟灰已经很长了，他在烟灰缸里熄了烟，顺手丢掉。“真的吗？”

夕纪点点头。“七尾先生果然不知道这件事。”

“我第一次听说，因为完全没注意到警部补的主治医生。”说着，七尾再次注视着她，“这么说，你是知道西园教授为令尊开刀，才决定在西园教授手下学习的？”

“是的。我选择就读帝都大学医学院，也是因为有他在。”

“原来如此。啊，不过……”脑海里骤然浮现的疑问正要说出口，七尾又硬生生地吞了下去。

夕纪似乎看穿了他的心思，嘴角泛起微笑。“在救不了家父的医生手下学习，很奇怪吗？”

“哪里，你的想法，我们这种凡夫俗子不太明白。”

“我有我的想法，才会决定这么做。家父将性命托付给他也是事实。”

七尾深深地点头。“的确。既然是冰室警部补信任的人，可能也是你最值得跟随学习的人选。”

然而，夕纪却蹙起眉头。七尾看到她的表情，就知道自己猜错了。

“七尾先生，无论基于什么理由，逼死儿子的人以患者身份出现时，您认为医生会怎么面对？”

夕纪的话令七尾无言以对。如果冰室健介的主治医生就是西园，那么情况的确像她说的那样复杂。

同时，他也发觉，她对西园医生的手术持有怀疑。

“我不是医生，所以不懂，但不管什么状况，应该都是以同样的态度来面对吧？这样才专业啊。”

夕纪却摇摇头。“我办不到。如果是我，心情一定很乱。”

七尾凝视着她。莫非，这位年轻的女医生从父亲身亡时起便怀疑执刀的医生，为了找到答案，才大胆选择在那位医生手下学习？这么一想，也就能解释她刚才为何会出现那种表情了。

“这件事，你对警部补夫人……对令堂怎么说？”

只见夕纪缓缓摇头，嘴角泛笑，但那种笑容令人想以冷笑来形容。

“我什么都没说，因为家母跟他是同伙。”

“同伙？你的意思是……”

夕纪的笑容消失了，她舔舔嘴唇，露出想要一吐内心积郁的表情，但最后还是叹了一口气。“对不起，我语无伦次地说了一大堆，请忘了这些。”

“冰室小姐……”

“对不起，耽误您的工作了，请您不要向西园教授提起这件事。”

“我当然不会说。”

“麻烦您了。那么，我该走了，谢谢您。”

“啊，哪里，我才该谢谢你。”

目送夕纪的背影，七尾再次拿出香烟，这时候手机响了，来电显示是坂本，想必是对搭档玩个人秀大为光火。七尾抽着烟，静待铃声停止。

33

星期四到了，夕纪带岛原总一郎参观重症监护室。岛原踏进这个罗列着复杂机器的房间，环顾了一周后喃喃自语：“我会被带到这里啊。”

“就像西园教授昨天跟您说明的，手术结束以后，您会因麻醉未退而处于睡眠状态。等您醒来时，应该在这里。在手术前先请您实地了解一下，到时候才不会觉得莫名其妙。”

“嗯，也对。醒来后发现躺在一个完全陌生的地方，的确会吓一跳，而且身边也没有人吧？”

“到时候，我或其他医生会在，还有护士。”

“哦，是吗？现在没有患者，所以医生也不在啊。”

“是的。”

“平常都是这样吗？”岛原望着一整排病床问道。现在病床上没有人。

“现在的状况反而少见，我也是第一次遇到，平常总有手术在进行。”

“现在怎么变成这样？”岛原一脸不可思议。

“这是因为……”

看到夕纪难以启齿的模样，岛原恍然大悟地点点头，一脸理解的表情。

“因为其他患者都跑了啊，害怕那起恐吓事件吧。”

“不光是这个原因，医院目前的做法，是在整件事水落石出之前，把所有能延期的手术尽量往后延。”

“还不是受到恐吓信的影响。”岛原嘴角上扬，“愚蠢透顶，肯定是恶作剧。”

“但愿如此。”

“我也是组织的领导人，所以我知道一个组织越成功，就越容易成为鼠辈的目标。话是这么说，那些人也干不出什么大事，顶多只是寄寄恐吓信来恶作剧而已，反正就是见不得别人好！自己无能，就嫉妒那些成功的人，想制造一些骚动，来自我满足一番。警察根本不必当真，不理他们就好了。”

夕纪察觉他的语气有些愤恨不平，便问：“岛原先生的公司也发生过类似事件？”

岛原缩了缩双下巴。“发生过啊，一天到晚都有。我想你也知道，不久前我们公司上市的产品出现过不合格产品，那时候什么都寄来了，恐吓信也有、毁谤信也有。要是什么都当真，生意就不必做了。”

“那些都是恶作剧吗？”

“是啊！的确，推出不合格产品是我们的疏忽，所以我们也对受害者负起相应的赔偿责任。简单来讲，就是和当事人之间已经达成和解了。可是那些来找麻烦的根本不是受害人，全都是一些投机取巧的不良分子，想趁机捞一票。最好的证据就是，不管是恐吓信还是毁谤信，没人理就不再寄了，都是这样。”

看着岛原倨傲的神情，夕纪想起七尾告诉她的话。

“那些恐吓信都是以公司整体为目标吗？”

“嗯？什么意思？”

“比方说……有没有威胁要攻击个人的？”

“当然有。尤其是那件事，责任归属很明确，像工厂厂长啊，制造部长的。针对他们的个人攻击可多了。但是，他们也辞职以示负责了，还要他们这样那样，那就太过分了。”

“请问，社长您呢？”

“嗯？”板着脸的岛原表情更加不悦，“我怎么样？”

“社长没有收到像恐吓信之类的东西？”

岛原“哦”了一声，显得不堪其扰。“有啊，说什么叫我替部下的过失负责。只有头脑简单的人才想得出这种事。想得是很简单，但是依照这种逻辑，公司根本就无法运作。公司就像一部大机器，零件出了故障就得换掉，这是一定的，但如果连没故障的零件都得换掉，那就不知道要花多少时间和功夫，机器才能再度正常运作。就算运作了，也不知道之前的功能还在不在。公司因为不合格产品的问题摇摇欲坠，要是连领导人都换掉，员工也会不安。的确，要我辞职很简单，我也乐得轻松，但是，我判断这样对公司没有好处，明知会挨骂，还是决定继续担任下去。那些什么都不懂的家伙，只会不负责任乱放话，我哪管得了这么多！”

岛原一吐心中积怨般连珠而发，说到一半，话题似乎转为对媒体攻击他不肯下台的不满。他似乎也注意到了，看看夕纪，有些难为情地低下头。

“唉，不过，跟实习医生发牢骚也没用……”

“领导人真的很不好当呀。”

“要当就要有心理准备。总之，医院这边可得好好干，别收到恐吓信就自乱阵脚，这样叫病人怎能放心动手术啊。”

“我会转告上面的。”

姑且不论其他，岛原这几句话是对的。医生、护士们心慌意乱，只会徒增即将接受手术的患者内心的不安。

然而另一方面，七尾的话也让她在意。万一七尾的推测正确，那么这家医院遭到恐吓的原因，就是眼前这位社长了。不，恐吓只是障眼法，嫌犯也许另有图谋。

总之，明天的手术一定要顺利完成，夕纪心想。至少先保住岛原总一郎的性命。

只是，现在的自己，究竟能不能面对执行大动脉瘤手术这份重大责任？夕纪怀着异样的不安。七尾告诉她的另一件事，一直在脑海里挥之不去。

那个躲避父亲追捕而不幸车祸丧生的中学生，果然是西园的儿子。知道这件事之后，夕纪对于自己能否心情平静地面对西园执刀，并没有十足的把握。父亲在接受手术时，西园是否尽了全力？他当时真心希望手术成功吗？

“接下来该去哪里？”可能是看夕纪默不作声，岛原提出疑问。

“啊……请到麻醉科。麻醉科医生将会为您说明，我来带路。”

夕纪一边穿过重症监护室的自动门，一边想，一定要专心，明天的手术还有一大堆事情得事先准备，没有时间迷惘，也没有地方逃避。

34

富田和夫有一头分线工整的花白头发，戴着一副似乎度数很深的金边眼镜。他看着七尾，微微点头示意后在铁椅上坐下，先看了看时间，然后才说“敝姓富田”。计时恐怕是他的习惯吧。

“对不起，百忙中前来打扰。”

“听秘书说，七尾先生想询问关于有马汽车赔偿协议的事。”

“其实，我是针对他们的缺陷车受害者进行调查。律师先生，您是受委托代表受害者团体和有马协商吧。”

“因为受害人当中，有一位在我担任顾问的公司里工作。”

“我也听说了。那么，受害者的赔偿都达成协议了吗？”

“认定肇事原因为有马汽车缺陷的案子，全部结束了。”富田发挥法律专业本色，以严谨的说法回答。

“受害者是否有所不满？”

听到七尾这么问，富田的身体稍微前倾，双手摆在茶几上，十指交扣。

“我听望月先生说，好像是有马汽车的员工被骚扰，是吗？”

“嗯，是啊。”七尾含糊以对。

富田哼了一口气。

“我倒不太相信员工被骚扰就能惊动警视厅，不过不急着追究这个。就结论而言，受害者团体并没有到现在还想对有马采取报复的人，至少我想不出来。”

“是吗？”

“每个人的受害程度不一，赔偿金额也不一样，但是不管哪个案子，和过去的类似案件相比，有马所提出的赔偿金都接近最高金额。至于不满，那就说不完了，不过至少没有人来向我投诉。唯一的例外是望月先生，因为金钱买不回人命。你不也是因为这样，才去拜访望月先生的吗？虽然我不知道你在调查什么。”

七尾苦笑道：“您说得一点也没错。”

“既然你已经见过望月先生，那么你也知道，望月夫妇并没有心情为难有马。他们一心一意想从痛失爱女的悲伤中站起来，正在摸索往后该如何活下去的当口，没有余力思考如何复仇。”

七尾点点头，他本身也得到相同的印象。望月夫妇具有向岛原复仇的动机，然而也仅止于此了。这次的罪行，不是一对老夫妇办得到的。

“您说，认定肇事原因是有马缺陷车的案子，已经达成赔偿协议，那么未获认定的案子怎么处理？”

“这方面也不一而足。这个问题浮上台面时，的确有各种人和我们联络，说的内容不外乎最近发生车祸，认定是有马的缺陷车造成的，希望我们提供协助。但是，绝大多数是当事人一厢情愿，不然就是贪图赔偿金捏造事实。这些只要在电话中谈过就知道，因为他们无法正确说明车辆编号或车祸时的状况。差一点的，甚至连车型都弄错。”

“那么，有没有哪件案子被认定是有马缺陷车造成的，却没被采用？”

富田沉吟了片刻，接着摇摇头。“应该没有。再说，有马的态度很配合，他们尽全力想挽救公司形象。”

“这样啊。”

“不好意思，没能帮上你的忙。”富田正色说，这句话看来不像在调侃七尾。

“哪里，您的话很有参考价值。对不起，耽误您的时间。”七尾站起来。

离开富田律师事务所之后，七尾走进一家自助式咖啡店，刚才事务所里没有烟灰缸。

七尾喝着咖啡、抽着烟，缕缕轻烟随着叹气吐了出来。

或许预料错误的想法在内心渐渐膨胀。帝都大学医院收到的恐吓信是障眼法，歹徒的真正目的是岛原总一郎——脑海里闪过这个灵感时，他兴奋异常，但随着调查工作的深入，可能性似乎越来越低。不用富田说，他对望月的怀疑早已排除，而其他受害者并没有威胁岛原性命的动机。

手机响了，一定又是坂本。他忍不住皱眉，坂本一定正在独自做些枯燥的调查工作，也该去陪陪他了。

然而，来电显示并不是坂本的号码，他接起一听，原来是富田。

“关于刚才的事，我想起一件事，听说有人打过一通奇怪的电话。”

“是什么情况？”

“是事务所的人接的。来电者询问，如果因为有马的缺陷车间接受害，能不能加入受害者团体。”

“间接？是追撞车祸吗？”

“我们也这么想，不过好像不是，据说是缺陷车熄火，因而造成交通阻塞。”

“哦……”七尾想起小坂告诉他的事情。缺陷车的问题是控制引擎的IC芯片故障，特征是转速飙高，但也会出现相反的情况，即熄火。“那么，贵事务所怎么回答？”

“以这种情况向有马索赔可能很困难，不过不清楚细节不便妄下定论，所以我们请对方过来一趟，但对方说不用就挂了电话，也没有留下姓名。”

“是女性吗？”

“不，听说是年轻男子的声音。怎么样？有参考价值吗？”

“现在还不知道，不过谢谢您，或许是一个重大提示。”

“那就好。”富田的声音比刚才见面时来得亲切。

七尾从口袋中取出折小的文件，是小坂提供的资料。他把文件打开，浏览上面的报道。

是这则吗……

报道称，由于缺陷车在一条小路上熄火，造成附近交通瘫痪，而且还有这样的附注：

> 在缺陷车后面有辆救护车正要将患者送往医院，司机在判断路况无法顺利通行后，只好绕道而行……

七尾拿起手机，祈祷小坂别到外地出差，幸好他的祈祷应验了。

“想请你帮个忙。”七尾劈头就这么要求。

他们约定的地点就是前几天碰面的咖啡店。七尾不时看钟，等待小坂。

他望着咖啡已喝光的杯子，正考虑要不要点第二杯时，小坂推门走了进来，身后跟着一个瘦小的长发男子。

“不好意思，让你久等了。我花了点工夫才逮到他。”小坂边道歉边坐下。长发男子也点点头，在他身旁坐下。

“哪里，是我突然拜托你。”

服务生走了过来，两人点了咖啡，七尾也顺便要了第二杯。

小坂介绍长发男子姓田崎，负责跑社会类新闻。

七尾把那份复印件拿出来放在桌上，即关于有马缺陷车熄火挡路，迫使救护车绕道的报道。“写这篇报道的就是……”

“是我。”田崎点点头说，“当时堵得很厉害，因为缺陷车熄火的地方就在一条小桥前面，不过桥就没办法过河。”

“所以救护车才会绕道？”

“对。当时车上载的是一名头部重伤的女子，分秒必争，这不能怪选那条路的司机，因为那条路平常不堵车，而且不过河就没办法抵达医院。也有别的桥可以走，不过那样就得绕路。结果，最后还是不得不绕路。”

“那么，重伤女子后来怎么样了？”

七尾的问题让田崎和小坂对看了一眼。小坂得意地笑了，看着七尾说：“我早料到七尾先生会问这些，所以要他带一些资料过来。”

“我对那辆救护车也很好奇，便做了一些调查，可惜后来没有被采用。”田崎说，“重伤女子没有得救。”

七尾不由得挺直了背脊。“在医院过世了？”

“是的。那名女子是个撰稿人，在大楼工地采访时，失足从十米高的脚手架上跌下来，撞伤了头部。虽然立刻被送上救护车，却遇到我们刚才讲的状况。”

“意外发生时，她还活着吧？”

“好像是。当时在场的人也说，她虽然失去意识，但还有气息，情况当然很严重。”

“送到医院时呢？”

“还没断气，动了紧急手术，但已经回天乏术了。据说如果早一点送到医院，可能还有救。”

“她和家人住吗？”

“没有，她一个人住荻窪，老家在静冈。我跟她家人联络时，听说她母亲正好在她的公寓收拾遗物，于是就到荻窪采访了她母亲。真可怜啊！”

田崎从口袋里取出照片和名片。名片上写着“神原春菜”这个名字，没有任何头衔，住址确实在荻窪。

那张照片看起来像在滑雪场拍的，里面有三男三女，都穿着滑雪服，天气很好，背景的雪山景色很美。

“中间那名女子就是神原春菜。”田崎说，“这是大学时社团活动的照片，我向她母亲借来翻拍的，好像找不到最近的照片。”

“长得很漂亮。”

“我记得她好像大学毕业四年了。”

这么说，就是二十六岁左右了。七尾在脑海里计算。

“她家人知道救护车晚到的原因吗？”

“嗯，她母亲知道。”

“那对方怎么说？”

田崎耸耸肩。“运气不好。”

“运气不好？就这样？”

“她母亲说，真是祸不单行，偏偏在那时候遇上缺陷车造成的堵车，这孩子运气真差。”

“不恨有马汽车吗？”

听七尾这么问，田崎沉吟着，双臂交抱胸前。“我本来也想针对这方面深入了解，不过她母亲反应平淡。从十米高的地方摔下来，就让她母亲饱受惊吓，感觉好像已经认命，即使早点送到医院，大概也救不回来。再不然就是本来还有救却因为谁的过失而白白送命，这种事情回想起来太痛苦，就决定不去想吧。”

七尾点点头。说不上来为什么，但他能理解那种心态。

但是，这么一来，便出现其他疑点——打电话到富田律师那里的男人是谁？根据田崎的说法，就不会是神原春菜的家人了。

七尾把这件事告诉田崎，他也想不通。

“小坂先生把这件事告诉我了，我也觉得很奇怪。在整理关于缺陷车受害的报道时，我又与神原春菜的家人联络了一次，他们表示神原春菜跟那个没有直接关联，便谢绝了采访。所以我想，他们不可能打电话给富田律师。”

“这么说，是另一个案子吗？”

“不会吧？因为车子熄火而造成严重问题的，应该只有这个了。如果还有其他的，我们应该会得到消息。”

说得也是，旁边的小坂也低声附和。

“神原春菜有男友吗？”七尾问道。

“好像有，她母亲说在医院里见过。”

“叫什么名字？”

田崎皱着眉摇摇头。“她不肯告诉我，而且问那么多真的就是侵犯隐私了。”

七尾叹了一口气，喝起温凉的咖啡，凝神细看穿着滑雪服的神原春菜。她笑得很幸福。

35

坐进停在停车场的车，朝四周环顾了一圈，打开手提示波器的开关。心跳加速，因为这是最无法控制的一环，一旦供电监视器的线圈和发射器被拆除，这次的计划便被毁了。

但是，这份不安随即消除。液晶屏幕上出现的亮点和上次一样缓缓移动，没问题。这么一来，所有系统均已就位。穰治做了一个深呼吸，才关掉示波器的开关。

时钟显示的时间将近晚上九点，从病房窗口透出的光线一一消失。因为这次的骚动，住院患者大幅减少了。听望说院方最近不会进行大手术，所以此际重症监护室没有病人。

一切都按照计划进行。不，甚至可说是超乎预期。构思这项计划时，他甚至考虑到在最不理想的情况下，不得不有所牺牲。

穰治打开车上的烟灰缸，他把这个当作卡片盒，但最上面放的不是卡片，而是一张照片。他拿起照片仔细端详，那是在他房间里拍的神原春菜，她没化妆，扮着鬼脸正把洗好的衣服收进室内。

看起来像不像太太？她这句话至今还留在穰治耳畔。

若不是那场不幸的意外，她现在应该是穰治的太太。尽管不知道她会花几分力气在家务事上，但他们一定会过着幸福快乐的日子。

有栋正在兴建的大楼标榜配有划时代的防震装置，我要去采访——

她出门前这么说，还为得到工地拍摄许可而雀跃不已。

穰治没想到她会爬上兴建中的大楼，但也不感到意外。春菜深知自己身为女性的优势，在做女性相关采访时，她备受重用，但也抱怨过常因女性身份而不被放在眼里，所以即使是需要体力的工作，她也想努力留下不输给男性的表现。

她一定是太逞强了，这一点穰治可以想象。她一定是为了表现胆识，不让别人看轻，才自告奋勇，结果失足跌落。春菜极有可能这么做，穰治心里明白。

是她自己不小心，也许是她自作自受。但是，即使是这样的人，这个国家的急救系统仍竭尽全力抢救。事实上，救护人员已尽了最大努力，一将她抬上救护车，便按最短距离驶向最可能救她一命的医院。路上车多也好、遇到红灯也好，一概不管。其他车辆都必须让路，让救护车优先通行。国家的法律是这么规定的。

然而，却有车子动不了，司机一定不知如何是好，要责怪他也未免太苛刻了。那辆车买了不到一年，最大的卖点是以最新的计算机系统将引擎的性能发挥到极致。

因为有车熄火，通往医院的那条路堵车。救护车绕道，必须及早送医的患者因而被延误。春菜就这样死了。

穰治会接到告知噩耗的电话，是因为警方根据春菜手机里的通话记录，得知穰治是她最后一个联络人。据说，这是警方在联络不到死者家人时最常用的方法。

他在医院里看到春菜，那张脸实在不像她，肿胀且扭曲变形，但耳垂上挂的那副耳环的确是穰治送的。

穰治流不出眼泪，也发不出声音。他只记得警察和院方要他做这个做那个，他机械地应对，或许心早已死了。

几个小时以后，春菜的双亲从静冈赶来，两人脸上挂着泪。母亲那双与春菜一模一样的眼睛又红又肿，穰治看了也泪流不止。

不久，警方便找到了熄火车的问题。还有其他地方也发生过车祸，生产厂家坦承过失并付起责任，社长召开新闻发布会，在电视上鞠躬道歉。

春菜的父母对有马毫不关心。穰治曾向他们提议加入受害者团体，但他们并无意愿，表示不是直接受害者却大声嚷嚷，会被外界认为只想要钱，他们不愿这么做。实际上，穰治打电话到受害者团体委托的律师事务所询问，反应也不太好。

他也逐渐死心，只好看开了。制造商的不合格产品是无可避免的，即使做到最好，产生缺陷的概率也不可能是零。更何况汽车厂商比谁都清楚，乘客的生命都交付在他们手上。

然而不久，情况有所改变。一个工作上有来往的技师告诉了他一个惊人的内幕。那人任职于IC芯片品质保证系统出问题的那家设计公司。

"虽然不敢声张，但那其实是整个组织的犯罪。"那人面色凝重地说道。

"怎么说？"穰治问道，女友受害的事他当然没提。

"我们交的品质保证系统没问题，这一点国土交通省也查过了。有问题的是使用方式，不按照正确方法操作，再优秀的系统都发挥不了功能。"

"听说有马的确没有按照正确方法操作，不知道是厂长还是制造部长自行下令的结果。"

那名技师摇摇头。"责怪他们就太无情了。他们被上面要求达到一个不可能的生产数量，而且这个数量是为了配合社长一时兴起的促销活动才决定的。上面要他们无论如何都得提高产量，无可奈何只好简化品保系统，因为产能的确受到这套系统的限制。可是，这种做法很危险，因为有马使用的IC芯片不但结构复杂，质量也不稳定，必须通过严密的系统检查。系统放水，产能固然可以提高，相对地劣质品流入市场的可能性就变大了，这是一定的。"

"可是，有马的头子不知道这件事吧？"

技师这次摇摇手。"怎会不知道！他们订的目标数值，不简化品保系统不可能做到。这件事他们应该跟社长报告过好几次了，社长虽没同意简化系统，可是也没说要降低目标数值，这等于强迫他们放弃品质保证。万一出了事，就可以用这招来规避责任，实在很差劲。”

穰治一脸不感兴趣，但心中已燃起熊熊怒火，只觉得自己太老实了。

原来，岛原总一郎丝毫没有意识到乘客的性命托付在他们手中，多卖多赚的贪念完全占据了他的大脑。春菜救回一命的机会，就被这种无谓之事剥夺了。

救护人员和医生都尽力了，他们试图完成自己的使命，却因为一个老人遗忘了自己的使命，使他们徒劳无功。

36

夕纪的手机响起时，她正在回宿舍的路上。电话是菅沼庸子打来的，说中塚芳惠病情发生变化，突然发高烧，现在很痛苦。

夕纪立刻折返，在路上恰好看到出租车，虽然只是两三分钟的车程，她还是坐上了车。

回到医院换上白袍，小跑着赶往病房。

中塚芳惠的症状与上次类似，呼喊没有回应，体温达三十九度。由于是第二次，夕纪已懂得要领，向菅沼庸子下达了检查指示之后，立刻联络负责的医生。

检查之后发现是胆管发炎的情况恶化，赶来的主治医生福岛判断只能紧急动手术，将所有发炎部位切除，置换成人工胆管，虽不知中塚芳惠有多少体力，但当下别无选择。

这次很快就联络上她的家人。二十分钟后，中塚芳惠的女儿久美便出现在医院里。

夕纪也进了手术室。尽管明天一早还必须参与岛原总一郎的大动脉瘤切除术这项大工程，但现在管不了那么多。

手术时间长达四小时，目前仍不知道是否成功。

望着护士们将芳惠推离手术室门口，她看到久美和她丈夫就在后面，福岛正在向他们说明。夫妻俩专注地倾听，一边频频点头。

夕纪在重症监护室观察术后状况时，福岛来了。

“让我来吧。你最好去睡一下，明天还有手术吧。”

“不好意思，谢谢您。我在值班室，有什么事请叫我。”

“嗯，辛苦了。”

夕纪离开重症监护室时，久美夫妇也正好从会客室走出来。两人一看到夕纪便站定，向她低头行礼。

“医生，我妈多亏你照顾了，谢谢你。”久美说道。

“详细情况福岛医生已经告诉两位了吗？”

“是啊，医生说接下来只能看情况……”

“是的，病灶已经去除了，现在只有靠本人的恢复了。如果烧退了，应该就没事了。”

两人同时点头。

“医生，那个，关于动脉瘤那方面。”丈夫先开口。

“嗯。”才刚动完癌症切除的大手术，现在就要提这个吗？夕纪开始感到厌烦。

“你说过，不会马上就破裂吧？”

“我们是这么认为的。”

“既然这样，”做丈夫的眨了眨眼才继续说，“如果我岳母能渡过这个难关，等她好一点，我们想接她回去。”

夕纪盯着他。“您是说出院吗？”

“是的。接下来是动脉瘤的手术，我们决定在妈有体力接受这个手术之前，接她回家照顾。”他和妻子互看一眼。

“是吗？这件事必须与福岛医生及山内医生讨论，但应该没问题。可是，之前您母亲表示过，住在这里比较轻松。”

夕纪的话，让久美的丈夫有些难为情地搔搔头。

“以前我们只图自己方便，真的很对不起妈。自家人不帮忙，本来治得好的病都治不好了。我们商量过了，既然医生都为我们这么辛苦，我们也要把自己做得到的做好。”

夕纪点点头。以前遇到这对夫妻都会产生的烦闷，瞬间烟消云散。

“福岛医生跟我们提过冰室医生的事。”久美说道。

夕纪大感意外。“提起我？”

“是的。真对不起，原来医生是实习医生啊，我以前都不知道。”

“我一开始应该说过吧。”

“我想也是，只是不知是忘得一干二净，还是完全没听进去……我一直以为医生跟其他医生一样。”

“没关系呀，这样想就可以了，对患者来说都一样。”

“可是，实习医生比较累吧！听福岛医生也说过，好像都没时间休息吧？上一次也是，像今天，医生也是第一个被叫来的。”

夕纪的嘴角泛起笑意。第一次有患者的家人对她说这么体贴的话。“因为我还在学习，这是我的本分。”

“可是，冰室医生本来在心脏血管外科，跟胆管癌没关系吧？我们之前都没想到这件事，只把医生当作是妈妈的主治医生之一，真的很对不起。”

“这……大多数人都是这样。因为实习医生要到各部门实习，累积经验，所以不太管现在隶属于哪一个部门。”

“话是这么说，医生的工作还是很辛苦。对不对？”

久美的丈夫附和着点头。“听说医生明天一大早还有手术？为我们忙到这么晚，接着又有大手术要做，医生的体力真好，我很佩服。”

“这个工作的确需要体力。”

“所以，我也跟老婆说，医生这么年轻，为了救妈尽心尽力，我们也要尽全力才对，所以决定把妈接回家照顾。”

他的话让夕纪的心头一下子热了起来，一时之间想不出得体的回答。

“真的很感谢医生。”做丈夫的这么说，妻子也在一旁再次行礼。

“哪里……别这么客气。在中塚女士好起来之前，让我们一起努力吧！”

“好的，拜托医生了，我们也会努力的。”久美的眼眶有点泛红。

那么，我失陪了——说完，夕纪转身离开。她觉得要是再继续谈下去，一定也会跟着掉泪。

在值班室躺下，心里依然持续着轻微的亢奋。然而，这和手术后激昂的情绪截然不同，喜悦与轻快占据了心胸。

不知道福岛对他们说了什么，也不晓得他为什么要向他们提起实习医生的事。

但成为实习医生之后，第一次有患者家属向她表达谢意。在这之前，她一直悲观地想着，自己到底在做什么？究竟对医院有没有用处？对患者到底有没有帮上忙？

现在，她认为自己或许办得到。在这之前，她一直对于能不能胜任医生这份工作感到不安。现在，不安依然存在，却也看到了一线曙光。

父亲的那句话——每个人都有自己才能达成的使命，又再度浮现在脑海里。

爸爸。夕纪闭上眼睛，在心中默默对父亲说：我或许终于找到自己的使命了……

也许是消除了心里的疙瘩，她感觉终于能睡个好觉。

设定早上六点的闹钟叫醒了她，虽然只睡了短短三个小时，脑子却很清醒。打开窗帘，明亮的光线照射进来。

就要开始了，夕纪想。

她决定不再胡思乱想，打算把所有心力投注在即将进行的手术上。

她盥洗完毕，整装之后来到一楼，在商店买了面包和牛奶。在手术前要提高血糖值，这是她刚担任实习医生时，指导医生告诉她的。手术不可能比预定的提早完成，换句话说，如果想救患者，必须维持体力，无论手术延长多久，都要撑得下去。

她正在无人的候诊室啃面包，有个男子从走廊上走过来，是张熟面孔，所以她连忙把最后一口面包和着牛奶吞下去。

“好早啊。有手术的日子都这么早吗？”七尾笑着对她说。

“七尾先生才是呢，发生了什么事？”

“没有，也不算。这里可以坐吗？”他指着夕纪旁边的位置。

“请坐。”她说着，顺手把垃圾塞进塑料袋。

“岛原先生的手术就要开始了。”

“所以您才过来看看吗？怕发生什么事……”

“差不多是这个意思。只不过，就像我前几天跟你讲的，很可能是我自己胡思乱想。”

“您上次是说，怀疑嫌犯与岛原先生有私人恩怨，是吧？”

“对。怎么了？”

“没有，我没想起什么。只是昨天傍晚刚好有机会和岛原先生说话，我问他是否曾因缺陷车的问题受到攻击。”

七尾的眼睛微微睁大。“你这问题真大胆。那，岛原社长怎么说？”

“他的意思是说，当然不是没有，不过那些都是恶作剧，他没有理会。”

“很像他的作风。”七尾露出苦笑。

“他也表示，对因缺陷车受害的人，该赔的都赔了，只有趁机要钱的人才会找上门来。”

“原来如此。但并不只是直接受害的人才是受害者啊。”七尾喃喃道。

“您的意思是……”

“我是说，也有可能在他意想不到的地方遭人怨恨。”说着，他从怀里取出一张折小的纸，“这是复印的新闻，这里不是有一则报道说，因缺陷车熄火造成交通阻塞吗？载着伤员的救护车因此不得不绕道。”

“可以借我看看吗？”

“请，特别让你看，这是我瞒着上司私下调查的事，所以不能说是调查上的机密。”

夕纪浏览七尾递过来的报道，内容的确一如他所描述。

“救护车上的患者最后没有救活。如果没绕道能不能救回一命也不得而知，但对患者家属来说，这种事很难接受吧。”

“的确。那么，您是说嫌犯是这个患者的家人？”夕纪一边归还报道一边问。

“还不知道。即使不是家人，如果是和患者有密切关系的人，对岛原社长怀恨在心也没什么好奇怪的。”

“您是说男女朋友？”

夕纪这么问，但七尾只是歪着头露出别有含意的笑容，显然是避免把话说得太明白。

“不好意思，待会儿你有重大工作要做，还耽误你的时间。请加油。”说完，七尾折起那张纸，准备放回口袋。这时，夹在里面的一张纸飘落，夕纪拾了起来，原来是张照片，看来是在滑雪场拍的，照片上穿着滑雪服的年轻人个个展露笑容。

“这是……”

“我刚才说的那位女患者的照片，就是中间穿白色衣服的那个，这是她学生时代的照片，后来应该变得成熟一点。”

“哦。”夕纪又看了照片一眼，那是个长相清秀的女子，有男朋友也不足为奇。

七尾从夕纪手里接过照片，夹进那份报道里，这次稍微慎重地放回口袋。

“今天我打算一整天都待在医院附近，要是有什么事，请打我的手机。”七尾站起来，好像想到什么，往额头上拍了一下，“就算有什么事，你在手术室，也无可奈何啊。”

“是呀，只能祈祷什么事都不会发生了。”

“我也这么祈祷。”

夕纪表示要先离开，起身移动脚步。但是，猛然间苏醒的一个记忆让她停了下来。她转身叫住正往大门走去的七尾。

“不好意思，刚才那张照片……”

七尾一脸惊讶地回头。“怎么了？”

“刚才那张照片可以借我看一下吗？”

“这个吗？”七尾伸手入怀，抽出照片。

夕纪再次凝视那张照片。不幸身亡的女子旁边，站着一个身穿深蓝色滑雪装的男子，他摘下护目镜，正在挥手。

“这个人……我见过。”

“咦！”七尾的眼睛顿时充血。

37

那栋公寓是奶油色的。七尾三步并作两步跑上楼梯，明知对方不会逃跑，但心情就是静不下来。

他站在门口，确认门牌号码之后才按下门铃。门外没有挂门牌，可能是女性独居为了小心起见吧。

门开了一条缝，露出一张年轻女子的脸孔。她有双大眼睛，看起来年约二十岁，似乎很适合穿护士服。但是，此刻的她露出了紧张的神色。

“你是真濑望小姐吧？”七尾问道。

“是。”

七尾出示警察手册。“我是刚才和你联络的七尾。很抱歉一早来打扰，现在方便说话吗？”

“啊，方便。”

“那我能进去打扰吗？或者你想换个地方？”

真濑望垂下眼睛，但很快就摇摇头。“这里就可以了，不过地方很小。”

“不好意思。”

真濑望先关上门，解开链锁之后再次开门。“请进。”

七尾说了声“打扰了”，便踏进房门。小小的换鞋处摆了很多双鞋，要找地方站都不容易，真濑望发现这一点，连忙把几只鞋靠边放。

“这里就可以了。”七尾站在换鞋处说道。看来是个小套间。若不是嫌犯，他尽量避免进入独居女子的房间。

真濑望面向七尾站着。他发现她的眼眶已经开始泛红，来这里之前，他在电话里只说了“有事要请教”，没有提及任何详情，但光是这几句话，或许就让真濑望感觉到什么不祥的预兆。

“听说你今晚上夜班？”

“是的。”

“你不去医院上班的时间，都是怎么过的？你有男朋友吗？”

七尾的问题让真濑望大吃一惊。

“为什么问这种问题？请问你有什么事？”

七尾从西装内袋拿出照片，就是那张有神原春菜的照片，他把照片拿到她面前。“这张照片里有你认识的人吗？”

七尾紧盯着注视照片的真濑望。她的眼睛霎时盯着照片的某一点，睫毛颤动了一下。

“有吧？”七尾追问。

真濑望抬起脸，舔舔嘴唇，表情迷惘，不知该不该回答。但是，她应该很想知道刑警为什么要让她看这张照片，应该也想知道“他”为什么会在照片里，而刑警又为什么因此找上门。

“是长得很像，不过可能不是同一个人……”她总算说话了。

“因为这是几年前的照片。不过，没有改变多少吧？另一个最近才见过这位几次的人，看了这张照片就认出来了。”

七尾说的是冰室夕纪。她说，最近曾经在医院里见过这张照片上的人。她不知道这个人的名字和身份，但她知道一个重要的线索。

那就是，护士真濑望应该认识此人。冰室夕纪说，那次在深夜看到他的时候，他和真濑望在一起。虽然两人假装不认识，但从气氛感觉得出来。

七尾向来重视女性的直觉。由于夕纪这番话，他便与真濑望联络。这时，他再度认为夕纪的眼力不错。

“是哪一个？”七尾问道。

真濑望迟疑了一会儿，还是指着照片的一部分：“这个男的。”

看到她指出的人，七尾不由得闭紧了嘴。果然和冰室夕纪说的是同一个人。

“可以告诉我这个人的姓名吗？还有联络方式。你应该知道吧？”七尾翻开手册，准备抄写。

然而，真濑望没有立刻回答，而是看着照片说：“这张照片究竟是什么意思？为什么要调查他？”

七尾摇摇头。“很抱歉，这是调查上的秘密，无法透露详情。我只能说，他极可能与某起案件有关，所以我们正在调查。”

“某起案件是指帝都大学医院的恐吓案吗？怎么会和他有关？”

“这，我无可奉告。”

“那我也不说，什么都不说。”说着，真濑望把照片往他面前推，“请你回去。”

七尾叹了一口气，搔搔头。“伤脑筋。如果得不到你的协助，那就只有强行搜查你的房间了，我实在不想做这种事。”

“可是你不能马上进来搜吧？不是需要搜查令吗？我在书上看过。”

她的话让七尾忍不住想咂嘴。现在人人都有这种程度的知识。

他看了看表，已经八点多了，岛原总一郎的手术很快就要开始，情况已刻不容缓。他呼地喘了一大口气，看着真濑望，下定决心。“正如你所说，是和那起恐吓案有关。虽然不知道照片里的这个人有多少关联，但我想确认一下。”

“你的意思是说……他是嫌犯？”真濑望的声音充满了悲壮。

“这一点还不知道，有很多事必须查证，所以才请你帮忙。”

“可是警察先生不是连他叫什么名字都不知道吗？怎能怀疑他呢？”

“我们有目击情报，有人在医院里见过他。”

她沉默了一会儿才开口。“是冰室医生吧？我的确带他去医院参观过几次，可是那又怎样？很多人都会去医院啊，为什么一定要怀疑他？”

“这很难解释，而且会牵涉到很多人的隐私，所以我不能随便讲，请你谅解，我们现在还在查证阶段。”

真濑望摇摇头。“他才不是嫌犯，他干吗要做这种事？”

“所以啊，”七尾向前一步，“如果你相信他，就更应该和警方合作，这样才能及早洗清他的嫌疑。”

真濑望低着头，似乎不知如何回答。从她的表情看得出对男友并非充分信任。

“真濑小姐。”

七尾一叫，她便抬起头来，眼神充满了紧张和迫切。

“他叫直井穰治，是个很普通的上班族，跟帝都大学医院没有任何关系。”

“怎么写？”七尾拿好手册，写下真濑望告诉他的四个字，又问她要手机号码。她还是一脸迷惘地走到里面把手机拿出来。

“告诉你号码之前，想请问一件事。”

“我不保证能回答，但你请说吧，什么事？”

“穰治他……他为什么要恐吓我们医院？他有什么动机？他跟我们医院有仇吗？”

七尾把视线从她身上移开。很难判断这个问题该不该回答，但他很理解她的心情。

“不是医院，”他说，“他真正的目标不是医院。他选中帝都大学医院只是巧合，有个人住进你们医院，要在你们医院开刀——他选择帝都大学医院的理由只是这样。”

“那个人该不会是……”

真濑望迟疑地开口，七尾注视她的眼睛，再往前走一步。

“你知道些什么吧，请告诉我，你认为那个人是谁？”

“岛原……先生。”

七尾深深吸了一口气。“他问了你很多关于岛原社长的事吧？”

她用力点头。看到她的反应，七尾确信一切都连贯起来了。

直井穰治通过真濑望得到帝都大学医院的情报。可想而知，她一定把岛原总一郎的病情、手术日期等都告诉了直井。

直井如何接近真濑望不是当下的重点，但凑巧是女朋友这种事，恐怕是不可能的。

看到真濑望一脸黯然，七尾为她感到心痛。直井打从一开始便是为了作案而接近她，和她建立起男女朋友的关系，现在她应该比谁都清楚。

但现在没时间让他表示同情。

“真濑小姐，请你告诉我这个人……直井穰治的联络方式。”

其实，他很想将她的手机硬抢过来，但还是忍住了。

真濑望盯着自己的手机，然后抬起头来看七尾。“我想拜托警察先生一件事，请让我跟他联络，我绝对不会提到警察先生的。”

“呃，这个……”他正想说不行，但另一个想法掠过脑海。虽不知直井穰治现在在哪里做些什么，但若看到陌生来电，也许不会接，甚至有可能起疑。“知道了。那好吧，请你打电话给他，但是绝对不要提起我。问他在哪里，告诉他有话想跟他说，想马上见面。万一他拒绝了，也要跟他约好碰面的时间及地点，知道吗？”

真濑望仔细思索般地点点头，然后才小声回答“好”，开始拨打手机。

七尾屏住呼吸，竖起耳朵。不久，她的手机便传出铃声。

然而，铃声立刻变成了短短的忙音。

“被挂掉了。”真濑望说，那表情简直快哭出来了。

“再打一次。”

她神情悲壮地按下按键，将手机拿到耳边，祷告似的闭上眼，但，接着便露出绝望的眼神摇摇头。

“打不通，好像关机了，可能在公司里开会什么的。”

“我也希望是这样。你镇定下来，再打一次。留言给他，说你希望他和你联络。”

她点点头，照七尾的吩咐做，连七尾都看得出她的指尖在发抖。

她留了话之后，七尾接过她的手机，按了重拨键，将显示出的号码抄在手册上，再把手机还给她。

“他在哪家公司上班？”

“呃，叫……呃，一家挺有名的公司。异位……呃，日本异位……”真濑望双手抱着头，“啊，对了，是异位电子……应该是日本异位电子。”

七尾也听说过这家公司，地点应该马上查得到。他问起直井的职务与部门，真濑望却表示不太清楚。

“真濑小姐，很抱歉，可以麻烦你马上出门吗？我想请你和我一起到警察局。”

她害怕地向后退了一步。“我什么都不知道。”

“那也没关系。总之，麻烦你跟我一起走。”

“可是……”

“快点！”七尾忍不住大吼。

真濑望一惊，挺直了背脊。看她这个模样，七尾的表情和缓了些。

“我到外面等，麻烦你尽快准备。”

走出房间，他拿出手机打给坂本，但彼端传来的不是坂本的声音。

“七尾，你给我收敛一点。”是本间的声音，看来他正和坂本在一起，一定是看到是七尾打来的，便把手机抢了过去。

“股长吗？我有重要的事情要报告。”

“少啰唆！你竟然擅自行动，为什么就是不肯照命令行事？”

“现在不是追究这些的时候，我找到嫌犯的线索了。”

“你说什么?！”

“我现在就带证人到中央警局。股长，嫌犯今天会在帝都大学医院闹事，就是接下来这段时间。”

38

躺在推床上的岛原总一郎被送进心脏血管外科专用手术室时，似乎还有意识。但因为准备麻醉的关系，眼神空洞。尽管如此，情绪反应并不会迟钝。只要还有意识，手术前的患者都会害怕、激动，有些人甚至出现肾上腺素飙升的异常现象。

“早上好。请问大名？”岛原被移至手术台，麻醉师佐山对他说道。佐山是个四十多岁、长相温厚的人。夕纪从未见过他喜怒形于色。

岛原见过佐山几次，对他的声音应该有印象。

岛原动了动嘴，回答“我是岛原”。虚弱的声音也传进夕纪耳里。

“我是冰室，我会一直在岛原先生身边。”

听到夕纪的声音，岛原的头稍微动了一下，这样应该可以让他安心一点。在这么想的同时，夕纪自己也感觉因为出声说话，化解了几分紧张。

佐山站在岛原的头部那一侧，开始麻醉诱导。首先，在注射麻醉药之后，在他的右手装上量血压的管子。接下来，让他戴上氧气罩，开始按压供氧的袋子。

夕纪和元宫等人在一旁默默看着佐山。麻醉诱导时，她也在麻醉师的管辖之下，绝不能私自交谈，以免扰乱佐山的注意力。原则上甚至不准触碰患者的身体。

不久，岛原便进入睡眠状态，手术室护士山本明子在佐山的指示下，注射肌肉松弛剂与静脉麻醉药。她是有二十年资历的老手。

“肌肉松弛剂与芬太尼注射完毕。”山本明子说道。

“谢谢。”佐山回答。

佐山抬起岛原的下巴，让他的嘴巴大开，使用喉头镜，将人工呼吸用的软管送进气管。他的手法极其慎重，深怕伤到气管黏膜。

插管完成后，佐山以胶带固定管子，启动人工呼吸器。以上均是麻醉诱导的步骤。

麻醉诱导完成后，夕纪依照元宫的指示，开始插入导尿管。然而，导尿管的前端却到达不了膀胱。

“他有前列腺肥大的现象。”元宫说，“我来吧。”

不愧是元宫，以熟练的手法插入导尿管。现在，夕纪对于触摸男性性器官已不再排斥，但对于连这点工作都无法顺利完成的自己感到生气。

设定好点滴、测量心脏功能的仪器之后，夕纪开始给皮肤消毒，在从胸部、腹部到大腿等部位大范围地涂上消毒液。最后，护士们在岛原身上盖上外科用覆盖巾，只露出手术部位。

西园一直站在后面看夕纪等人进行准备，现在则走近手术台。

手术已准备就绪。元宫、夕纪及护士们在事先决定的位置站定，以目光向西园示意。

“麻烦各位了。”西园说道。

围绕在岛原四周的医生和护士，相互默默地以目致意。

夕纪在口罩下做了一个深呼吸，心想就要开始了。她已下定决心，今天要专心看西园动手术。虽然身为实习医生的自己对有名医之称的西园能够观察到什么地步是个疑问，但仍怀着亲眼目睹或许能有收获的期待。

只不过……

但愿手术不会发生什么意外——她突然想起七尾说的这句话。

39

时针即将指向十一点。穰治在酒店的某个房间内，从窗户可以俯瞰帝都大学医院，他第一次投宿这家商务酒店。在进行准备工作时，他其实也很想入住，但还是忍住了，他怕来太多次，会让酒店员工记住长相。

麻醉诱导最少也要一个小时。麻醉之后，执刀的医生开始动刀……

穰治在脑中计算时间。在执行手术最重要的步骤之前，患者必须先接上人工心肺机，这个步骤会花上一点时间，即使接好了，也不会立即使用。根据他的调查，进行胸部大动脉瘤手术时，会将患者的体温降到摄氏二十五度左右。使用人工心肺机让血液循环之际，要先将送出的血液冷却。这种做法据说是为了保护患者的脑部与脊髓。要将体温降到二十五度，大约需要一个小时。

之后，医生们应该会在某个时间点让岛原的心脏停止跳动。

心脏可停跳的时间约四个小时。医生们必须在这段时间内完成任务，即切除岛原的大动脉瘤，接上人工血管。若手术顺利完成，医生们便会让先前中断的血液再度流进心脏。心肌细胞因获得血液再次活动起来，若无异常，几分钟后便会开始跳动。即使不跳动，医生们就算使用电击，也会强迫心脏恢复跳动。

休想这么做，穰治心想。

心脏既然已经停了，就不需要再跳动了。这颗心脏不是别人的，是岛原总一郎的。这个人把公司的利益，不，把自己的利益看得比人命还重要。这种人的心脏不必再跳动。

穰治想，我要让你再也动不了。他要制造医生们再怎么努力都无法使心脏恢复跳动的状况，不，要制造一个让他们甚至尽不了力的状况。

只不过，制造这种状况的时机很重要。

如果意外提早发生，医生们大概会中止手术。如果仅连接人工心肺机，要及时回头恐怕不难。相反，太迟也不行。若主要的手术已完成，剩下的工作就算出了状况也能完成。

他决定再等一等。没有必要心急。望说过这样的手术最少也要四五个小时。

一想起望，穰治便看向茶几上的手机。

今天早上八点半，手机响了。那时，穰治已经醒了，但仍躺在床上。他吃了一惊，弹跳起来查看来电号码，上面显示的是望的手机号。

他犹豫了一下，把电源关掉。因为，他觉得要是听到她的声音，一定会动摇。他已打定主意永远不再见她，但利用她仍让他的良心备受谴责。

而且，他有不祥的预感。她以前从未在这种时间打电话给他，偏偏在今天这种日子打来，感觉不妙。她不可能看出什么端倪，但他觉得要是接起电话，所有精心设计都会泡汤。

他等了一阵子才听语音信箱。留言是望留下的，内容是希望他听到留言之后与她联络。

从她的声音听得出紧张气息，语气也不像平常那样口齿不清。

一打开收件箱，里面也有内容相同的短信。然而，望平常发的短信一定会有一两个表情符号，这封信半个都没有。

穰治相信事情必有蹊跷。

望有什么事找他，他的确很在意。但是，他判断现在绝不能与她联络。

现在，他的手机一直是关机状态，他很后悔没有及早这么做，听了望的留言让他徒增不安。

他再度走近窗边，俯视医院，拿起望远镜架在双眼上。

正好有三辆车驶进停车场，其中两辆是厢型车。他用望远镜追踪车子的动向。三辆车分别停在不同的位置，车门开了，好几个男人下车，从两辆厢型车分别走出五个人。

穰治想，可能是警察。用望远镜虽然看不出来，但下车的那些人有猎犬的味道，环顾四周的动作、快步走向医院的脚步，无不令人感到肃穆严谨。

如果是警察，为什么这些便衣偏要选今天来医院？这阵子常看到穿制服的警察，却没发生过今天这样的情况。

穰治思考着计划已曝光的可能性，但没有道理。警察不可能查出有人想要岛原总一郎的性命。

那些人有的走进医院，有的则在大门口散开。

穰治看着书桌，那里放着一台笔记本电脑，只要输入密码，按下回车键，便会启动第一个动作。

穰治已经在医院里装上花了好几个星期做成的装置，如果其中一个被发现，整个计划就无法顺利进行。

他站在书桌前输入密码，出现询问是否执行程序的对话框。若按下回车键则表示执行。

看看时钟，才十一点半，手术还没有进入核心阶段。

他摇摇头，点选了屏幕上显示的NO。

40

岛原总一郎的手术已经开始了。七尾在帝都大学医院一楼的候诊室，不断地扫视四周神色郁郁的人们。他的口袋里有直井穰治的照片，但直井的长相已深植脑海，不需要再看了。

他向日本异位电子东京总公司查询的结果，得知直井穰治请了特休，据说一个星期前便已提出申请。

有件事令人无法忽视。直井穰治这两个星期就请了三天假。在医院内针对这些日期调查，发现其中一天是岛原总一郎住院之初所决定的手术日，后来由于恐吓事件才延期至今。

直井穰治今天一定会采取行动。问题是，究竟是什么行动。

七尾在中央警局开始说明时，本间仍是满脸怒气，太阳穴暴出青筋，脸红脖子粗。然而听着听着，他的表情也不断地改变，最后则是脸部肌肉紧绷，浮起青筋的太阳穴冒出汗珠。

“你怎么不早点报告？”本间呻吟般问，“既然你认为是与岛原社长有私怨的人搞的鬼，为什么不跟我说？”

对不起——七尾老实地道歉。

“因为无论如何我都想亲自调查，而且我没有把握，纯粹只是不满意原本的调查方针而已。”

“你这家伙！”本间一把抓住七尾的领口。

“可是股长，如果不是七尾先生进行调查，就不会查出直井穰治了。”坂本插嘴调解，“七尾先生如果和我一起行动，就什么都查不到了。”

也许是同意了这个说法，本间松开了手，响亮地啧了一声。

“你给我当心点，事后我一定会请示上面处分你，我一定会向上面报告。”

“没关系。”七尾说，“倒是医院那边，我们得加派警力。”

“这我当然知道，不用你交代！”本间怒吼。

不久，便有警察被派往帝都大学医院，还有便衣刑警同行，七尾也在内。显然，在这种状况下，本间无法支开他。

而本间现在一定在逼问真濑望，认为可以从她那里问出直井穰治到底有何企图。但七尾认为这恐怕是无谓之举，直井并没有向她透露任何事，想必他打算从今以后不再和她接触，所以才没接今天早上的电话。

当指针过了十二点，他站起来，走向大门。门口有两名刑警，其中一人是坂本，正拿着照片和进出医院的人进行比对。

“没看到人。”坂本注意到七尾，这么说道。

“不一定从大门口进来。”

“医院还有一个出入口吧。”

“夜间和急救专用的出入口，那边也派了人在监视。”

“会不会已经潜进来了？”

“应该不至于。我到处巡视，也让医院的人看过照片，没有人看到他。”

“他是想妨碍岛原的手术吧？不来医院应该搞不出什么花样。”

“听说手术可能会持续到晚上，时间还很多。”

“不知道直井在想什么。即使来医院，不靠近手术室就无法加害岛原，难道他想硬闯吗？”

“我认为他不会这么做。”

七尾离开坂本，本想拿出烟盒，又迟疑了。直井不知什么时候会出现，现在不是到抽烟区的时候。

除了烟盒，他的手还碰到另一样东西，是一张便笺。他向日本异位电子打听时，将直井穰治的所属部门记在上面。

电子计测机器开发科……

“电子计测……电子……电……”七尾喃喃自语，赫然惊觉，拿着便笺跑了起来。

总务处主管笠木听到七尾的问题，面露不解之色。“用电设备……是吗？这里很多啊，几乎所有的医疗行为都要有电才能进行。”

“那么，最重要的部分在哪里？我指的是一旦坏掉，医院受害最严重的地方。”七尾问。

笠木环顾办公室。“呃，这方面谁比较熟？”

“应该是中森先生吧？”他身旁的女职员回答，“他是负责设备和建筑的。”

“哦，也对。中森到哪里去了？”

“不知道。我想应该是在医院的某个地方吧。”

女职员慢条斯理的口气让七尾大感不耐。

“请马上联络他，要他到这里来，情况非常紧急！”

“究竟是怎么回事？”笠木皱眉，但那表情不是因为意识到危机，这让七尾更显暴躁。

“嫌犯是电机方面的技术人员，所以很可能利用这方面的专长。既然电力是医院的生命线，他一定会从这里着手。”

“从这里着手？要做什么？”

“所以我才要请你们想想看。”七尾按捺着想大吼的冲动。

这时，一名戴眼镜、年约四十岁的男子一脸惶恐地出现了。

“中森先生吗？”

“我是。”可能是七尾眼神咄咄逼人，中森有些手足无措地往后退。

七尾把刚才问过笠木的问题再问一遍。中森双手在胸前交叉，一边思考一边开口。

“应该是配电盘吧，也就是断路器。那里要是被动了手脚，供应各建筑的电力都会被切断。”

“其他呢？”

“再来就是主机。各种信息都是通过网络来分享，要是主机遭殃，也就不能用了。”

“那些东西在哪里？”

“隔壁房间。”

七尾叫来坂本，命他确认各楼层的配电盘和主机是否有异状。“手术室的配电盘要特别仔细检查，那里是嫌犯的首要目标。”

“是。”坂本小跑着离开总务室。

七尾面向笠木与中森。“谢谢合作。要是想起什么，请立刻和我联络。”说着，他准备离开。

“请问……”中森叫住他。

“什么事？”

七尾一问，中森面带迟疑地说：“医院外面的不用吗？”

“外面？”

“是啊，这时候不必考虑医院外的设备吗？”

“你的意思是，除了医院的设备之外的设备吗？”

“不是的，设备是在院区里。”

“院区里……”七尾回到中森面前，“那是什么？”

41

春菜在沙滩上奔跑，泳衣上罩着白T恤，手里提着装了罐装啤酒的塑料袋。海风吹拂着她的秀发，艳阳照耀着她的小麦色肌肤。

那是大学四年级的夏天，穰治和她在鹄沼海岸，他们第一次兜风。

“你那样晃，啤酒会喷出来的。”穰治躺在平铺的塑料布上说道。春菜就站在他身边，他往上仰望，从T恤下缘看得到她的肚脐。

“好，那就来实验一下！”

才说完，春菜就在他面前拉开啤酒罐的拉环。果然，他的脸被喷出来的白色泡沫淋个正着。他连忙爬起来，春菜却笑翻了。

幸福的预感包围着两人。穰治已找到工作，春菜也确定打工的出版社会继续雇用她。从那时起，她的梦想便是成为一名自由作家。

他们在大学的滑雪社认识了两年，交往了一年半，穰治从来没想过和她分手。虽然没有明确的规划，但他认为这美好的关系持续几年，之后自然就会结婚。想象两人十年、二十年后的模样，心头便为之一热。

穰治再度往沙滩上躺下，春菜应该就在身边。他闭眼伸过手去，想确认她的所在。

然而他的手却没触摸到任何东西，她不在身边。

放眼沙滩，唯有足迹残留。他沿着足迹走，却看不到终点，也不知道自己正走向何方。他转身回头，有一间公寓。望跪坐着，悲伤地抬头看着他。

“穰治，你千万不能那么做。”

一惊之下，他醒了。他正坐在椅子上，电视正播放白天的新闻节目。

他按了按内眼角，左右转动脖子。刚才好像在回忆春菜时打起了瞌睡。

他生自己的气，怪自己怎么会在这么重要的时刻睡着，但他想起望从前告诉过他，人若是长期处于紧张状态，会因神经过于疲累而想睡觉。她说，这是一种自卫本能。

他站起来，想去浴室洗把脸，顺势朝窗外望去。下一秒钟，眼睛睁得斗大，他拿起望远镜，靠近窗户。

离医院建筑不远处有一栋小屋，头戴安全帽的警察聚集在小屋前，似乎正试图开门。

穰治看看钟，十二点二十分，还不到计划的时间。但是，要是他们打开那扇门，发现了那个，会有什么后果？

没时间犹豫了。他站在计算机前，调出那个程序，再打几个字，屏幕上便出现对话框。

要选 YES 还是 NO？

望的声音在脑海里响起：穰治，你千万不能那么做……

他的手指往回车键靠近。看看窗外，警察随时都会打开那扇门。

做了一个深呼吸之后，他按下了回车键。

42

七尾正在不远处望着警员们。警员们设法调查的，是建于院区内的受电盘室,据说里面设置了两座受电盘。那是从电力公司承接电力的设备。

其中一名警员打开门的一瞬间，受电盘室在剧烈的爆炸声中喷出灰烟，还冒出红色火焰。开门的警员被冲击力弹开。

“退后，有爆炸物！”一个警员叫道。

接着又传来一声爆炸，受电设施被火焰与浓烟包围。

在此同时，七尾身后响起嘈杂的人声。一回头，看到许多人正自医院走出。

“请不要靠近！不要靠近！”七尾大喊，因为有人想靠上来看起火的小屋。

坂本从医院里飞奔而出，看到七尾，便跑了过来。

“发生了什么事？”

“受电设施被炸了。医院里情况怎么样？”

“停电了。除了一小部分，全都是暗的。”

“跟股长联络，请求支援。”

“七尾先生你呢？”

“我去看看手术室的情况。”

七尾走进医院，发现候诊室闹哄哄的。受恐吓事件影响，前来就诊的患者应该比平常来得少，但在七尾看来仍是人满为患。

显然没人知道发生了什么事。七尾经过议论着好像发生了火灾的几名女子身边，往后面走去。

电梯停了。一名坐轮椅的男子因无法搭乘电梯而发愁，护士叫住他，为他带路。看来似乎有停电时仍可使用的电梯。

七尾沿楼梯直奔而上，一边暗暗咒骂自己太大意，竟没及早料到歹徒这次的罪行。要不进手术室而妨碍手术，这是唯一的办法。

他迅速抵达手术室所在的楼层，却又停下脚步，因为脑海里突然涌现一个疑问。

为什么受电设施会在那个时间点爆炸？

就在警员开门的那一刻。当时他以为机关便是如此设计的，然而现在重新回想，爆炸并不是在开门的那一瞬间发生，而是在开了门之后。如果是事先设定的机关，爆炸不是应该早一步发生吗？

而且，在门上设机关并没有意义，因为这么做无法知道何时会爆炸。站在嫌犯的立场，如果爆炸物不能在岛原接受手术时引爆，还不如让别人先发现。

这么说……

“七尾先生。”

他伫立在楼梯上思考，却被上面传来的声音打断了。一看，是一个姓野口的年轻刑警正在下楼，他本应在手术室附近监视。

“听说受电设施被炸了。下面怎么样？”

“没有发生大混乱，上面呢？”

“护士们多少有点慌，但没什么大问题。像这种医院都自备发电设施，避免因停电受到影响。重要的机器现在都靠那个在运行。”

“那么，手术室也没问题吧？”

野口大力点头。“他们说用的是不断电装置，所以可以继续动手术，没问题。”

“太好了。”至少可以先放心。“你说的那个自备发电设施在哪里？”

“地下室。我想最好还是去查看一下，正准备过去。”

“叫专家来。”

“已经联络过，应该在路上了。”

“好，那你快去。”

目送野口离开后，七尾直接上楼。走廊很暗，但有应急照明，一名护士正从标示着重症监护室的房间走出来，找上另一名从护理站走出来的护士，高声问道：“还没联络上真濑小姐？”

“她的手机好像没开。”

“这算什么！”她的脸色很难看。

七尾走近她，看到她胸前的名牌写着“菅沼”。“请问，真濑小姐怎么了？”他边说边出示警察手册。

菅沼护士脸上闪过惊讶的表情，但立刻恢复冷静。“因为停电，到处都缺人手，想找她来支援。她今天本来是夜班。请问可以了吗？我很忙。”

“啊，不好意思。”

菅沼护士快步经过走廊，再次走进重症监护室。

七尾拿起手机跑下楼，一路上和好几个医生、护士擦肩而过，每个人都显得很紧张。

来到一楼便听到广播，内容是受电盘遭到破坏，今天中止诊疗。候诊室的人们议论纷纷地朝大门走去。

七尾拨开人群走到外面，消防车已经到了。受电盘还在冒烟，但看来火已经熄了。

他拨打手机找到本间。

“是我。后来怎么样？”

“他们有自备发电设施，所以手术继续进行。股长你现在呢？”

“我在路上，正要过去。”

“真濑望呢？”

“在中央局，还在问话。”

“股长，请放真濑望回医院。我们已经不需要她了吧？”

“还不知道。你为什么这么说？”

“因为有人需要她。她是护士，现在这家医院需要她。拜托。”

本间没有回复。七尾老大不耐烦，不知道他还在犹豫什么。“股长！”

“知道了。”总算听到声音了，“我会跟中央局联络，这样总行了吧。”

“谢谢股长。还有一件事。”

“又有什么事？”

“请派人调查医院四周的建筑，直井穰治就在附近，他应该正在监视医院。”

43

“这边没问题。”佐山以沉着的声音说道。他是在确认麻醉器和生命体征监视器之后发话的。

“这边也没问题。”临床工程师田村也一边操作人工心肺机一边说道。

安心的气氛在手术室里扩散开来。夕纪也吐了一口气，把视线拉回手术台。

岛原的心脏裸露出来，胸骨已被电锯纵向切开，肋骨被大大地撑开，盖住心脏的心包膜也已经切开。

从人工心肺机输送血液的管子插在右大腿的动脉与右锁骨下动脉中，反之，将全身各部位回流至心脏的血液送进人工心肺机的管子，则插在右心房上。岛原的血液循环已完全交由人工心肺机进行。

体温已降至摄氏二十五度，心脏处于心室颤动状态。

升主动脉与主动脉弓隆起，大小有如小孩的拳头。这两个部位本来应该只有两厘米，若不予处置，迟早会破裂。虽然在手术前的检查早已得知，此刻亲眼看见，夕纪还是对其中的异状惊讶不已。

以人工血管来替换这些隆起的血管，便是这次手术的目的。

主动脉弓输往大脑等处的血管共有三条分支，只要其中一条受伤，岛原立刻会面临生命危险。不仅要注意看得到的部分，也必须小心心脏内部。

夕纪想起了父亲。

正当西园准备下刀时，异状发生了。室内的照明闪了一下。

第一个开口说停电的是田村。

事实上，在几秒之内，有好几种电子仪器停止运作，但都不是对手术至关紧要的仪器。

不久，便有护士入内说明状况，解释现在由于受电设施发生意外，无法接收外来电力，但已切换为自备发电，因此主要设备应可顺利运行。事实上，曾一度停止运行的电子仪器这时候又可以使用了。

田村解释，人工心肺机和麻醉器之所以不曾停顿，是因为连接在不间断电源上。不间断电源填补了自备发电装置启动前的这段空当。

田村表示，无影灯的照明也由不断电电源供应，但切换时电压会产生轻微的变化,可能是因此才感觉闪了一下。他好像也是第一次遇到停电。

西园命令他们稍事检查，因此田村与佐山各自查看所负责的仪器。

他们判断没有问题。

拿着电子手术刀的西园，默默地对元宫、护士及夕纪投去视线，征求他们的意见。

所有人都以目光示意，于是，手术继续进行。

然而，夕纪感到不安。受电设施意外是怎么回事？七尾的话再度在脑海里响起。在岛原总一郎手术时出事——这是巧合吗？或者终究是出于人为设计？

但她绝不能在此时将心中的疑虑说出口，因为这一定会使所有人不安。既然决定要继续动手术，就不该分心想别的事情，何况这样的发言会扰乱执刀医生的心神，更是万万不可。

西园的手逐渐靠近心脏。

44

鉴定科的老手片冈将一块黑色塑料碎片放在掌心，让七尾等人看。

“这应该是手机零件。”

“手机？”本间问道。

“对，把手机做成引爆装置。拨打这个手机，不会响铃，却能引爆，所以嫌犯可以自由行动。我以前见过用传呼机改装的,现在传呼机没人用，就改用手机了。嫌犯的作案技术也会跟着日新月异。”

“很容易制作吗？”

听到本间的问题,片冈耸耸肩。“外行人大概没办法吧。不过听七尾说，嫌犯是电子仪器专家……”

“所以做得出来？”

“应该吧。我看，反而是那个爆炸物做得比较吃力。”

“那不是炸药吗？”七尾问道。

“如果是炸药，可不是这样就算了。”片冈指指后面。

受电设施的小屋被熏得乌黑，但没有崩塌。片冈说，只有受电盘前方遭到破坏，本身的损伤并不严重，只不过要让受电盘恢复功能，少说也要半天时间。

“可那时候的火势很大。”七尾说出亲眼目睹的状况。

“应该是汽油，大概和爆炸物放在一起吧。”

“这么说，爆炸物是……”

“我想是嫌犯自制的。”片冈说，“目前还没分析残余物质的成分，还不能确定。不过，把砂糖和氯酸钾或过锰酸钾之类的东西混合，就能做出小型炸药了。就爆炸程度来看，应该差不多吧。”

“一般人也弄得到这些材料吗？”本间问道，显然是一时无法相信这一系列犯罪出于外行人之手。

“如果是制造业的工程师，应该拿得到吧，而且过锰酸钾在药房也买得到。”

“伤脑筋！”本间说着，脸色沉了下来，似乎没料到一个外行人竟能做到这种程度。然而，七尾却认为这是后知后觉，他亲身体验过发烟筒机关，因此从一开始便认为嫌犯并非普通人。

有人出声叫“股长”。七尾一回头，看到同一股的林姓年轻刑警快步走过来。

“找到直井的最新照片了，据说和员工证上的照片一样。”林从手上的牛皮纸袋中拿出一张照片给本间。

七尾也探头过去看。那是直井打领带的照片。

“加洗了吗？”本间问。

“已经拿去彩色复印了。”

“好，发给负责找人的同事，照片越新，越不会出错。”

“也给我一张。”七尾对林说，接过照片，“我也去找人。”

目前已依照七尾的提案，派出几名刑警到附近找人。

“不，你留在这里。”本间说道。

“为什么？”七尾觉得自己的嘴角扭曲了，“不许我加入调查工作吗？”

“不是。这次的案子你最了解，所以我要你待在旁边给意见。”

七尾相当意外，盯着本间。“可以吗？”

“我先把话说清楚，事后一定会处分你，可别得意忘形。”

“我知道。”

“管理官马上会到，把资料整理好。”说着，本间迈步向前，手机忽然响了。“我是本间，怎么了……什么？确定吗？……嗯，波拉酒店，是吗？”本间将视线投向远方，“嗯，从这里就看得见。是吗？知道了，我马上派人过去支援，你们先稳住。”

本间挂了电话，微微充血的眼睛看向七尾。“找到直井投宿的酒店了。”

七尾睁大双眼。“真的？”

“他做梦也没想到，我们已经查到他的所在了。他是以本名投宿的，我们给酒店的人看过照片，应该就是他。”

“以本名……”

“七尾，你先过去，等一下我也会叫坂本他们过去。波拉酒店，你知道地点吧，就是那家。”本间指向远处一幢灰色建筑，上面挂着招牌，看来是一家商务酒店。

“明白！”七尾奔向最近的一辆警车。

他在离酒店数十米的地方下车，这个位置从酒店看不到。因为直井穰治可能在酒店里同时监视医院及周边状况。

走进酒店正门，有一个小小穿堂。那里有张熟面孔，是一个姓寺坂的后辈。他应该也是负责搜索。

“其他人呢？”七尾问道。

“在直井住的那个楼层，应该在走廊上待命。”

“直井在房里吗？”

“不知道，我们正在等候股长的指示。”

“坂本他们也会来，大概要等他们到才会进去拿人。指认直井的那个员工呢？”

“就是他。”寺坂指向前台。

七尾走近前台，出示警察手册。那个脸形瘦长的服务生微微点头，神色紧张。

“请教你一下，这个人来投宿的情况。”七尾边出示照片边问。

“刚才几位也问过，我没有特别深刻的印象，只是请他在卡片上登记名字而已。”

“他是什么时候预约订房的？”

“上个星期五。”

“有没有指定房间类型之类？”

“没有，没有特别要求。客人住的是标准单人间。”对一个正被警察追捕的嫌犯是否该使用敬语，服务生似乎有些迷惑。

“昨晚来的时候，有没有带什么行李？”

“我记得客人好像带着一个旅行袋，但不是很清楚……”

“有没有使用客房里的电话？”

“关于这一点，其他警察先生刚才也问过，所以我查过了，客人并没有使用电话。”

“是你带他进房间的吗？”

“没有，像我们这种酒店，大多只是把钥匙交给客人。”

“有没有出入房间的迹象？”

“很抱歉，我没有一直待在这里，所以不太清楚。”

七尾点点头，判断无法期待这名员工能提供有用的情报。

坂本从大门进来了，还带着几名警员。外面一定也有部署。“指示下来了，进去抓人！”

“好，走！”七尾向寺坂打个手势，走向电梯。

直井住在五楼的客房。一抵达五楼走廊，便看到两名刑警。他们表示直井的房间并无异状。

坂本也带着几名警员上楼了。

“酒店大门和后门都堵住了。”

“好，这里的安全出口和楼梯也要有人看着。”

在各个妥当的地点安排好警力之后，七尾和坂本等人讨论逮捕的步骤，决定由七尾敲门。

“股长指示，现在医院里可能还有爆炸物，要我们小心，慎防直井被逼急了引爆。”坂本说道。

“明白，但应该没问题，直井不是那种人。”

“你怎么知道？”

“会立刻失控的人想不出这次的作案手法。如果他是那种人，早就拿刀硬闯岛原的病房了。”

“但愿如此。”

“也只能这样想了——上吧。”

七尾和坂本等人一起靠近房间，悄悄做了一个深呼吸，敲了门。

里面没有回应。再敲一次，结果还是一样。

“要进去吗？”坂本小声说道，一边出示钥匙。那应该是饭店的总钥。

七尾点点头，坂本便将钥匙插入锁孔，直接把门推开。

继坂本之后，七尾踏进房间，但里面没有人。七尾打开一旁的浴室门，那里也没人。

电视机开着，书桌上放着一台电脑，床上有一个旅行袋。

“逃了？”坂本咬着嘴唇说道。

“不可能。他不可能发现我们的行动，即使发现了，应该也来不及逃。”寺坂说道。

“这么说，是碰巧外出了……”坂本的眉头深锁。

“坂本，联络股长。要是直井出去了，计划就要变更。我们在这里埋伏，等他回来。”

“是。”坂本拿出手机。

七尾环顾室内。直井就是从这个房间监视医院吗？

从窗户向外看，的确可以将帝都大学医院院区看得一清二楚，如果用望远镜，一定万无一失，也看得到受电设施。他很可能是看到警察试图调查，才匆忙引爆。

但是……

七尾感到奇怪，总觉得哪里不对劲。

45

穰治瞪着电脑屏幕，上面有三个单词：DOOR、BAG、KEYBOARD，而 DOOR 旁边已经显示 ON。几分钟之前，电脑在发出警示音的同时，出现了这个画面。

这只意味着一件事——有人打开了他在波拉酒店订的房间的门。他在那扇门上装了一个不显眼的传感器，门一打开，传感器便会传送讯号到房间里的电脑。那台电脑已设定程序，一收到讯号，便使用内部设定的手机通知穰治眼前的这台电脑。

是谁打开了门？

或许是酒店的人。他预约住两天，入住时曾经交代柜台的人不必打扫房间，但酒店可能没有联系好。

穰治走近房间窗户，拿起望远镜观察。这次他的焦点对的不是医院，而是更远处的一家酒店。但望远镜无法观察到每个房间的情况，也无法确认酒店四周是否有警车停驻。

他啧了一声，这时，计算机再度发出警示音，一看画面，BAG 的旁边也出现了 ON。

床上的袋子被打开了……

袋口也装了传感器，拉链一拉开，便会传出讯号。

酒店的人不会擅自打开客人的行李。

错不了，穰治很肯定闯进房间的是警察。他们知道直井穰治在波拉酒店投宿，便赶去那里。

他思忖着警察是如何找到自己的。他想起望打来的那通电话，会是她说的吗？但是，她对他的预谋应该一无所知。

穰治轻轻摇摇头。警察怎么查出来的一点也不重要。筹划这次行动时，他已经做好被警察查出来的心理准备，也已经想好对策，到时候该如何让行动继续下去。

那就是波拉酒店的陷阱。

警方一旦查出嫌犯就是穰治，肯定会在医院附近寻找。会盯上他，就表示警方已经看出他的目的是妨碍岛原总一郎的手术。

穰治无从得知警方的调查进展，所以他准备了波拉酒店，并用本名订房。如果警方真的在追捕他，办案人员应该很快就会找到这条线索。相反，如果那个房间始终没被发现，那就表示警方还没查到直井穰治这个名字。

他当然希望是后者。到目前为止，他都认为自己没出什么大纰漏，因此也相信后者的概率较高。

显然他太天真了。光就媒体的报道来看，调查小组追查的方向全然不同，但背后却步步逼近真相。似乎已有警察发现，有马汽车的缺陷车受害者当中有人没有获得任何赔偿，且其受害情形也没有被报道出来。

穰治知道警方正在追捕自己，因此感到焦虑、失望。纵使他的目的顺利达成，将来也会被通缉，迟早会被捕。他会以杀人罪被起诉吗？万一答案是肯定的，他就必须在监狱里度过漫长岁月。一念及此，即使早已觉悟，绝望还是席卷而来。

当然，他并不会因此而考虑中断行动。自从失去春菜，他便怀抱着更沉痛的绝望活到现在。找到岛原总一郎的住处时，他甚至考虑过要背着炸弹和岛原同归于尽。

穰治告诉自己，不要怕被警方逮捕，而且警方已查出他的行为，也让他感到心里的创痛似乎减轻了几分。

现在，警方什么都知道了……

媒体对神原春菜的死几乎没有报道，一副无动于衷的样子。春菜死得这么冤枉，却没有人替她主持公道，也没有渠道让穰治他们宣泄悲伤。岛原总一郎没有负起任何责任，继续在公司里掌权，自以为只要与受害者团体达成和解，一切就扯平了，社会大众也厌倦了抨击有马汽车。

但是，警察不是这样。至少参与这次案件的警察，应该都知道有马缺陷车骚动的背后发生过什么悲剧。正因为知道了，才会查出嫌犯就是直井穰治这个平凡的上班族，也明白他的内心有多么遗憾。

我真没用——穰治想着，自虐地笑了，怎么可以因为这样就感觉得救了呢……

这时候，电脑发出第三次警示音，KEYBOARD 旁边的 ON 出现了。他舔了舔嘴唇。

这表示有人碰了放在波拉酒店房间的那台电脑的键盘。

穰治开始整装。他不知道对方是基于什么目的触碰键盘，但对方迟早会发现计算机的监控程序。在那之前，他还有一点时间，因为刑警应该还不知道波拉酒店的房间只是一个幌子。

穰治用望远镜观察医院的情况。警察频繁地出入，但看得出他们的行动还是相当从容。医院的自备发电系统应该正在运行，所以医院并没有乱成一团。

但是，你们的悠闲时光就要结束了……

他调出另一个程序，那是用来启动装在医院里的第二道系统。

计算机询问 YES 或 NO。

他的手指向回车键靠近。

46

“好像什么都没留下。”正在摆弄电脑的寺坂回过头来对七尾等人说，“电子信箱没有任何记录，也没有文本文件。”

“所以，这表示……”七尾问道。

“我对电脑也不太懂，所以不敢说什么，不过，这表示直井没有用这台电脑做普通事务。一般人都用电脑上网、收发电子邮件吧？还有文字处理之类的。”

“你是说，他完全没有这些迹象？”换坂本发问。

“是的。我想，请专家看一下硬盘就知道了，他一定用在了什么特殊地方。”

寺坂感到不解，七尾则是无从发表意见，因为他对电脑几乎一窍不通。

“他会不会用这台电脑操控爆炸物？”他想起鉴定科的片冈的话，便提出这个问题。

“也许会，”寺坂回答，“只是我没办法确定。”

七尾沉默了。他认为直井会回到这个房间，因此和坂本及寺坂在这里等候。其他刑警则分别在酒店内外继续监视。再怎么想，他们的做法都不可能有错。然而不知为何，他还是坐立难安，就是有种错得很离谱的感觉。

“坂本，联络股长，找鉴定科的人过来看看。”

“找鉴定科？可是，要是被直井发现有警察出入这家酒店……”

“请他们不要暴露身份。然后，请他们看看这台电脑，我总觉得有什么重大意义。”

坂本先后看了看七尾和书桌上的电脑，点点头。“知道了。”

坂本打电话时，七尾再次环顾室内。直井昨晚似乎在这个房间过夜，床铺有使用过的痕迹，枕头上留有毛发。

刚才已经确认过，床上的旅行袋内没什么东西，只有看似在便利店买的内裤、袜子及两本杂志。

直井离开房间，出门了吗？

他该不会不打算回来吧？这种不安在脑海里闪过。受电设施遭到破坏时，他还在这里，之后才离开，这应该是合理的推测。真是如此，他为什么要离开？为什么没留在这里？

七尾走近窗户，向外眺望，由于距离太远，看不到医院的状况。

稍微压低视线，便看到正面有栋大楼，屋顶一览无余，好像是一家公司。

突然间，他内心出现了疑问。

“寺坂，叫酒店的人过来，最好是前台那个。”七尾说道。

寺坂步出房门的同时，坂本也挂上了电话。

“已经请懂电脑的人过来了。”

“医院方面有没有异状？”

“目前没有，手术似乎也进行得很顺利。”

听到这个消息，七尾反而更不安。手术顺利进行，表示刚才的爆炸并没有达到直井的目的。难道他不知道医院有自备发电系统吗？七尾认为这不可能。直井通过真濑望获得各种情报。在那之前，他一定详细调查过医院的供电系统了。

门开了，寺坂带着饭店员工进来，正是柜台那位。

“你之前说，直井没有指定房间类型吧？”七尾立刻发问。

“是的。所以我才安排这个房间……”

“楼层方面呢？”

“楼层？”

“他也没有指定几楼以上的房间吗？”

“是的，他没有指定。”

“这么说，他会住进这个房间是巧合了，也有可能住进比这层楼更低的房间，对吧？”

“当然。”

“楼层最低的房间在几楼？我是指有单人间的楼层。”

“这个……三楼。”

“三楼……”七尾从窗户向下看。

坂本也来到他身旁，视线同样往下看去。“七尾先生，如果在三楼的房间，应该看不到医院吧？”

“我也这么认为。”

“我到三楼确认一下。”

“不用了，没有那个必要。”七尾离开窗边，拳头往旁边的茶几一捶。

“七尾先生……”

“上当了！这个房间是个幌子，直井在别的地方，打从一开始就不在这里。他登记入住，把房间安排成有人使用的样子之后就离开了，到另个看得到医院的地方。”

“不会吧，他为什么要这么做……”

“他是个行事谨慎的人，而且无论如何都想完成这次作案。他准备这个把戏，是以防万一，即使被查出来，整个计划也不会受阻。”

坂本拿出手机，大概是准备向本间报告。由于找到这个房间，四周的查访工作便中断了。但如果这里是个幌子，那就必须再度动员调查。

七尾走向门口。

“七尾先生，你要去哪里？”坂本问道。

"我要回医院，麻烦你向股长报告一声。"

七尾大步冲出房间，搭上电梯。他为自己上当而懊恼，同时也为直井的强烈复仇心感到惊讶。准备那个房间，即表示直井并不怕被捕。恐怕到了真的被捕的那一刻，他仍会千方百计要岛原的命。

七尾拉住一名在酒店穿堂待命的警员，要他开车送自己到医院。没时间解释理由了。即将抵达医院时，手机响了。

"我是坂本。"对方的声音变了调，"嫌犯得逞了。"

"怎么了？"七尾的声音也哑了。

"刚才自备发电系统停止了，医院陷入完全停电状态。"

47

当七尾赶到医院时，护士和手持手电筒的警察正处于一片慌乱中。除了紧急逃生指示灯之外，所有的照明都失效了，现场只听见咒骂声此起彼落。

有警察在后面的楼梯上上下下。七尾想起自备发电设施位于地下室。

他走下通往地下室的楼梯，虽然有逃生指示灯，但四周仍昏暗得什么都看不清楚。一名穿工作服的男子跑步超过了他。

“七尾。”叫他的声音就在近前。原来是本间，站在那里拿着笔形手电筒。

“股长，怎么回事？”

本间摇摇头。“还不清楚。现在只知道自备发电设施被装了机关。看守的弟兄也表示不知道发生了什么事。”

“不是被炸坏的吗？”

“没有那种感觉，突然间就停电了。”

“受电设施被破坏之后，不是已经派人去检查过其他地方吗？”

“是派人去找类似的爆炸物，但要找出其他机关就很难。总之，消防和鉴定人员正在检查，我们现在也不能靠近。”说完，本间耸耸肩，“也是，我们也看不出个所以然。”

“手术室现在怎么样了？”

“已经派人去问了，好像有几组电子仪器无法使用……”

一名男子走下楼梯，是总务处的中森。他头戴安全帽，视线游移不定，显得很不可靠。

“上面的情况怎么样？”本间问道。

中森没把握地偏着头。“已经请几个护士四处查看，现在就是人手不足……”

“手术室也停电了吗？”七尾问道。

“重要的机器应该还在运作，像是人工心肺机，应该接在不间断电源上。”

“那么，手术还是可以继续进行。”本间放了心似的点点头。

中森却摇摇头。“虽说是不间断电源，也无法一直供电，说穿了就是电池，恐怕也撑不到手术结束……”

“那么，该怎么办才好？”

问了这个问题之后，七尾心想问也是白问。果不其然，中森无可奈何地垂下了八字眉。

“我什么都不知道……主管他们已经在开会了。”

七尾看到鉴定科的片冈快步从走廊另一端走来，表情严肃。

“麻烦过来一下。”

于是七尾和本间一起往里面走，中森也跟在后面。

发电室的大门敞开着。这扇门平常上锁吗？大约多久检查一次？最近是否有可疑分子出入？种种问题浮上七尾的脑海，但是他没有开口发问，而是跟着片冈走进去。现在不是调查那些事的时候。

在一个轿车大小的方形箱子前，站着一名工作服男子和几名鉴定科成员，没有人在进行任何作业。

“这就是自备发电系统。”片冈指着那个箱子说道，然后打开前面的操作板，“请看这里。”

操作板之下是密密麻麻的电线和小零件，其中一个地方有个小铝盒以胶带固定。看来，这就是问题所在。

“这应该是嫌犯装的黑盒子。看来是从这里发送信号，启动了紧急停止按钮。恐怕这也是利用手机，不过不打开来看，还不能确定。”

“地下室也接收得到手机信号吗？”

“应该是无线电话，医院用这个作为院内的联络工具。”

“不能重新启动吗？”

“我们按过启动钮，没反应，一直维持在停止钮生效的状态。”

“那么，不是只要拿掉那个盒子就可以了吗？”七尾问道。

片冈面有难色地点点头。“的确是这样，可嫌犯也不是傻瓜，事先已做好准备，防止我们这么做。”

“意思是？”

“从这个盒子里拉出来的一条电线一直延伸到燃料槽。现在还没有完全确定，不过多半是装了炸药。”

本间睁大双眼。“你怎么知道？”

“这张纸就贴在盒子上，当然是嫌犯贴的。”片冈拿出一张纸条。

上面画着电路图。七尾完全不明白其中含意，看来本间也一样。

“这是炸弹引爆钮的线路。”片冈说，“画得相当浅显易懂，我想，是为了让我们看懂才故意这么做的。”

“什么意思？”

“就是说，”片冈舔舔嘴唇之后继续说，“要是拿下这个盒子或剪掉电线，装在燃料槽的机关就会引爆炸药。爆炸本身可能不具威力，但那毕竟装在燃料槽里，一定会引发大火。”

“事情麻烦了。”本间皱着脸，“只好拜托防爆小组了。”

“当然。但是如果要拆除，至少今天一整天都无法供电。”

片冈的话让本间的脸蒙上阴影。

“这样啊。”

“因为不知道引爆的详细结构，得先拍X光确认，再用液态氮冷却才能拆除。里面也可能装了震动传感器，所以一切操作都必须在这里进行。当然也得将燃料槽里的燃料移除。”

光是听到这番话，七尾就觉得眼前一片黑，本间似乎也有同感，略微蹒跚地向后退。

“总之，房间里的人先疏散吧。接下来该怎么做，只有跟上面商量过才能决定。”说着，本间离开了现场。

七尾站在原地，并没有移动脚步。“没办法吗？”他问片冈。

“依照我刚才说的程序，应该没问题吧。”

“可这样无法恢复供电。”

“另一个办法就是从别的地方找替代电源，只是会很花时间，因为设置也需要不少时间。”

“知道了，谢谢。”七尾感觉汗水从太阳穴流下来。该做些什么？他的思绪完全乱了，焦躁几乎快把他压垮。

正要走出房间时，片冈叫住了他。

“也许，还有一个可能性，但大前提是嫌犯还有良心。”

48

西园的刀法只能以神乎其技来形容，这期间当然没有夕纪动手的机会，她完全被那有如精密仪器的动作慑服。不仅快，而且准确又谨慎，将重要血管不伤分毫地剥离，一到达目标部位便毫不犹豫地切断，手法一如熟练的名匠。

正当众人认为大动脉瘤已全部切除的那一刻，再度发生异状。这一次，照明又闪了一下，同时连接普通电源的仪器都停止了运作。

感觉得出西园皱起了眉头。

“又来啦。”这句话是元宫说的。

但是，接下来的情况却和先前不同。等了一会儿，停止的电子仪器本应开始运作，这次却完全没有复工迹象。

夕纪正在协助止血，光是止血就让她忙不过来，现在因电力迟迟没有恢复而陷入慌乱。

“糟糕！”田村喃喃地说，“这次真的停电了，自备发电好像也停了。”

“再这样下去会怎么样？”元宫问。

“不间断电源如果还在运作就还好，可是很快就用完了。到时候，连无影灯都会熄掉。”

“时间大约多久？”

“长一点大概二十分钟吧。算十五分钟比较保险。”

“教授……”元宫看着西园。

“继续。”西园的手完全没有停下来，“只能继续下去。田村，麻烦你想对策。”

“是，唔……”田村环顾室内，眨眼的次数变多了，“我们先延长不间断电源的寿命。凡是备有电池的仪器，全部切换成电池。首先切换人工心肺，先把冷热水供应装置关掉。佐山先生，生命体征监视器和麻醉器拔掉插头后还可以使用一个小时。山本护士，请把体温维持装置的插座换成普通电源。”

“咦？这样好吗？”山本明子问，“现在停电啊！”

“那部机器很耗电。”

“照田村的指示做。”西园头也不抬地说，“关掉之后，病人体温也不会立刻上升。”

山本明子回答“是”之后，依照指示更换插座。

西园准备缝合人工血管，但只剩下十五分钟，实在不可能完成，何况岛原的血管非常脆弱。

当然，到了这种地步，手术只能继续进行，因为目前岛原的心脏是不完整的。

手术室的大门开了，护士探头进来，似乎想说明情由。

“元宫，你去。”西园说道。

元宫点点头，走出手术室。他的空缺自然由夕纪递补。

“别紧张。”西园看着手边说，“我们不可能永远都在周全的环境下动手术，不能受外在状况的影响，要专注于眼前该做的事。”

“是。”夕纪回答。西园进行缝合的指尖仍有如机器般准确运作。光看他的指尖，感觉不出他受到丝毫影响。

元宫回来了。西园停下双手，示意他报告。

“自备发电停止了，现在正设法找替代电源，无法预测需要多少时间。”

“照明呢？”

“我已拜托护士，请她们带光源进来，以防最不理想的状况。只不过亮度不能抱太大期望。”

西园默默地继续手术。在夕纪看来，他似乎以行动表示，无论外在情况如何，眼前该做的事情就只有这一件。

49

“你说电视？”本间皱着脸。

“还有广播。直井可能在车上，或许会听广播。”七尾说道。

“你是说，通过电视和广播呼叫直井？”

“对，叫他启动医院的自备发电系统。”

“慢着，确实是他弄停的，但他不见得能再启动吧？还是你要叫他来这里启动机器？”

七尾摇摇头，示意身边的片冈向本间解释。

“装在操作板上的黑盒子应该是用手机零件做的，这一点我之前说过了。”片冈说，“通过那个零件发送信号，启动停止钮，让系统停止运作。”

“这个你也说过了。”

“我的想法是，或许嫌犯可以解除。”

本间意外地看着片冈，又看着七尾。“你是说……”

“如果他的目的只是让系统完全停止，那么就像炸坏受电设施一样，只要用相同手法破坏自备发电系统就可以了。他没这么做，我认为一定是有某种理由。”

“什么理由？”

“直井认为有必要恢复供电。”七尾接口，“他唯一的目的，就是妨碍岛原的手术。换句话说，只要一达到目的，就会立刻重新启动自备发电系统，因为医院里还有很多病人没有电就活不成。”

本间皱眉陷入沉默，似乎不知该如何取舍。七尾则心焦如焚。

“直井极力避免给其他患者带来麻烦。我现在才明白他为什么要写恐吓信，那是因为他希望尽可能减少受波及的人，写恐吓信、留发烟筒，都是为了让岛原以外的患者离开医院。”

50

无影灯的光逐渐变弱，不到几秒便完全熄灭了。手术室被黑暗笼罩，只有几台显示器发出微弱的光。

在场的所有人瞬间陷入沉默。西园本来正在缝合人工血管，但他现在是什么姿势，就连他身边的夕纪也看不见。

“元宫，”是西园的声音，“照明现在怎么样了？”

夕纪为他几乎没有起伏的语气感到惊讶，从他的声音中完全感觉不出任何焦躁。

“我刚才吩咐护士准备，要我去问问吗？”元宫的声音有些变调。

“不用，现在最好别乱动。外面的人应该也明白这里的状况，现在只有等了。”

“知道了。”

“西园教授，”佐山说，“病人的体温超过二十九度了。”

西园低沉地嗯了一声。

“因为空调停了。再这样下去，要小心截瘫。”

室温正持续上升，在场的人应该都感觉得到。夕纪也是满身大汗。

焦虑的气氛在手术室蔓延，虽然没有人说出口，但每个人都知道，这种状况实在刻不容缓。患者体温上升，将会面临死亡。

要冷却身体——一念及此，夕纪便想起棺材。为父亲守灵时，她看过棺材内部，里面铺满了干冰，微微飘起白色雾气。

“教授。”夕纪鼓起勇气开口。

“什么事？”

“直接从管线外冷却血液可行吗？”

“……怎么冷却？”

“用冰块，还有保冷剂之类的，虽然很像外行人的点子……”

在场所有人都静下来。因为置身于黑暗中，夕纪看不见其他人的表情，深怕大家会因为这个主意太肤浅而取笑她。

“田村。”西园说。

“是。”

“可行吗？”

“理论上应该可行，虽然我没做过。”

“试试看吧。山本护士，请与外面联络，要他们送冰块和保冷剂过来，也要把目的讲清楚。”

山本明子回答“好的”，实际上离开却在几十秒之后。因为太暗，无法迅速行动，万一牵动任何一部机器，都会造成无法挽回的后果。

“冰室。”

被西园点名，夕纪全身僵硬。“是！”

“好主意，谢谢。”

“……哪里。倒是教授，您脸上的汗不要紧吗？”

“是想请你们帮忙擦，但是我现在动弹不得。”

“咦……”

“我两手都握着血管，要是不小心一动，伤到血管就不得了了。”

夕纪凝目细看，虽然看不见西园的手，但可以看出他的双手在岛原的心脏附近。他维持这个姿势，不动如山，准备就这样等到情况改变。

手术室的门打开了，进来几名护士，手里都拿着手电筒。

“大家围住手术台，”其中一人下令，“照亮手术部位。”

护士们移动到夕纪等人身边。手术台上再度出现了光，但亮度远远不及无影灯。西园手边仍然是暗的。

“不能再弄亮一点吗？”元宫怒斥。

“已经派其他人去找照明了。”其中一名护士回答。

“不能再拖下去了，动手吧。”西园说，“冰室。”

“是。”

“把光对准我的手指，视线绝不能移开，一切就靠你了。”

西园以认真的眼神注视着夕纪。看得出来，他似乎要传达什么——非关医疗的事情。

她回答了一声“是”，从护士手中接过手电筒，一下子感到口干舌燥。

“元宫，麻烦你辅助。”

西园再度发出指示。门又打开了。

“保冷剂和冰块来了。”进来的护士说道。

51

墙上挂着好几张最新畅销歌曲的CD，旁边贴着女歌手演唱会的海报，还备有试听的耳机。穰治戴上耳机。他当然没有欣赏乐曲的闲情逸致，只是想制造一个待在原地也不显得突兀的状态。

穰治的视线朝向隔壁的家电卖场，那里正展示着大型液晶电视，画面上正在播的，可说是已然熟悉的场景。电视摄像机似乎架在帝都大学医院前面，拍着警察和职员来去的样子。画面不时切换到演播室，由主播说明状况。主播身旁坐着一个挂有犯罪心理学者头衔的来宾，每当主播有问题丢过来，对方便煞有介事地开始解释。

穰治心想，这跟挟持人质事件一样。不同的是，嫌犯正在大型家电卖场看电视，不在医院里。画面拍到一辆卡车。穰治看到装在卡车车厢里的东西，不由得拿下耳机，离开CD卖场，走近电视。

一名外景女记者出现了。"刚才，院方紧急调来移动式大型发电机，那是附近的妇产医院用来作为紧急电源的装置。只是，现在的问题是要安装在哪里。最好能搬到手术室所在的楼层，但由于发电机很重，不是人力所能搬动的。而现在，电梯停电，堆高机所能到达的范围又有限。目前正在讨论是否要将电源设置于一楼，再以电缆线连接到手术室，但无法预估需要多少时间才能装设完毕。"

听到外景记者的话，穰治咬着嘴唇，拳头也握紧了。

他早就料到医院会从别处调配发电机，但他推测应该需要更多时间。即使向别家医院借调，光是搬运也是一大工程。然而，紧急发电机也有可供设置于一般诊所庭院的类型，能够搬运的应该是这种。

但最令他在意的，是以电缆线连接到手术室这句话。这意味着手术目前仍在进行。离他中断自备发电系统已经数十分钟，手术室里一定问题百出。无影灯熄灭，电池耗尽的机器一定停止运作。即使如此，手术仍在进行，这意味着医生们正以某些方法保住岛原的性命。

究竟用什么方法？穰治无法想象。在各个层面上，现代医疗应该是没有电力便无法成立。

就算手术持续进行，并不代表岛原能够捡回一命，一定是因为医生们无论处于多么绝望的状况，也不会放弃微乎其微的可能性，只要还有生命反应，医生们不到最后都不会放弃。

既然调来紧急发电机，可见不这么做，岛原就有生命危险。以电缆线连接，也没有口头上说的那么容易。

望曾经跟他说过，“手术室就跟宇宙飞船内部一样”。

“不是有部电影叫《阿波罗 13 号》吗？剧情是说宇宙飞船发生故障，航天员向美国宇航局的控制中心下达很多指令，想办法返回地球。手术室就跟这个一样，手术室外面的人，不能随便出手帮忙，一方面在空间上的确被隔离了，可是更重要的是，不能让外面的细菌跑进去，就算要送一些小工具进去，也要经过仔细消毒。”

进手术室必须多么小心谨慎，这在望带他参观手术室时，便亲身体验过了，只不过是一台数码相机，她便疾言厉色地责备他。

小型电池应该要多少有多少，目前正在进行的电视转播，也是因为采访车上配备了专用电池。考虑到人命关天，应该中断转播，提供给医院。没有这么做，一定是其中有种种障碍。同样，把电缆线拉进手术室一样有危险，要让电缆线通过，表示必须打开其中的所有间隔。

实际执行时，唯一的办法是将电缆线连接到手术室的配电盘。负责电力的工程师一定会如此建议。但是，穰治早在那里设下机关，要立刻着手进行应该不可能。

不可能活得了——穰治宁愿这么相信，因为他再也无法出手干预了。

正当他准备离开电视机前时，主播说："现在接获最新消息，警视厅要公开呼吁。请将画面切换至现场。"

穰治再次将视线停留在屏幕上，画面出现了一个全然陌生的人，年约五十来岁，一身西装打着领带，场景好像是医院外面。

"我们在此呼吁嫌犯：帝都大学医院的爆炸犯，警方已掌握你的姓名等资料，请立刻中止计划，让自备发电系统恢复供电。目前的状况再持续下去，万一出现牺牲者，警方将以杀人罪或伤害罪起诉你。不要再加重你的罪行，我们知道你手上有恢复供电的方法。再重复一次，立刻让自备发电系统恢复供电。"

穰治茫然伫立，完全没料到警方会以这种方式向他喊话。

呼吁还没结束。

"我们知道你是为了危害某特定人物的性命，才做出这一行为。但是，这家医院除了该人物之外，还有许多患者，其中有不少人性命垂危，你要连累这些人吗？如果你还有良心，立刻停止不法行为。"

穰治离开现场，因为四周的人纷纷聚集过来看电视转播。他感觉他们的视线似乎投射在自己身上。

你要连累这些人吗？这句话还留在耳畔。构思这次的计划时，他第一个担心的就是这一点，所以明知危险，仍再三写恐吓信，甚至不惜设置发烟筒。

他告诉自己，到今天还不离开医院的患者自己也有责任。他也知道这是歪理，但如果不这么想，心情会非常沮丧。

恢复自备发电系统，对他来说轻而易举。只要将身边的电脑连接手机，再执行某个程序即可，只要一个动作，系统便可恢复正常。

如果你还有良心……一点也没错，他还有良心，而且良心正折磨着他。

52

七尾在总务处看完转播。管理官的表情略显紧张，但他认为这是一次相当好的呼吁，没有刺激到直井。

离开总务处时，正好遇到本间，他大概一直待在管理官身边。

“但愿那样可以说服直井。”本间偏着头说道。

“在那之前还播出了发电机运进来的画面，希望能让他以为计划失败，就此放弃。”

“那组发电机怎么样了？”

“有不少问题，听说工程师想连接到手术室的配电盘上，但是……”

“那边也被装了一个爆炸物吧。”本间撇了撇嘴角。

“只不过还不知是真是假。”

这是片冈告诉他的。片冈在打开配电盘时，发现上面装了一个黑盒子，与自备发电系统上找到的类似，但目前还不知道结构，也有可能是假的。

“防爆小组正在调查。就算是假的，在拆除时也得疏散所有人，所以根本无法在手术时进行。”

本间发出沉吟。“只能等直井主动联络吗……”

“电机工程师正在调查电源能不能连接到别处。万不得已时，只好把电缆线拉进手术室，但院方表示并不想这么做，因为手术室会受到细菌污染。”

“到时候也管不了那么多了。”

本间皱眉时，真濑望正好从他身后经过。她已经换上护士服，七尾则尾随其后。

七尾出声叫她，她停下脚步回头，一看到七尾，表情变得僵硬。

“今天早上真抱歉。你可以回来上班啊。”

“因为医院人手不够……”

七尾不打算说是自己劝本间让她回来的。“警察问了你很多直井的事吗？”

“问了很多……可我真的什么都不知道，根本不知道他在想这些……”

“我明白，警方应该不会再盘问你了，只不过，有事想请你帮忙。”

“什么事？”望的眼神现出怯色。

“想请你劝劝他……劝直井。刚才，我们上司已经在电视上喊过话了，也许他不会把警察的话听进去。可如果是你，应该会不一样。”

望凝视着七尾，摇摇头。“我不想上电视。”

“用其他方法也可以。”

“对不起，我很忙。而且，他才不会听我的话。因为……我又不是他的女朋友。”望说了声不好意思，便快步离开。

53

手术即将进入最后的高潮，人工血管的替换几乎快完成了。夕纪浑身大汗，因为紧张与疲劳，连站着都感到吃力。但她还是集中精神，完成最后的工作。

“好极了。剩下的由我来。”西园说，和元宫对看一眼，彼此点头。

夕纪在口罩下放心地吐了一口气。但是，他们还没渡过所有的难关。虽然以电池点亮的照明器具已送进手术室，亮度方面几乎没问题，但各种仪器的电池寿命即将耗尽。

“人工心肺的电池快用完了，我要改用手动。”手术室里响起田村的声音。

西园正专注于手上的工作，所以由元宫转头看向田村，轻轻点头。

田村迅速固定几条管子，开始将操作面板上的手动转盘以逆时针方向转动。

“请维持储血槽的血液量。”西园突然开口。虽然手上忙个不停，还是将田村他们的对话听在耳里。

“知道了。”田村回答。

人工心肺机的手动转盘相当沉重。夕纪以前在预习课程时也曾经操作过，才转动三分钟就使不上劲了。此刻，必须以一分钟百转的速度不停地转动，因此田村无法兼顾其他机器，由另一位姓吉冈的临床工程师来支援。但即使人手再多，没有可使用的机器也是枉然。

室温持续上升，这是因为室内不但没有空调，还使用大量发热光源，人数也比平常多。

护士频繁地为西园拭汗，但这样还是赶不上流汗的速度，只见他频频眨眼，脸上的疲色渐趋明显。要在这种情况下进行难度本来就很高的手术，自然会消耗大量体力和精神。

“西园教授，不要紧吗？”元宫担心地问道。

“我没事。现在血液温度多少？”

“二十九度。”佐山立刻回答。

直到刚才，还持续以保冷剂和冰块冷却血液循环装置的管子。在使用人工心肺机时，必须以低压让血液流向头部，氧气的供给量自然会减少。为了将耗氧量降到最低，才将体温降低。然而，现在已经不再冷却了。

“田村，加温器不能用吧？”

对于西园的这个问题，田村回答“不能”，语气听起来很遗憾。

人工血管的替换完成了。接下来是分段减少体外循环的血液量。只不过，之前为保护脑部而降低了血液温度，现在却必须提高到接近体温。然而若将冷却的血液直接送回心脏，心脏不会跳动，因此才会有血液加温器这样的仪器，但在没有电力的情况下，机器完全无法使用。

“刚才为了冷却用了冰块和保冷剂，”西园说道，“现在得加温了，所以……”

“来问问团队的新星吧。”元宫看着夕纪，“好了，这次该怎么办？”

“请人送暖宝宝进来吧。”夕纪说，“用暖宝宝从外面提高加温器的温度如何？”

“暖宝宝？这样温度会上升吗？”元宫喃喃说道。

“不知道。但是，照现在这样不是什么都不能做吗？现在应该考虑的，是不需要用电即可以派上用场的方法。”

“我请外面的人准备暖宝宝。”一名护士不等西园指示便走出了手术室。

54

七尾在重症监护室的大门前停步。

“请不要占用太多时间，因为我们今天特别忙。”名叫菅沼庸子的护士皱眉说道。

“我知道。不好意思。”

“还有，请不要触碰任何地方。现在没空调、不通风，空气已经脏得不得了了。”

“我会小心的。”

七尾依照菅沼庸子的指示，在入口处消毒双手。他消毒时，她用手打开门。那扇门平常应该是自动门。

一走进去，七尾意外地感到一股闷热。在没有空调的密闭空间，或许这是理所当然的。

集中治疗用的病床排成一列，现在只有一张在使用，就是最靠里面的那张。医生和好几名护士围住了那张床。七尾当然不知道他们在做什么，但从他们身上散发的紧张气氛，便能判断情况并不乐观。真濑望的身影也在其中。

七尾已得知患者是一位名叫中塚芳惠的女士，昨晚由于病情恶化，动过紧急手术后被送进这里，现在仍高烧不退，没有意识。

菅沼庸子走近真濑望，小声对她耳语。望一看到七尾，便毫不掩饰地皱眉，朝他走来。

“请问还有什么事吗？”

“不好意思，可以再听我解释吗？”

“很抱歉，我没有时间，我得照顾这位患者……因为人工呼吸机和监视器都停摆了。”

“就是因为这样，才要拜托你。已经没有其他办法了。”

“电源怎么样了？”

“很多专家正在讨论各种方法，可是看样子无法立刻解决。让他中止计划是最快的方法。”

“他”指的是谁，望应该也明白。

“你跟我说这些也没用啊……”望低下头。

“你也不希望他变成重刑犯吧？现在停手，不会构成杀人罪或伤害罪。当然，一定是有罪的，但会是轻罪，而且他的动机也值得同情。可是，如果出现牺牲者，就没有这么简单了。如果你有心救他，请协助我们，同时也是救你的患者，拜托！”七尾鞠躬请求。

“请不要这样，请把头抬起来。”

听到她泫然欲泣的声音，七尾抬起头来。她的眼眶泛红了。

“我刚才不是也说过吗？我对他根本不重要。他只是为了让这次行动成功才接近我的。只要是这家医院的护士，谁都可以。我说的话，他怎么可能会听？请不要让我觉得自己更可悲了。”

“直井对你是有感情的。”

“请不要安慰我了。”

“这不是安慰。”

“那不是很奇怪吗？他做出这种事，是为了替死去的女友报仇吧？那不就表示他到现在还忘不了那个女友？既然这样，他心里根本就没有我，不是吗？”

说话时，她破嗓了好几次，语气激动，像是一直压抑的心情爆发了出来。围在患者身边的医生和护士纷纷往这里看。

望朝他们回头，小声地说对不起。

“反正，我办不到。那么做根本没有意义。”

七尾摇摇头。“直井是为你着想，这是千真万确的。事实上，我们已经搜查了他的住处，但是没找到任何一件与你有关或暗示你们关系的物品。你知道这代表什么吗？”

望诧异地看着七尾。“所以就是他的心里完全没有我啊？”

“交往了好几个月，要完全不露痕迹是不可能的。你没去过他住处吗？”

“是去过几次……”

“他屋里还留着和前女友有关的物品吗？”

望厌烦地摇摇头。“我没注意。”

“对吧！但是，他现在的住处，却摆满了显示他和前女友关系的东西，例如一起拍的照片，刻意强调他没有任何正在交往的女友。你明白吗？他很害怕这次的行动给你带来麻烦，极力想隐瞒你们的关系。如果是毫不在意的人，他不会这么用心。”

“就算这样……”

“他觉得对不起你。当然，当初会接近你，大概是认为在这次的行动中可以利用你，一开始可能真的只是这样。但我想，在你们的交往过程中，他还是对你产生了特别的感情。所以，我才来拜托你，请你说服他。我说过好几次了，这件事只有你办得到。”

“要我上电视吗？”

“不，没那个必要。我们不能给你这么大的负担，只要写信就可以了。”

“写信？”

“我们会叫其他人念出来，你只要写信就可以了。”

“既然这样，警察先生自己随便写不就好了？不一定要我写。”

“不，非你不可。直井不是笨蛋，光读信八成打动不了他。可是，如果看到你亲笔写的字，他的心一定会动摇。拜托你。”说着，七尾再次鞠躬。

真濑望沉默了一会儿。这让七尾抱着一丝希望。

“对不起。”

然而，听到的却不是他所期待的回答。他望着她。

“我还是不想跟他扯上关系，他一定也不想再想起我了。我的信，只会让他觉得厌烦。所以很抱歉，我拒绝。”

“真濑小姐……”

“我还有很多事要做。”说着，望朝其他人围着的病床走去。

七尾摇摇头，离开重症监护室。全身因无力感而沉重不堪。

直井穰治迟早会被捕。一旦发出通缉，只是时间问题。但是，如果不在这一刻逮捕他就没有意义了。

一名护士跑上楼，提着一个白色袋子。另一名护士从护士站跑过来。

“暖宝宝买回来了？”

“买回来了！店里有的我全买了，大概有三十个。”

“立刻拿到手术室！”

拿着袋子的护士回了一声“是”，沿走廊奔跑起来。

七尾不明白暖宝宝有什么用途，但是，医生们在没有电力的情况下，拼命想保住岛原的性命，这一点可以确定。

我帮不上任何忙吗——七尾感到无比焦躁。

他正准备下楼时，感觉背后有人。真濑望神情苦恼地站在那里。

“请问……”

“嗯？”七尾面向她。“什么事？”

“一定要写信才可以吗？”

“咦？”

“劝他，一定要写信才可以吗？”

55

咖啡杯见底了，穰治看了看手表，从开始喝才过了十分钟。他叹了口气，第一次感觉时间过得这么慢。

他完全不知道帝都大学医院目前的状况。他没靠近有电视的场所，也避开听得到人群谈话的地方，在确认过四周没人后才走进这家咖啡店。

岛原的手术现在怎么样了……

在没有电力的情况下，医生们究竟怎么动手术？人工心肺机的电池应该早就没电了，其他仪器也会陆续停摆。在这种状况下，还能做些什么？

警察已经知道犯案者即直井穰治的目的，应该知道他的动机。他们没有转告医院吗？如果有，医生和护士对这次风波会怎么想？看着手术台上的岛原，不会认为他自作自受吗？

想到这里，穰治摇摇头。他们不会有多余的心思去想这些，只是尽力完成自己的使命。就因为知道他们会这么做，穰治才选择用如此迂回的方式下手。

那位高层警官通过电视喊话的声音在耳畔响起："这家医院除了该人物之外，还有许多患者，其中有不少人性命垂危，你要连累这些人吗？"

这是真的吗？还是警察为了说服穰治编出来的谎言？经过一连串的恐吓骚动，大多数患者应该离开了。他不相信重病患者现在还留在医院里。

穰治从身旁的提包中拿出手机，本想打开电源，却又停下动作。这个手机不是为了这次行动准备的，而是他平常用的。

反正警察一定会在这个电话留下同样的留言，也会发送短信吧。他倒是有些好奇是什么内容，也许会有一些无法在电视上公开的信息。

犹豫的结果，他打开了电源，而且随时准备关机，以防发生什么不利的状况。

令人意外的是，并没有任何短信，反倒有一通留言。他咽了一口唾沫，听取留言。

电话里传来的，是他很熟悉、而且现在听起来最让他难过的声音。

“嗯……是我，望。对不起，打电话给你。警察说这次的事情是你做的，我很不想相信，可是如果是真的，那我想拜托你一件事。嗯……我现在在医院，有一个情况很危急的患者，因为人工呼吸机不能用，真的有生命危险。那个人不是岛原先生，是一个跟他一点关系都没有的老太太，请你救救她。求求你，让医院恢复电力。对不起，也许穰治你不是真心喜欢我的，可是我喜欢你，所以，我不希望你的温柔也是假的。求求你答应我，求求你……”

这就是全部的留言。穰治听完之后，关掉手机的电源。

早知道不该听的。

果然，一如他所担心的，医院里还有重病患者。望提到人工呼吸机，恐怕病患是在重症监护室里接受治疗。

而且，由望来通知的事实，也让穰治心头一紧。

从警方那里得知实情，她有什么感觉？他实在无法想象她会有多震惊。即使如此，她还是在医院，不顾自己伤了心，设法拯救患者。

她打电话给穰治，势必需要相当大的决心。她一定先把自己被骗的事实摆在一边，抛开自尊，强忍怒气，才能打这通电话。她不惜这么做，可见得患者的病情有多严重。

望的面孔在眼前浮现，那是一张泪湿的脸，在穰治的脑海里，想抹也抹不掉。

他站起来，走出咖啡店。提着装有电脑的提包，漫无目的地走在路上，望的留言不断地在他脑海中回放。

“我不希望你的温柔也是假的……”

心很痛。他早就料到这次的事件一定会遭到望的怨恨，但在他的内心深处，的确还是存着一丝侥幸，认为她应该会理解自己的心情。

然而，望负责照料的患者有生命危险，那就另当别论了。如果那名患者因此而死，从那一刻起，她绝对不会原谅穰治。因为这么一来，穰治在她心目中将不仅是一个玩弄感情的恶棍，更是夺走患者宝贵性命的罪人。

一辆警车停在路口。穰治一惊，走到马路的另一侧，这时，他注意到一件事。

那段留言未必出自望本身的意愿，也有可能是在警方的请托下发出的。因为穰治没有响应电视的呼吁，警察便利用望，这极有可能。

这么一来，望所说的就不一定是真的。也许没有病危的患者，就连她在医院里也是假的。

没错，一定是陷阱——穰治决定这么想。否则，望怎么可能会打电话给他，他应该是她现在最不想理会的人。

“我可不会上当。”他喃喃地说道。

56

从那扇窗户可以将帝都大学医院一览无余，被炸坏的受电设施也看得一清二楚，若使用望远镜看清出入人们的面孔也不是问题。

房间还没打扫过，因为住在这里的房客还没退房。这个人预约了从昨晚起两个晚上，但他恐怕不会再回到这里了，他预付了五万日元的住宿费，比实际费用还多，但他大概不打算要回多余的差额吧。

七尾再次环顾室内，并没有发现任何线索。鉴定人员正在采集指纹，但事到如今，那已经派不上用场了。酒店的人看了照片，已经证实住这个房间的人就是直井穰治。

这个房间是在三十分钟前找到的。尽管七尾猜想不会从中得到任何收获，但还是来了，因为他认为来这里，或许能弄清直井穰治是以什么样的心态犯罪。

坂本进来了。“直井昨晚办好手续之后，就一直待在房间里，也没有使用饭店的电话。”

“行李呢？”

“只提了一个类似大公文包的袋子，穿着一件深色外套。”说完，坂本摇摇头，“这不能算是线索。”

七尾点点头，视线再次移向窗外。

他们从被直井用作掩护的酒店房间找出几个传感器，通过传感器，刑警进房间、翻动行李、触碰电脑等行为，直井全都了如指掌。这是什么样的结构，七尾毫无头绪，但直井的决心是毋庸置疑的。

如此坚定的男子，会不会在此刻回心转意？

真濑望不想通过电视写信，却表示愿意打电话给直井穰治。但他的手机不通，最后只好在语音信箱留言。

今天一整天，望的手机都由警方保管，一方面是直井穰治可能会打来，再者她上班时也无法使用手机。当然，即使她的手机响了，警方也不能在未经她同意的情况下接听。

七尾派人取回她的手机，请她打给直井。一如预期，对方关机，于是她在语音信箱留言。留言内容是她自己想的，一旁的七尾听了，也可以感受到她内心的酸楚，不由得为她心痛。

直井会听她的留言吗？就一般情况而论，七尾没想过他会开机。然而，凡事都有万一，现在也只能仰赖这个万一了。

“我要回医院，这里拜托你了。”七尾说完，便离开了酒店房间。

正当他奔向医院时，后面驶来的一辆出租车超过他之后停了下来，后车门开了，一名中年女子探出头来。

“七尾先生。”

一时之间，七尾没认出对方，但记忆很快就苏醒了。“夫人……好久不见。”

女子是冰室百合惠。她是七尾的恩师的妻子，冰室夕纪的母亲。

“如果你要赶去医院的话，请上车。”

“啊，不好意思，谢谢。”他坐进出租车，“夫人也要到医院？”

“是的，因为我知道我女儿现在人在手术室里。”她指的是冰室夕纪。

“夕纪小姐是吗？从我负责这个案子起，见过令爱好几次。”

百合惠吃惊地望着他。“是吗？”

“她真了不起，现在也在手术室里努力。”

“我好担心。怎么会偏偏选在今天这个大日子……”

"您是指……"

百合惠没有作声，似乎有所迟疑。但不久便开口说："今天的手术对那孩子有很重要的意义，她从小一直放在心里的疑问能不能找到答案，就看今天的手术了。"

"那个疑问，是不是和冰室警部补去世有关？"

听到七尾这么问，百合惠缓缓地点点头。

七尾推测一定和西园医生有关。连接在西园和夕纪之间的线，果然复杂地纠结在一起。

他认为这不是外人随便介入的问题，因此闭上嘴巴，看向前方。

他们在医院前下车，正准备走进院区时，年轻的制服警员朝他们走来。

"里面很危险，一般民众请——"

七尾不等他说完便打断："这位女士没关系，她是里面动手术医生的家人，由我负责。"

他向百合惠说了声"走吧"，便迈开脚步。

"手术结束前，请在候诊室等，那里比较安全。"

"真是麻烦你了。"说着，百合惠低头致意。

走过医院大门时，七尾放在上衣内袋的手机响了，但铃声不是他熟悉的，他不用特别的来电铃声，响的是真濑望的手机。

"有电话哦。"百合惠说道。

"是啊。"七尾回答。他看着液晶屏幕，吞了一口口水。

是他——虽然没有显示号码，但七尾确信是他。七尾一边跑上楼，一边按下通话键。

57

电话接通了，彼端传来的“喂”是一个男声，虽然一如所料，但穰治还是问了。“真濑望小姐呢？”

“她正在工作。”电话里的男子回答之后，立刻问，“你是直井穰治吧？”可能是边说边走动，呼吸很急促。

穰治不作声，准备挂断。他打给望，是认为这样至少可以表示对望的请求有所回应。

“不要挂。”对方似乎看穿了他的心思，“这不是陷阱，没有电话追踪。”

“手机经常会被追踪，在基地台留下记录。”

“所以我没有去找那些记录。真濑小姐会打给你，是出于自愿。她把手机寄放在我这里，是因为正在忙。”

“你是谁？”

“我是警视厅的七尾。没人在监听，相信我。”

这种事实在令人难以相信，但不知为何，穰治却无法挂断。“手术怎么样了？”穰治问道。

“医生们正在努力。”

“都停电了……”

“照理说应该是束手无策，其他医生都很惊讶，不知道他们是如何进行手术的。本来岛原先生应该已经死了，就像你计算的一样，但在医生团队的努力下，或许可以撑过来。”

穰治忘了呼吸。岛原或许会得救——听到这个消息，瞬间一股难以言喻的焦虑席卷而来。

“直井，够了吧？”七尾说，“你还想要什么？”

“我的目的还没达成。”

“会吗？假如你的目的是报仇，不是已经够了吗？我倒认为再继续下去，反而没有意义。”

“岛原不是还活着吗？”

“正因为他活着，你现在停手才有意义。如果岛原先生真的死了，会有什么改变？你会心满意足吗？死去的女友就会复活吗？而且岛原先生当然也不会知道这次的事情。你希望这样吗？你没有话要跟岛原先生说吗？你不是有事要让他明白吗？”

“跟那种人说什么都是白费唇舌。”

“会吗？万一岛原先生熬过来了，一定会有人把这次事件告诉他吧？你认为他还会毫无感触吗？”

“当然会有感触，就是恨我。”

“不，我不这么认为。的确，一开始可能会有那种反应，但是，越是了解内情，就越不该痛恨你。在保障人们生命安全的意义上，不管是汽车公司的领导人还是医生，人们都要求他们负起同等的责任。岛原先生当然也会思考自己是否响应了这样的要求。当他知道自己的性命受威胁的原因，知道医生们是基于什么样的使命感保住他的性命，只要他不是笨蛋，一定会反省。你难道不想听听他怎么说吗？”

穰治不知不觉握紧了手机。

这个警察的话具有强烈的说服力，更何况穰治本身对于在那种情况下依然不放弃手术的医生们也开始产生敬意。你应该以他们为模范——他很想对岛原这么说。

但是，那个人一定不懂得反省。如果他懂，就不会眼看着有人牺牲，还大剌剌地霸占领导人的宝座。

“很抱歉，我不打算中止计划。”穰治说道。

“直井！”

“你的话很有道理，但是这些话应该跟岛原说，在他进手术室之前。”

“等等！”

穰治的手指往手机的按键移动。当他的指尖正要施力时，电话里传来一声“穰治”。

是望的声音。

“穰治，听得见吗？穰治，是我。”

那拼命挽留的呼唤动摇了他的心，他无法不回答。“望……是我。”他说，“对不起。”

望没有回答，他想再开口，这时望说话了。

“我没事。”

“望……”

“我不恨穰治，也不觉得你骗了我。因为我很快乐啊！我们之间这样就好，我不会怪你的。”

“抱歉。”穰治再次低语。

“可是，我想请你答应我，求求你救救我的患者，她是无辜的，要是她因为你而死，那我实在无法接受，我真的看不下去了。穰治，拜托，为了我，请你答应我最后一个请求。也许你对我不是真心的，可是我们到昨天都还是恋人啊！”

她哭了。穰治听着她的声音，心口无可遏止地发烫，翻腾的情感麻痹了他的大脑，连脸都僵硬了。

拜托，求求你——望再三说道。听着她的哀求，穰治也湿了眼眶。

“好吧。”他回答，“叫刚才那个警察来听电话。”

“我拜托的事，你肯答应？”

“嗯……”

“谢谢你。”

“嗯……”

经过短暂的间隔，一个男声说“我是七尾”。

“五分钟后启动自备发电设施，只要按钮就可以了。”

“五分钟后？”

“对。我会在五分钟之内解除停止讯号。”

“一定？”

“我不会说谎的。”说完，穰治便挂断电话。不久，手机再度响起，他索性关机。

他坐在小公园的长椅上，看着无人使用的游乐器材。

从身旁的提包里拿出电脑，连接另一部手机，开机，启动程序。

春菜——穰治在心中呼唤逝去的恋人。

对不起，我终究只有这点能耐……

58

为数可观的暖宝宝紧紧裹住加温器，一名护士不断地将氧气瓶的氧气喷向暖宝宝，这么做可以促进其发热。这也是夕纪的主意。冬天在寒冷的值班室小睡时，为了让暖宝宝快速发热，她经常朝暖宝宝吹气。这番功夫没有白费，血液温度勉强回升。

在所有人屏气注视中，血液回流至心脏的程序开始了。使用心脏麻痹保护液使心脏停止时，心脏本身会变得很脆弱。即使在回流开始后的二十分钟，几乎所有病例的心脏都无法完全运作。麻醉科医生佐山已着手准备强心剂。

夕纪怀着祈祷的心情注视着岛原的心脏，然而心脏却动也不动。回流已经开始五分钟了。

手术室内的空气冻结了。

“不行呐。”西园低声说，“夕纪，准备电击器。”

“是。”

夕纪开始准备工具。电击器的电池是内置的，她一边将电击器交给西园，一边回味他的话。夕纪——他的确这么叫她的。这是第一次。

西园开始实施电击，但心脏仍未恢复跳动。

“血液温度还是太低了。”元宫呻吟般说道。

“不要放弃！”西园的声音插进来，“一切都还有希望！”

夕纪震了一下。她第一次听到他如此激动的声音。

心脏附近有鲜血飞溅，喷到西园右眼下方。夕纪看到了，即使在那一瞬间，他的眼睛连眨都不眨一下。

夕纪设法止血，但完全不知道错综复杂的血管从哪里出血，而且灯光太暗。

西园说："我知道出血点在哪里，待会儿再止血。"

夕纪回答"是"，把手缩回来。

"西园医生，让我来吧！"佐山说道。

"不，我来。这颗心脏是我停的，我要让它动起来。"说着，西园再次操作电击器。

为什么我会有那种想法呢？夕纪看着西园自问。

为什么会认为父亲手术失败，是西园故意的呢？

不管有什么原因，这位医生都不可能故意让手术失败。在这种情况下，何时放弃手术都不会遭到非议，西园却仍想尽办法拯救患者，不慌不忙，在极有限的可能性中，不断地寻求患者的生还之道。这本来就是一场极度消耗体力和精神的大手术，西园现在应该已经疲惫至极，但他仍坚持要把事情做完，要以自己的力量救活患者。

夕纪发现自己虽以医生为目标，而且以实习医生的身份从事这份工作，但其实什么都不懂。

医生的能力有限，因为医生不是神，无法控制人类的生命。他们唯一能做的，便是尽情发挥自己的能力。

所谓的医疗疏失，来自于能力不足。

有能力的人，不可能故意不发挥能力，他们办不到。这不是道德问题，因为医生只有两种选择，不是尽全力，便是什么都不做。

世界上当然有各种不同的医生，将来，夕纪也许还会遇到全然不同的医生。

然而，这位医生——夕纪望着西园认真的侧脸。

这位医生是位笨医生。如果他不想发挥所有力量，或者他不想救那个患者，打从一开始就不会拿起手术刀。

当时的西园，是因为想救健介才拿起了手术刀——夕纪确信。

“教授，心脏……”佐山看着显示器说道。

岛原的心脏微微颤动了一下，夕纪也看到了。不久，心脏便开始微弱地跳动。

西园呼地吐了好大一口气。“佐山医生，打强心剂。”

“已经开始了。”佐山回答。

“好，冰室，给刚才那个部位止血。”

“是。”

就在夕纪坚定有力地回答之后，昏暗的手术室突然亮了起来。夕纪惊讶地环视四周，手持照明的护士们也疑惑地彼此对望。

无影灯的光照亮了手术台上的岛原，他开刀的部位都是鲜血，太过鲜明的颜色使夕纪感觉眼睛有些刺痛。

“光……回来了。”西园喃喃说道。

“本来不会动的计测器动了，恢复供电了！”佐山睁大双眼。

“得救了！田村，给血液加温。”

“好！”

西园看着夕纪，她也凝视着他，眨了眨眼。他轻轻点头。

59

他在电器行前停下脚步。

店内陈列的电视机开始播放晚间新闻，屏幕上是主播的脸，下方出现“帝都大学医院恢复供电”的反射式字幕。

男主播露出稍微放心的表情，开始说话：“先前被装设爆炸物、供电系统遭破坏的帝都大学医院，自备发电设施已在不久前开始重新运行。根据警方的消息，是嫌犯主动与警方联络，表示要重新设定装在自备发电机上的遥控装置，指示警方启动发电机。由相关人员按下启动钮之后，发电机已顺利运行，目前可正常供给医院所需的电力。警察并未明确表示是否已掌握嫌犯的下落，但从目前已开始准备通缉的行动看来，迟早会公布嫌犯的姓名等资料。”

穰治离开电视机前。右手提的包好重，虽然是因为装了重约两公斤的电脑，但一直到刚才他都没有这种感觉。原来是因为那台电脑已经没有用武之地了。

看来医院的电力已恢复。原本对于遥控是否能顺利进行还有些担心，这下子可以放心了。

穰治漫无目的地游荡，他不能回住处，当然也不能到望那里。

就算逃亡，终究会被捕。刚才主播说警方已经准备通缉了。

他信步走进附近的一家百货公司，搭电梯直达顶层，突然想起一件事，于是爬楼梯到楼顶。楼顶空荡荡的，没有半个人影，他想起这里在夏天会开设露天啤酒屋。

他走近栏杆，俯瞰马路，心想，帝都大学医院在哪里？

60

医院笼罩着一种忙乱的气氛，或许以恢复生气来形容更恰当。医生和护士们正忙着巡视住院患者和各种仪器的状况。

七尾在一楼的候诊室。那里有一排排座椅，现在除了他以外，还坐着一对看似夫妻的中年男女。他感到奇怪，他们在等什么？医院虽已恢复供电，但今天应该不收病人了。

危机已经解除，警力也减半了。爆炸物的拆除工作安排在明天一早进行，目前暂时疏散所有人员。

七尾回想刚才与直井穰治的互动。最后，对方虽被真濑望的哀求打动，但七尾推测穰治本就心生迷惘，否则不会打给真濑。

在接获七尾的报告后，鉴定科的片冈等人立刻赶往地下室，启动自备发电系统。本间对于七尾的行动似乎有所不满，因为他没有设法拖延与直井穰治通话的时间。

“只要查出手机的通信地区，就可以动员附近的警察，搞不好能逮到直井。”撇着嘴角的本间话里带刺。

七尾没有心思反驳，老实地向他道歉。那通电话以说服直井穰治为优先，必须尽快说服他放弃行动，拖延时间等于延长医院停电的状况，本间当然不会不明白，他只是因为破案的功劳被七尾抢走而不甘心罢了。

七尾听到有人呼叫森本先生、森本太太，因为那是真濑望的声音，他便抬起头来。坐在不远处的那对中年男女站起来，他们似乎是中塚芳惠的家属。

真濑望快步走向那两人。“中塚女士的病情已经稳定，再过一会儿，两位就可以进去看她。只是，今晚还要让她继续睡，所以她还不能讲话。”

“没关系。”应该是女子丈夫的男子回答，“我们只想看看妈没事的样子，是吧？”

被问到的女子也点点头。

“那么，请到楼上的休息室稍等，待会儿我会过来叫两位。”

两人回答“好的”，走向电梯间。

真濑望有些犹豫地看向七尾，他也站起来。

“刚才谢谢你，多亏有你帮忙。”他低头道谢。

“请不用道谢，身为一个护士，我只是想帮点忙。”

“中塚女士……我没记错吧，脱离险境了吗？”

真濑望吐了一口气，点点头。“一时之间还以为会怎么样，后来人工呼吸机可以使用，总算渡过难关了。”

“真是太好了。”

她的嘴角露出一丝微笑，然后抬头看着七尾。“警察先生，请问……”

“请说。”

“要是他被捕了，罪名还是……”说到这里，真濑望盯着七尾的后方，一双圆眼睛睁得斗大，胸口好像深吸了一口气般隆起，脸上的表情僵住了。

七尾怀着某种预感，缓缓回头。

一个瘦长的黑影正从大门走进来，日光灯照亮了他的脸。那是一张七尾知之甚稔的脸，因为他已经在照片上看过数十次了。

对方径直朝七尾他们走来，视线似乎只对着真濑望一个人。

然后在几米远的地方停下脚步。那双阴郁的眼睛只向七尾一瞥，立刻又回到真濑望身上。

七尾正准备走过去，又改变主意，回头看着望。“去吧。”

“可以吗？”她红了眼眶。

“一下子没关系。”七尾说道。

真濑望生硬地踏出脚步，瞬间便加快了速度。

七尾的眼角余光捕捉到直井穰治接住她、紧紧地拥抱她的那一幕。

61

人工心肺机停止了，当然，是在田村的操作下停止的。岛原的心脏收缩力已经恢复，在逐渐减少人工心肺输送的血液后，最后所有的血液循环都交由心脏负责。指示田村停止人工心肺机的正是西园。

使用人工心肺机期间，注入肝素以避免血液在管子里凝固，但在停止人工心肺之后，反而成为妨碍，因为这将使手术部位难以止血。为此，要以硫酸鱼精蛋白中和肝素以利止血。确认止血之后才能进行缝合，即使如此，心脏附近还是有积血，所以缝合胸部时，会插上两根导管，同时在心脏接上电线,使电线露出体外。这是为了预防稍后若心脏发生异状，可借此以电流刺激心脏。这个步骤不光是大动脉瘤手术，几乎在所有心脏手术中都是必须有的。此时，整个手术室充满了一种好不容易渡过难关的安心感。

锯开的胸骨以钢丝固定，最后再缝合皮肤。元宫说要接手，西园却摇摇头。夕纪感受得到他要亲自完成这场手术的决心。

西园抬起头，视线在所有人脸上环视一周。

“缝合完毕。大家辛苦了。”

所有人一同行礼，齐声说“大家辛苦了”。

手术室的门大大敞开，在医生与护士合力下，岛原被移上推床，夕纪也一起帮忙。岛原双眼紧闭。进行心脏手术时，会让患者在麻醉状态下直接送进重症监护室，佐山在一旁继续操作人工呼吸机。

推车以护士为主力，开始移动。接下来必须移往重症监护室，观察术后情况。

元宫往更衣室走去，夕纪跟在他身后，西园却没有跟着过来。夕纪觉得奇怪，一回头，看到他蹲在地上。

“教授……”夕纪赶到他身边，“您还好吗？”

元宫好像也注意到了，停下脚步看着两人。“教授，怎么了？”他担心地发问。

西园摇摇手，露出苦笑。“没什么大不了，只是有点累。毕竟是第一次在停电时进行手术啊。”

但实际情况却不像他说的那样，他无法马上站起来，肩膀起伏着，用力喘气，脸色也很差。显然，极度的紧张使他身体的循环系统发生异状。

“您最好别动。”夕纪说道。

“我没事。你们去重症监护室吧，我随后就到。”

“可是……”

“冰室，”元宫对夕纪说，“重症监护室那边由我来，你先陪着教授，我去联络山内医生，请他立刻过来。”

“麻烦了。”夕纪回答。

元宫离开后，西园还是蹲着，闭上眼睛，一次又一次缓缓地呼吸。

“还好吗？”夕纪再次问道。

“不用担心，已经好一点了。”他自嘲地微微一笑，“心脏血管外科的医生，怎么能在手术之后倒下呢。”

夕纪想起之前曾听说他有先天性心脏病。“您还是躺一下吧。”

“躺手术台？”说完，西园靠着墙在地板上坐下，叹了长长的一口气，摇摇头，“没想到这样就累坏了，我也老了。”

“没这回事。刚才的手术只有西园教授才办得到。”夕纪说，“太精彩了，我好感动。”

“是吗？”西园定定地凝视着她，“你真的这么想？”

“是的。”夕纪点点头。

“哦，那就好。”西园先是垂下视线，然后又抬起头，“主动脉弓真性动脉瘤……这个病名对你而言，应该有很重要的意义。”

“是的，和家父的病名相同。”

“执刀医生也一样。”西园说，“所以，我才想让你看看。而且，既然要让你看，手术无论如何都要成功。”

“所以才要我当助手……”

西园点点头。“我早就知道你会怀疑，尤其是我跟你妈变成现在这样的关系，我想你的怀疑一定更深。知道你以医生为目标时，猜测就变成确信。”

夕纪垂下头。他说的是事实，所以她无力反驳。

“也难怪你会怀疑。”西园说，“我对你父亲的手术很有自信，以为一定会成功，没想到却以那样的结果收场，被责怪也是当然的。因为发生了预料不到的意外，最后才会失败。但当时要你明白是不可能的。其实，除了手术以外，我还有几件事想跟你说。”

“手术以外的事？”

西园点点头。“你父亲第一次来门诊时，我吃了一惊，因为对我而言，他是一个难忘的人。”

夕纪立刻明白他指的是什么。“是西园教授儿子的事吧。”她轻声说道。

“对。追捕我那死于车祸的儿子的人，就是你父亲。但是，冰室先生似乎没发现。我很烦恼，不知自己是否该担任他的主治医生。”

“您果然恨家父……”

听夕纪这么说，西园大大摇头。“我不恨冰室先生。我儿子会死，是他自作自受，或者该怪把他养成那样的父母，冰室先生只是做一个警察该做的事而已。但我不知道冰室先生会怎么想，如果他知道主治医生就是那个死于车祸的不良少年的父亲，也许他会不放心把身体托付给我。

基于这个想法，我认为不该由我来当他的主治医生。事实上，我一度下定决心，便对冰室先生说了，当然，也说明了其中的理由。”

“啊！”夕纪忍不住惊呼一声。“您向家父说了？”

“说了。令人惊讶的是，原来冰室先生也认出了我，正在考虑该什么时候开口。于是我们谈了很多，不光是手术的事，从一开始……从我儿子身亡的那场车祸开始谈。冰室先生表示虽然认为自己没有错，但如果我恨他，也是人之常情。所以，万一我心里有任何排斥，不想担任他的主治医生也没关系。于是我反过来问他，对于由我来执刀，他没有任何排斥吗？”

“家父怎么说？”

“他说，其实他一直觉得一颗心悬在半空中，不知道西园这个主治医生对他有什么看法，是否真的该由西园来动手术，也曾经感到不安。不过，他表示和我谈过之后，这些想法已经消失了。”

“消失了？”

“他说，一切都交给我。我记得他是这么说的。”西园的眼神望向远方，继续说，“我相信西园医生是一个尽力达成使命的人。这样的人，无论在什么情况下，都不会放弃他的使命……”

听到这句话的一瞬间，夕纪心中吹过一阵风，这阵风将所有曾经为她带来阴影的乌云一扫而空。

“使命，是家父喜欢的字眼。”

西园点点头。“应该是吧。听到冰室先生这么说，我很高兴。只是，就算我们之间达成共识，旁人也未必能接受。于是，我决定把事情告诉他太太……也就是你母亲。你还记得吗？就是我第一次见到你的那天。”

经西园提起，一幕场景在她脑海里鲜明地重现。在车站前的咖啡厅里，母亲和西园碰面。她还记得母亲看到她走进咖啡店时，露出了狼狈的表情。

“原来那时候你们在谈这件事？”

“你母亲说一切都交给我。既然她先生同意了，她也没意见。”

“原来如此……”

西园微微一笑。“还有一件事希望你能相信。的确，现在我很爱你母亲，但是，我是在冰室先生去世之后过了很久，才开始产生这样的感情。那时候，我心里只想着要如何补偿你们母女。也许我不应该让这份感情发展为男女之情，但至少我能保证，我为你父亲动手术时，不管是我还是你母亲，心里都没有那种念头。”

“既然这样，您为什么不早点告诉我？”

“我是很想告诉你啊，因为我早就知道你起了疑心。但是，我想不管怎么解释，你都不会认同，我认为你也不会完全相信我说的，因为我毕竟是那个让你失去父亲的人。”

夕纪无法表示异议。她的确这么想，即使再怎么用言语说明，即使当时假装接受，心里也一定不会相信，也不会原谅西园。

“我也考虑过和她分手，”西园说，“因为你对她的怀疑也使她痛苦万分。可是我们讨论的结果，认为这不是根本的解决之道，对你也没有好处。如果我退缩逃避，你永远都不会发现那是个误会，心里永远都有个伤口，认为父亲遭人杀害，而母亲背弃了自己。老实说，我非常苦恼。所以，当我听到你要当医生时，便认为这可能是唯一的机会。”

“机会？”

“用言语如何解释都无法让你知道我是个什么样的医生，而我又是以什么样的心态执行你父亲的手术。我想，唯有让你看了我的手术，才能让你明白。如果这样还不行，那就真的束手无策了。今天的手术，对我、对你母亲，还有对你，都是一场左右命运的手术。”

夕纪吸了一口气，知道自己该有所表示，却想不出该说什么。西园在昏暗中拼尽全力动手术的模样在眼前重现。原来，那同时也是他想传递的讯息。

“……对不起。”好不容易挤出来的是这句话，“对不起，我不该怀疑。”

西园露齿一笑。“误会已经冰释了？”

是的，她回答。“我想成为跟教授一样的医生，我很尊敬教授。”

西园难为情地转移目光，然后拍了一下膝盖。“到重症监护室去吧，元宫还在等呢。”说着，正要站起来的时候，西园发出呻吟，按住胸口再次蹲下。

“请不要动！”

夕纪穿过更衣室，穿着手术服便跑到了走廊。山内正快步走来，菅沼庸子跟在他身后。

“西园教授的狭心症发作了！”夕纪大喊。

山内冲进手术室，菅沼庸子奔向护士站求援。

夕纪也准备返回手术室。就在这时，眼角扫到一个人影，一看，正是母亲，她不安地站在那里。

“他……不要紧吧？”

夕纪点点头，凝视着母亲说：

“不要担心，我会救他的，我绝对不会让第二个父亲死去。”

图书在版编目（CIP）数据

使命与魂的尽头／〔日〕东野圭吾著；刘姿君译．
－2版．－海口：南海出版公司，2015.4
（东野圭吾作品）
ISBN 978-7-5442-7666-5

Ⅰ．①使…　Ⅱ．①东…②刘…　Ⅲ．①长篇小说－日本－现代　Ⅳ．①I313.45

中国版本图书馆CIP数据核字（2015）第035577号

著作权合同登记号　图字：30-2013-042

使命与魂的尽头
〔日〕东野圭吾 著
刘姿君 译

出　　版　南海出版公司　（0898）66568511
　　　　　海口市海秀中路51号星华大厦五楼　　邮编 570206
发　　行　新经典发行有限公司
　　　　　电话（010）68423599　　邮箱 editor@readinglife.com
经　　销　新华书店

责任编辑　张　锐
特邀编辑　连子心
装帧设计　金　山　朱　琳
内文制作　王春雪

印　　刷　河北鹏润印刷有限公司
开　　本　890毫米×1270毫米　1/32
印　　张　9
字　　数　241千
版　　次　2013年7月第1版　2015年4月第2版
印　　次　2019年10月第13次印刷
书　　号　ISBN 978-7-5442-7666-5
定　　价　37.00元